의심하지 않으면
살 수 없어

의심하지 않으면
살 수 없어

한성욱 에세이

harmonybook

프롤로그 | 나란 무엇인가? ··· 006

1 생에 대한 의심 ··· 009

최초의 기억과 죽음의 그림자 | 만화를 통한 생에 대한 사유 | 불확실한 미래의 두려움 | 현실은 지옥이기에 오늘 살기에도 벅차 | 에너지가 부족한 청년들이 기피하는 정치 | 영원히 살 수 있는 방법이 있을까? | 장기교체를 통한 영생 | 디지털적 영생 | 종교적 영생 | 내 삶을 어떻게 등가교환할 것인가?

2 성공에 대한 의심 ··· 029

방황에서 얻은 것 | 위인들의 길을 따라가보자 | 어떤 과학자가 될 건데? | 생명공학은 인류의 구원자일까? | 현대의 게토(정상과 비정상) | 의심하지 못하는 존재의 위험성 | 노력만 하면 다 될까? | 세상의 파이는 한정되어있어 | 자기계발서와 직업, 부의 불평등간의 모순 | 이상(성공)을 버리고 현실(물질)로

3 물질에 대한 의심 ··· 053

돈 없으면 아무것도 안돼 | 소유 욕망의 화신 | 공부와 아르바이트 그리고 욕망 | 기자로서의 진로, 초라한 나 | 과거와 현재의 고양이 | 지키고 싶어 필요했던 돈 | 암호화폐의 유혹 | 물질에 대한 욕구가 낳은 이별 | 물질욕을 불러일으키는 사회 시스템 | 왜 물질을 원했는가?

4 인간관계에 대한 의심 ··· 077

주관적일 수밖에 없는 인간 | 사람을 믿지 못하게 되다 - 친구 | 사람을 믿지 못하게 되다 - 가족 | 오해의 끝에 생긴 실수, 그리고 페르소나 | 원만한 관계를 위해 잃어버린 것들 | 이미지가 가장 중요해 | 가면을 벗어 버려야 얻는 자존감 | 주체성을 가진 개인주의 | 유교문화와 대한민국 | 주체성을 가질 수 없어

5 사랑에 대한 의심 ··· 101

인간의 사랑 | 동물의 번식본능 | 인간의 사랑은 유전적 본능일까? | 사랑의 기억들 | 사랑을 잊기 위해 다른 사람을 찾다 | 사람을 못 믿겠어 사랑도 못 믿겠어 | 불신의 시작, 그 이후의 관계 | 두려웠던 사랑 | 의심을 지울 수가 없어 | 상처받기 싫어서 포기한 짐승, 그리고 도전 | 사랑이 날 변화시키는 게 아닌, 변화할 수 있어야 사랑할 수 있다 | 의심 밖에 못하는 짐승이 믿음을 얻기 위해 행한 일

6 종교에 대한 의심 ··· 127

기독교와의 인연 | 교회에 발을 들이다 | 신앙과 공동체 생활 | 신앙이 무엇을 바꾸었나 | 사이비 종교와의 만남 | 종교를 믿지 못하다 | 믿음을 강요하는 종교 | 종교는 왜 믿음을 필요로 하는가 | 종교를 버리고 새로운 믿음을 찾아 떠나다

7 행복에 대한 의심 ··· 153

최초로 행복했던 기억 | 현재 나는 무엇이 가장 행복한가? | 1일 1권, 가장 행복한 시간 | 행복한 죽음을 위한 현재 | 행복하지 못하는 이유 | 매너리즘에 빠진 행복 | 행복한 한 해가 지난 후 | 행복의 시스템 | 책을 보며 행복을 느낀 이유 | 근원으로 돌아가다

8 죽음에 대한 의심 ··· 173

타인의 죽음 | 최초로 죽을 뻔한 순간 | 삶과 함께한 죽음의 그림자 | 의식이 사라진 경험 | 죽음 앞에 의미 없는 가치 | 사라진 가치 끝에 생겨난 허무 | 삶이 의미가 없다. 허무주의와 절망 | 외로움, 허무의 본질 | 허무 끝에 고독을 찾다

9 의심 끝에 얻은 믿음 ··· 193

고독의 시간에서 얻은 것 | 고독하기 위한 방법들 | 허무에서 실존으로, 무의미에서 의미로 | 믿음이 존재해야 하는 이유 | 불확실성의 시대에서 믿는 법 | 내가 추구하고자 하는 가치 | 삶의 의미를 만들어내다 | 믿음을 위한 의심으로 | 존재의 가벼움을 넘어 | 신들의 이상향을 향해

에필로그 | 그럼에도 의심하는 바보 ··· 214

나란 무엇인가?

나는 생각한다. 고로 존재한다는 말을 들어본 적이 있나요? 서양 근대 철학의 출발점이라고 불리는 프랑스의 철학자 르네 데카르트는 모든 존재에 대한 의심 끝에 이 말을 남겼다고 해요. 400년 전에 살았던 사람이라고는 못 믿을 만큼 회의적 관점을 지닌 그는 주위 모든 현상에 의문을 던졌다고 합니다. 데카르트는 세상의 현상 자체가 사탄이 만들어놓은 일이라 생각했어요. 이에 의심할 수 없는 존재를 찾던 중 생각하고 있는 나를 발견한 것이지요. 의심병 말기 환자인 데카르트도 생각하는 인간은 신의 모습을 그대로 따왔고 결국 절대자는 존재한다는 논리로 끝을 맺니다. 그렇지만 그 신의 존재도 의심하면 무엇이 남을까요? 우리는 왜 존재할까요?

대한민국에 사는 우리들은 많은 것이 필요하다고 말합니다. 직장, 돈, 연인, 건강, 행복 등 손가락으로 셀 수 없을 만큼 많은 업적과 재화 그리고 관계들을 만들어 가는 게 인생의 의미라고 하죠. 근데 이게 정말로 없어서는 안 되는 걸까요? '월든'이라는 책을 쓴 헨리 데이비드 소로는 조그마한 월든 호수에서 보낸 2년의 세월이 인생에서 가장 행복하다고 했어요. 그처럼 모든 물질적 욕구를 버리고 자연으로 돌아가라고 말하는 게 아닙니다. 당신이 바라 마지않았던 돈과 명예 그리고 로맨스가 정말로 어릴 때부

터 스스로 원했던 건가요?

인간은 사회의 영향을 받을 수밖에 없습니다. 실제로 자연에서 오랜 세월을 지냈던 야생 소년은 사람의 품으로 돌아와도 제대로 된 언어를 구사하지 못하고 일상생활에서 많은 어려움을 겪었다고 해요. 인간은 알아서 자라나는 나무가 아닙니다. 사회라는 이름의 비료와 물이 있어야만 자라날 수 있어요. 우리의 가치관은 온전한 나의 것이 아닐지도 모릅니다.

이 책은 제가 어릴 때부터 가졌던 고민인 인간 존재와 사회 통념에 대한 의문을 모아놓은 책입니다. 책에 써놓은 목차들은 저자가 나이를 먹어가면서 계속해서 고민한 문제들을 적어놓은 겁니다. 우리가 당연하다고 여긴 통념이 정말 진리인지, 제 짧은 일생에서 고민한 흔적을 최대한 책에 녹아 넣으려고 힘썼습니다.

제가 겪은 삶에서 생각난 의심(에세이)과 그에 대한 해답(인문)으로 책을 구성했습니다. 살면서 다들 한 번씩은 고민하다가 그친 문제에 대해 깊이 파고들면서, 전 통념이 허구란 의심을 하게 되었습니다. 그에 대한 해답은 다양한 분야의 권위자와 제 개인적 생각이 합쳐져 만들어졌습니다. 책을 쓰면서 한쪽 분야에 치중하지 않으려 노력했습니다. 모든 학문은 연결되어있다는 게 제 생각입니다. 철학은 과학과 엮일 때 더 논리적이기도 하며, 사회를 어떻게 구성하는 게 좋은지 생각해 볼 때 역사를 고려하면 논의가 더 풍성해지죠. 한쪽 분야로만 설명하면 논의의 빈틈이 생기기 쉽다고 생각합니다. 의심하다 생긴 미싱링크를 잇기 위해 여러 분야에서 설명하는 개념과 해답을 집어넣었습니다.

의심 끝에 우리는 믿음이 필요합니다. 믿음은 우리가 살아갈 수 있는 원동력이 되기 때문이지요. 다만 이 믿음은 의심에 기반을 둡니다. 신앙과 같은 맹목적 믿음과는 궤를 달리해야 합니다. 책을 읽어나가면서 독자는 의심에 기반을 둔 믿음을 어떻게 만들어야 할지 답이 보이리라 생각됩니다.

독자가 하나의 관점만을 바라볼 수 없도록 글을 썼습니다. 여러 방면의 의심과 관점을 고려하면서 모든 것들에 대해 의심을 하도록 하는 게 책의 목적이지요. 당연시하던 상식이 무너지고 새로운 상식이 만들어질 때 세상은 다르게 변화합니다. 그러기 위해서 필요한 게 의심이라 저는 믿습니다. 당신이 의심으로 가는 여행을 무사히 마치기 위해 제가 곁에서 따라가겠습니다.

1
생에 대한 의심

의심해볼 것 : ① 죽지 않는 방법은 있을까?

② 생을 사는데 중요한 건 무엇일까?

키워드 : 영생의 방법

1 최초의 기억과 죽음의 그림자

최초의 기억에 대해 얼마만큼 인지하고 계시는가요? 사람마다 다르지만 전 부모님과 같이 가습기를 켜놓고 자던 게 생각납니다. 한때 가습기 살균제 사태로 많은 사람의 가슴을 아프게 했었지만, 당시는 그에 대한 문제 인식이 없었어요. 피어오르는 하얀색 증기가 마냥 신기해 근처에서 말똥말똥 쳐다보았죠. 하마터면 제 목숨이 위험할 수도 있었는데 말이에요. 이렇듯 생과 죽음의 경계는 확실치 않습니다. 유전자와 건강, 사회적 환경을 계산해 예상 수명을 과학적으로 측정할 수는 있어도 불확실성을 무시할 수는 없습니다. 인간은 태어남과 동시에 삶이라는 달리기 경주를 시작하며 언제쯤 골인 지점에 다다를지 분간할 수 없습니다.

어린 저에게 죽음이란 너무나 무서운 존재였어요. 즐겨봤던 '디지몬 어드벤처'라는 애니메이션에서 파트너 디지몬인 파닥몬이 에너지를 모두 소모해 알로 돌아갈 때는 마치 현실인 양 서러웠습니다. 초등학교 체육대회 때마다 교문 근처에서 팔던 병아리와 햄스터를 키운 적이 있었어요. 지금은 그 아이들이 병들어 오래 살긴 힘든 개체라는 사실을 인지하고 있지만, 당시는 몰랐죠. 대다수가 1주를 넘기지 못하고 세상을 떠났습니다. 주위 친구 중 몇 명이 닭까지 키워서 시골집에 놔뒀다는 소문이 귓가에 들려왔지만 저에겐 뜬구름 같은 말이었죠. 그래도 희망을 잃지는 않았어요. 뒤뚱뒤뚱 걷던 꼬마 아이가 저랑 같이 자라는 미래를 간절히 믿고 있었거든요. 초등학교 2학년 때쯤 데려온 지 2주를 넘은 병아리가 하나 있었습니다. 특별한 문제없이 팔팔하게 걷던 아이여서 장사 끝난 부모님 가게 복도에서 같이 걸어 다니곤 했어요. 뒤따라오던 모습이 마치

동생같이 느껴졌어요. 3형제 중 막내고 늦둥이로 태어나서 동생의 존재를 간절히 바랐는데 병아리가 빈자리를 채워줬습니다. 행복한 날은 오래가지 않았습니다. 3주 지났을 때 병아리가 눈에 띄게 비실거렸어요. 불안한 마음을 지우기 힘들었죠. '얘는 지난번 아이들과는 다를 거다.'라고 믿고 싶었지만 아이는 이제 일어나기도 힘들어했어요.

그날따라 불안한 맘이 들어 방과 후 바로 집에 돌아왔습니다. 아무리 찾아보아도 병아리의 흔적을 찾을 수 없었어요. 집에 있던 둘째 형은 병아리가 비실거려 햇볕을 쬐면 좀 괜찮아질까 싶어 케이지 채로 밖에 들고 갔다고 했어요. 밖에 있던 시간은 잠깐이었지만 빈약해진 아이에게는 약간의 자외선도 치명적이었나 봅니다. 병아리는 1시간도 채 지나지 않아 세상을 떠버렸어요. 사체라도 찾고 싶었지만, 형은 어린 동생에게 죽은 생명체의 쓸쓸함을 보여주고 싶지 않았는지 별말 없이 화만 내었습니다.

2 만화를 통한 생에 대한 사유

반려동물의 죽음을 겪을 때마다 느낀 슬픔은 저에게 생에 대해 집착하게 했어요. 죽음이란 영원한 이별과 마찬가지예요. 다들 살면서 한 명씩 절교해본 친구가 있을 거예요. 원하건 원하지 않았건 헤어진 그 친구랑 앞으로 만날 가능성은 상당히 낮겠죠. 죽음은 그 가능성이 0이 되어버린 겁니다. 추억 속에서 존재하지만, 현실에서 영원히 같은 시간과 풍경을 느낄 수 없는 것은 얼마나 가슴 아픈 일일까요.

초등학생에 불과했던 아이가 떠올릴 수 있는 유일하게 오래 살 방법은 신체의 기계화였습니다. 친구 집에서 우연히 본 공각기동대 포스터에서 힌트를 얻었죠. 영화의 주인공인 쿠사나기 모토코 몸에 붙은 여러 개의 기계 코드가 눈에 띄었죠. 특히 뇌에 직접 전선이 끼워져 있는 포스터를 볼 때의 전율은 아직도 생생합니다. 마치 미약한 전류가 제 몸 전체에 흘러간 느낌이었어요. 학교 교육에서 배운 혈관과 근육으로 만들어진 유기체랑은 전혀 달랐지만, 외관적으로는 완전히 인간과 똑같았습니다.

맞벌이로 바쁜 부모님은 공부나 열심히 하라는 말만 하셨어요. 작은형이랑도 나이 차이가 10살이나 되어 공감대 형성도 쉽지 않았습니다. 주변 친구도 많은 편은 아니었죠. 또래 아이들이 좋아하는 축구나 야구 같은 공놀이는 제 취향이 아니었습니다. 그나마 활동적인 놀이라고 부를 수 있던 건 팽이치기나 연날리기 정도였어요. 대다수 시간은 만화와 애니메이션을 보고 지냈습니다. 20세기 후 ~ 21세기 초에는 철학적인 내용의 만화가 많았어요. 공각기동대, 에반게리온, 크루노 크루세이드, 디지몬 테이머즈, 우주소년 아톰 등 권선징악 프레임 이상의 것을 보여주었죠. 근처에서 제가 접할 수 있는 매체 중에서 끊임없이 떠오르는 의문을 해결해주는 건 애니메이션뿐이었어요.

집 근처 책방에서 거의 살다시피 했었죠. 제 나이에서 읽을 수 있는 만화책은 거의 다 읽었습니다. 이누야샤, 원피스, 도라에몽, 나루토, 디그레이맨 등 즐겨보던 만화는 하나같이 일본작품이었습니다. 일본 특유의 상상력이 인상 깊었어요. 익숙한 소재를 비트는 방식이 신선하게 들어왔습니다. 나루토의 닌자라는 소재 자체는 특별할 것이 없지만 동양의 기와 비슷한 차크라란 소재는 신선했어요. 정신과 육체를 모두 단련해야만 강한 닌자가 될 수 있는 거지요. 현실에서도 마찬가지고요.

여러 만화책 중 가장 흥미 있던 건 도라에몽과 강철의 연금술사였습니다. 작가가 중간에 타계해 완결을 내지 못한 도라에몽은 당시 기준으로 전 45권짜리 만화책이었어요. 전권 끝까지 보기도 힘든 걸 3번 넘게 정주행하면서 돌려봤죠. 도라에몽은 어린이의 호기심과 꿈을 실현해준 만화였습니다. 공부를 어려워하는 아이도 쉽게 지식을 얻을 수 있는 암기 식빵만 있으면 모두가 교수 정도의 지적 수준을 얻지 않을까요? 그러면 세상에 대한 호기심도 상당수 해결되겠죠. 타임머신도 가장 사용하고 싶은 도구였습니다. 예측과 실제는 다르잖아요. 머릿속에서 미래는 어떨 꺼다라는 시뮬레이션을 아무리 돌려도 궁금증은 풀리지 않았어요. 제 눈으로 미래사회를 볼 수만 있다면 인간 생을 연장할 방법을 알 수 있잖아요. 더 열심히 살아야겠다는 동기부여도 가능하죠.

3 불확실한 미래의 두려움

타임머신이나 도라에몽의 다른 도구를 통해서 인간의 미래를 정확히 측정할 수 있다면 얼마나 좋을까요. 만화는 만화일 뿐, 현실에서는 바로 내일의 일도 제대로 예측하기 힘들어요(기상청의 오보만 봐도 미래를 예측하는 건 정말 어려운 일입니다). 세상은 100세 인생이라고 말하지만, 모든 사람이 정확히 100세까지 사는 건 불가능하죠. 노스트라다무스의 예언으로 내 삶이 언제까지 지속하는지 알 수도 없는 일이고. 갑작스럽게 병이 80세에 찾아와 병원 침대에서 여생을 보내게 될 수도 있습니다. 미래의 불확실성은 모든 사람을 고통스럽게 합니다. 다만 과거에는 미래

사회가 우리에게 희망을 안겨줄 거란 믿음이 있었습니다. 경제, 과학 발전이 온갖 불치병을 치료하고 인류의 삶을 윤택하게 할 거란 믿음이요. 과연 현재도 미래에 대한 희망이 가득 차 있을까요?

현대인들의 가장 큰 고민은 내일이 오늘보다 낫다는 희망이 없는 거죠. 70~90년대의 대한민국은 대체로 5% 이상의 경제 성장률을 유지해왔어요. 오늘이 고통스러워도 내일은 지금보다 나을 거란 믿음이 강했고 근거도 있었죠. 하지만 지금은 어떻죠? 한강의 기적 끝에 선진국 클럽이라는 OECD에 들어갔지만 매년 경제 성장률은 2% 남짓이에요. 기술도 급변하고 있어요. 초등학교 시절의 전 코딩이라는 걸 배우지 않았어요. 고작 해봐야 학교에서 컴퓨터 타자 연습한 게 다였죠. 지금의 초등교육에는 코딩이 정규과정에 들어가 있어요. 2000년대를 기준으로 과거의 10년과 미래의 10년 차이는 말도 안 될 만큼 커졌어요. 21세기 초에 손에 컴퓨터를 들고 다닌다고 하면 다들 말도 안 되는 이야기라고 생각했습니다. 물론 그 당시 컴퓨터가 할 수 있는 거보다 더 많은 걸 2010년의 스마트폰은 가능했죠.

최근 변화의 트렌드는 4차산업혁명입니다. 1997년 IBM에서 선보인 딥블루는 전 세계 체스 챔피언을 상대로 완승을 하였습니다. 2016년 알파고와 이세돌의 바둑 대결에서는 경우의 수가 우주 전체의 원자 수보다 많았습니다. 직관과 창의성이 중요한 바둑에서 인간 이세돌은 단 한 번밖에 승리하지 못했습니다. 컴퓨터의 기술력이 좋아진 것도 있지만 가장 큰 변화는 인공지능의 정보 습득 방식이 달라졌습니다. 과거 AI 기술은 입력된 정보에서 답을 찾아내는 데만 치중했습니다.[1] 이를 기반으로 한 게 1세대

---

1) 인공지능과 딥러닝

번역기입니다. 문장의 어법과 단어의 뜻을 그대로 변환해 출력하다 보니 개별적으로는 맞지만, 문맥적으로 이상했죠. 현대 인공지능 기술은 딥러닝 방식을 사용합니다. 딥러닝이란 건 쉽게 말해 아이를 교육하는 것과 같아요. 아이들한테 정보를 습득시킬 때는 정해진 답을 알려주고 그 과정에 대해 이해할 수 있도록 교육을 합니다. 알파고의 공부방식도 비슷합니다. 데이터베이스화된 바둑 기보를 결과로써 보여주고 수도 없이 반복 학습을 통해 이해시켰습니다. 또한 AI를 복사해 서로 끝도 없이 대결시켜 전 세계 바둑 기보보다 많은 양의 데이터를 학습했죠.

앞으로 인간의 경쟁상대는 호모 사피엔스가 끝이 아닙니다. 웬만한 사람보다 더 똑똑하고 효율적이며 복사 가능한 AI는 경제적 가치로 볼 때 가장 합리적인 선택입니다. 물론 10~20년 안에 세상의 모든 직업이 인공지능으로 대처 될 가능성은 작지만, 위험성은 무시 못 합니다. 앞으로의 미래사회에서 인간은 어떻게 존재해야 할까요. 과거처럼 낙관적으로만 바라볼 수 있을까요? 제가 내일 죽으면 어떡할까 하는 고민으로 잠을 못 이룬 것처럼, 불확실한 미래는 생에 대해 집착하게 하는 건 아닐까요?

4 현실은 지옥이기에 오늘 살기에도 벅차

미래가 불안하다 보니 다수의 청년은 안정적인 직장을 바랍니다. IMF 외환위기를 거치면서 기업들은 급격한 인력감축을 시도했습니다. 대다수 직원은 은퇴하면서 받은 퇴직금으로 자영업을 차리게 되었죠. 지금 20~30대층은 어린 시절 IMF를 겪은 세대입니다. 부모의 급격한 실업으로 일부는 가계가 휘청거렸죠. 돈은 적게 받더라도 안정적인 직장에 대한 수요는 급격히 늘어갔습니다. 무분별하게 신자유주의를 받아들인 것도 한몫했습니다. 신자유주의란 애덤 스미스 시대의 시장 자유주의(시장은 보이지 않는 손에 의한 수요 공급 논리로 인해 최적의 가격을 형성한다는 이론. 개인이 빵을 원하는 수요가 있다면 그것에 맞춰서 빵집 주인이 빵을 공급한다. 이는 빵집 주인의 도덕성 때문이 아니라 돈을 얻으려는 이기적 욕구를 가지고 있기 때문. 즉, 시장에 있는 개개인의 이기적 욕구에 맡기면 알아서 경제가 돌아간다는 논리)에서 세계화를 추가한 이론입니다. 신자유주의의 핵심은 ① 관세축소(WTO-세계무역기구에서 강력하게 추진, 관세를 축소해야만 세계의 무역거래가 자유롭게 진행되기 때문), ② 노동 유연화(인력감축을 쉽게 해야만 기업이 시장 상황에 맞춰 살아남기 쉽기 때문. 이는 비정규직의 증가로 이어졌다), ③ 자본의 탈국가화(맥도날드나 스타벅스 같은 기업은 미국에서 만들어졌지만, 신자유주의를 통해 세계적 기업이 되었습니다)입니다. IMF는 구제금융을 실시하는 조건으로 대한민국 정부가 신자유주의를 받아들이라고 강요했습니다. 이를 통해 과거와는 다른 급격한 시장 자유주의의 물결이 대한민국을 휩쓸어 버렸습니다.

경쟁을 중요시한 신자유주의 시대와 급격한 기술발전에 의해 개인은 상품화되었습니다. 과도한 스펙 경쟁이 그 예입니다. 70~80년대는 대학 졸업장만 있어도 좋은 직장에 취직할 수 있었지만, 현재는 턱없이 부족합니다. 토익, 대외활동, 어학 능력, 인턴, 수상 경험 등뿐만 아니라 개인의 특별한 경험까지 원하는 시대입니다. 과거와는 비교도 할 수 없을 만큼 다양한 스펙을 원하지만, 시간은 한정되어있죠. 그러면 어떻게 하면 될까요? 우리 에너지는 한정되어있고 딱히 연비가 높아지지도 않았어요. 눈앞의 해야 할 일이 많고 거기에 몰입할 수밖에 없다면 다른 일에 에너지를 사용하는 건 불가능하죠. 뇌는 에너지를 덜 쓰는 방식으로 진화되었거든요.[2]

5 에너지가 부족한 청년들이 기피하는 정치

미래를 변화하는데 가장 큰 영향을 끼치지만, 믿음이 쉽게 안 가는 게 있습니다. 바로 정치죠. 과거에는 반민주적인 정부에 대항해 민주주의를 얻어내는 것이 청년들의 목표였죠. 진정한 민주주의가 정착되면 세상이 좋게 바뀔 거란 믿음이 있었습니다. 또 정치 활동 열심히 해도 대학 졸업장만 있으면 취업 가능했으니 부담도 없었어요. 지금은 여러 스펙 쌓는데도 시간 없는데 정치에 관심 가지고 학점 잘 받을 수 있을까요? 슈퍼히어로 아니면 불가능해요.

정착된 민주주의를 거쳐 정치인을 뽑아도 생각만큼 세상이 바뀐다는 체감도 안 들고, 원하는 사람을 뽑을 수도 없습니다. 대한민국은 다당제지만 소선구제를 채택하고 있어요. 소선구제란 지역에 출마한 국회의원 후보 중 최고 득표를 받은 사람을 선출하는 제도입니다. 후보가 여러 명인데 최다득표를 받은 한 사람만 선출한다면 결국 양자 대결 구도로 굳혀질 수밖에 없어요. 사표방지 심리 때문입니다. '내가 뽑고 싶은 후보가 있지만, 이 사람의 경쟁률이 낮아. 근데 상대방 후보가 되는 건 절대 두고

2) 정재승-열두발자국

볼 수 없어. 차선으로 경쟁력 있는 다른 후보를 몰아 줄 수밖에 없어.'라고 생각이 드는 거죠. 매번 단일화하자고 목놓아 외치는 건 이 때문입니다. 다당제랑 소선구제는 맞지 않아요. 유럽에서도 보면 다당제-비례대표제-의원내각제(국회에서 다수가 된 세력이 내각을 구성해 정부를 이끄는 형태) 형태가 가장 보편적인 정치구조입니다. 국회를 불신하는 대한민국 정서상 의원내각제가 가능할지는 의문입니다. 하지만 의견이 양극화하기 쉬운 현 정치 구조상 비례대표제의 비율을 높일 필요는 있습니다.

일단 비례대표제가 될 때의 이점을 말해볼까요? 개인이 믿는 신념에 따라 투표할 수가 있습니다. 현재도 총선 투표 시에 선호하는 정당과 국회의원 칸이 나누어져 있습니다. 비례대표제의 비율을 올릴수록 정당 득표율에 따라 선출되는 의원의 수도 늘어납니다. 대한민국의 거대 두 정당인 더불어민주당과 자유한국당은 서로 진보와 보수를 대표한다고 말하지만, 한계가 많습니다. 다원화된 가치를 모두 포괄하기에 거대정당은 잃을 게 많습니다. 그 때문에 각자가 원하는 생각을 대표하는 정당이 많이 생겨나고 이것이 투표 결과로 이어진다면 정치 기피 현상은 줄어들 것입니다. 비례대표제로 인해 소수정당이 많아진다면 협치하지 않고서는 정책을 만들기 어렵습니다. 협력을 얻어내기 위해서는 지금처럼 일방적인 혐오 표현을 일삼기도 힘들 거예요. 물론 장점만 있다고 보기는 어렵습니다. 비례대표제 비율을 늘릴수록 지역구에서 뽑히는 의원은 줄어들죠. 지역에서 오랫동안 봉사한 사람이 선출되는 수가 줄어듭니다. 각 도시/농촌의 특수성을 파악하기가 용이하지 않을 수 있어요. 완전 비례대표제가 될 경우에는 현 정부 상황과 맞지 않아 의원내각제 및 이원집정부제(외치는 대통령, 내치는 국회를 대표하는 총리로 나뉘는 구조)로 정치

구조가 바뀔 가능성도 있습니다. 의원내각제는 많은 선진국이 채택하고 있지만, 장점만 있는 건 아닙니다. 이스라엘 같은 경우에는 소수당의 영향력이 강해 팔레스타인 분쟁을 옹호하는 쪽으로 의견이 기울였습니다.[3)]

일본은 우경화가 심해져 한국인 혐오를 비롯한 여러 헤이트 스피치가 난무합니다. 최고의 정치구조란 없습니다. 민주주의란 끊임없이 갈등이 발생하고 토론하는 체제입니다. 다만 지금과 같은 정치 구조를 벗어나 국민의 투표가 힘이 있다는 걸 깨닫게 된다면, 불확실한 미래를 살아가는 데 있어 도움이 되지 않을까요?

6 영원히 살 수 있는 방법이 있을까?

위의 논의는 불확실한 미래가 생에 대해 집착한다는 사실을 말하고, 불확실한 미래를 바꾸는 대안을 제시합니다. 하지만 생각을 비틀어 인간이 영생할 수 있다면 어떨까요? 삶이 영원하다면, 죽음도 두렵지 않고 미래의 불확실성도 큰 걱정이 아닐 거예요. 사회, 정치적 사건이나 기술 발전이 일으키는 불안함도 영원한 생에 비하면 찰나의 순간일 테니까요. 생의 모든 고민을 해결할 수 있는 대안은 영생일지도 모릅니다. 그럼 영원히 생명을 보존한다는 건 불가능한 일일까요? 현재의 기술력으로는 불가능하지만, 미래에는 현실화할 수 있는 후보가 몇 개 존재합니다.

---

3) 남태현 - 세계의 정치는 어떻게 움직이는가

7 장기교체를 통한 영생

첫 번째는 우리 몸의 신체와 장기가 노후화될 때마다 새로 바꾸는 방법이에요. 황우석 박사가 줄기세포를 연구한 건 그 때문입니다(2005년에 방송된 PD수첩에서 황우석 박사의 배아줄기세포 연구가 거짓이라는 게 밝혀졌죠. 저를 비롯한 많은 사람에게 충격을 준 사건이었습니다). 줄기세포에는 수정란에서 추출한 배아 줄기세포와 인간에게서 뽑아낸 성체줄기세포가 있습니다. 성체줄기세포는 특성상 성인에게서 추출할 수 있기에 윤리적인 문제는 적어요. 배아줄기세포처럼 모든 조직의 세포와 장기로 분화할 수는 없습니다. 배아줄기세포는 수정란에서 뽑아낸 분화하지 않은 세포라서 이론적으로 모든 세포와 장기기관들로 변할 수 있어요. 정자와 난자가 만난 수정란에서 세포를 추출하기 때문에 윤리적인 문제는 있지요. 배아줄기세포에서 분화되어 만들어진 장기가 이식자에게 거부반응을 일으키는 면역거부 문제도 있습니다. 우리 몸에 들어온 감기바이러스를 백혈구가 적으로 인식해 죽이는 것과 같은 이치입니다. 현재는 기술적으로 불가능하지만, 미래에는 여러 문제가 해결되어 신체 장기를 교체할 수 있습니다. 아니면 로보캅처럼 몸의 각 구성 기관을 기계로 대처할 수도 있겠죠. 하지만 그런다고 해서 영생이 가능할까요? 신체 기관을 모두 교체해도 뇌를 바꾸는 건 위험한 일입니다. 알츠하이머(치매)와 같은 증상은 뇌가 노후화되기 때문에 일어나는 현상이죠. 다른 장기를 새 것으로 바꾸어도 뇌는 계속해서 낡아갑니다. 인간의 기억은 뇌에 저장되는데 이를 바꾸면 다른 사람이 되는 거나 마찬가지니까요.

8 디지털적 영생

두 번째 방법은 뇌에 저장된 정보를 컴퓨터로 옮기는 방법입니다. 인간이 자신을 인식할 수 있는 건 뇌에서 과거를 기억하고 이를 데이터베이스화하기 때문입니다. 뇌의 기능은 전기신호로 작동해요. 스마트폰을 작동시키는 에너지와 같은 힘이죠. 아직 뇌의 구조에 대해서 밝혀지지 않은 점은 많지만 좀 더 연구가 진행된다면 뇌의 정보를 모두 컴퓨터 스캔하는 것도 꿈같은 이야기는 아닙니다. 스캔 된 정보를 디지털 세계에 전송한다면 신체는 죽더라도 비트의 세계에서 삶을 이어나갈 수 있겠죠. 실제로 '특이점이 온다'를 쓴 미래학자 레이커즈와일은 2050년쯤 위와 같은 방법으로 영생이 가능하다고 보고 있습니다(그 때문에 하루에 150알이나 되는 영양제를 먹고 버티고 있죠). 2050년은 먼 미래도 아닙니다. 제 나이가 2020년 기준 28이니 건강을 챙기고 열심히 살아가다 보면 60살에 영생을 누릴 수 있겠네요.

하지만 결정적인 의문이 가시지 않습니다. 뇌의 기억정보를 모두 스캔해서 디지털 세계로 보낸다면 컴퓨터 파일을 복사하는 것과 기술적으로 다르지 않을 겁니다. 현재 내가 인식한 존재는 물질세계에 그대로 존재하는데 클론 하나가 디지털에도 생기는 거죠. 결국 최초의 나는 기억의 정보가 현실에 남아있기 때문에 죽음에 이를 수밖에 없습니다. 뇌에 저장되어있는 물리적 기억정보를 그대로 잘라내서 디지털 세상에 붙여넣기 할 수 있다면 모르겠지만요.

이에 대한 반론으로 컴퓨터 과학자 '한스 모라벡'은 사람의 마음을 컴퓨터에 업로드 하는 새로운 방법을 제안했습니다. 일단 뇌가 없는 로봇과 사람을 침대에 눕히고 인간의 뇌에서 뉴런 몇 개를 추출해 트랜지스터에 복제합니다. 그 후 인간의 뇌와 로봇의 빈 머리에 있는 트랜지스터를 전선으로 연결한 후에 남아있는 뉴런을 폐기합니다. 이 방식을 반복하면 우리의 의식이 완전히 컴퓨터로 옮겨진다고 '한스 모라벡'은 말합니다. 잠깐 눈을 감았다. 일어나면 제 몸이 로봇으로 바뀌어 있는 거죠.[4] 다만 이 기술이 금세기 내에 실현될지는 아직 미지수입니다. 또한 물리적 실체에서 존재했던 나란 자아가 디지털 세상에서의 '나'를 자기로 인식할 수 있을지도 걱정입니다. '테세우스의 배'를 들어보셨나요? 미노타우로스를 죽인 후 아테네에 귀환한 테세우스의 배를 시민들이 팔레론의 디미트리오스 시대까지 보존했습니다. 중간에 배의 판자들이 썩으면 대체하는 식으로 원형을 유지했죠. 오랜 세월 동안 각자의 구성요소가 달라지면서도 원형의 모습을 유지해온 것입니다. 그럼 원래 테세우스가 타고 왔을 때의 판자를 모두 바꾸고 나서도 이 선박을 테세우스의 배라고 부를 수 있을까요? 인간이란 존재는 물리적 세상에서 태어났고 자랐습니다. 또한 미생물이 인간 성격에 영향을 준다는 연구 결과도 상당합니다. 오로지 뇌의 기억 요소만 디지털에 넣어두고 다른 모든 유기체적 성질이 비유기체로 바뀐다고 생각해봐요. 이 존재를 이전과 동일한 인간이라고 부를 수 있을까요?

디지털 세계의 보안성도 문제입니다. 현실에서 사고로 목숨을 잃는 것처럼 디지털 세계에서 해킹은 개체의 생명을 위협할 수 있는 큰 재난입니다. 해커의 가벼운 장난 짓에 우리의 목숨이 송두리째 사라질 수도 있습니다.

---

4) 미치오 카쿠 - 인류의 미래

9 종교적 영생

세 번째는 종교의 귀의입니다. 전 종교인이 아니지만, 한때 영생을 원해 신앙을 가진 적이 있습니다. 다수의 종교와 신화는 영혼의 존재를 인정합니다. 기독교 신앙으로 볼 때 인간은 현실에서 숨을 거둔 뒤 영혼이 육체에서 떨어지고 천국 또는 지옥으로 향한다고 합니다. 불교에서도 인간의 영은 끝없이 윤회(인간이 죽은 뒤 그 업의 정도에 따라 육도의 세상에서 생사를 거듭한다는 사상)한다고 합니다. 현세에 지은 죄에 따라 내세에 인간이나 동물이 될 수도 있으며 다른 존재로 태어날 수도 있다는 겁니다. 중세 십자군 전쟁 당시에는 이슬람 문명권에 있는 성지(예루살렘)를 탈환하기 위해 싸우는 도중 죽어도 모두 천국으로 향한다고 생각했습니다. 그건 이슬람 문명도 마찬가지였고요(이슬람과 기독교는 모두 뿌리가 같은 종교입니다. 두 종교 모두 유대교에서 시작되었으며 야훼=하나님=알라를 믿습니다. 구체적인 차이는 기독교는 예수 그리스도를 하나님의 아들이라고 믿지만, 이슬람은 과거부터 이어져 온 예언자 중 한 명으로 본 것입니다. 마지막 예언자이자 가장 위대한 자가 무함마드이고요). 무교 기준으로 볼 때 종교적 영생은 가장 불확실한 가능성입니다. 일단 신의 존재가 확실하지 않습니다. 모든 종교를 파악하기에는 부족하니 제가 한때 몸담았던 기독교를 기준으로 이야기해보죠. 기독교에서 하나님은 자애롭고 전지전능하며 본인의 모습을 본떠 인간을 만들었다고 합니다. 이 논지는 현재 사회를 비춰볼 때 무리한 점이 많습니다. 세상은 생각만큼 깨끗하지 않습니다. 아직도 10억 인구 정도의 극빈층이 존재하며 소득 불평등은 세계의 불편한 진실로 자리매김한 지 오래입니다. 소말리아나 중동, 아프리카에서는 크고 작은 분쟁이 현재진행형입니다. 정말로 자애롭고 전지전능한 신이 존재한다면 이런 세상을 방관만 한 채 있을까요? 여기서 저는 기독교에서 말하는 신의 모순을 3개의 논지로 생각해보았습니다. 첫째 하나님은 존재하지 않습니다. 신이 존재한다면 오랜 시간 동안 인간의 방종으로 자신의 피조물(자연환경, 동식물 등)이 일방적으로 망가지는 걸 보고 있지만은 않겠죠. 둘째 신은 전지전능하나 자애롭지 않습니다. 기독교의 논지대로 신이 전지전능하다면 세상이 이런 식으로 흘러가는 건 모두 신의 뜻이겠지요. 인간이 어찌 신의 뜻을 모두 헤아리겠냐마는 적어도 사피엔스의 기준으로 하나님의 행동은 부도덕하다고밖에 볼 수 없습니다. 셋째 신은 전지전능하지 않다. 도덕적 기준을 가진 하나님이 존재한다면 세상의 흐름을 마음대로 못하는 건 능력이 부족해서일 겁니다. 기독교에서 말하는 사탄이나 다른 존재의 신이 간섭해서 하나님의 능력을 떨어뜨릴 수 있죠. 제가 생각한 3개의 논지에 비추어볼 때 신의 존재를 믿기란 불가능에 가까운 일입니다. 하나님의 존재를 의심한다면 종교에도 회의감을 가질 수밖에 없죠.

세 가지 대안을 살펴본 끝에 현재 삶에서 영생은 불가능했습니다. 인간은 필멸의 존재임에 불가한 거죠. 그럼 난 어떻게 살아야 하죠?

10 내 삶을 어떻게 등가교환할 것인가?

도라에몽의 작가인 후지코 F 후지오씨는 1996년 세상을 떠났습니다. 제가 93년생이니 4살 때 돌아가셨죠. 처음 도라에몽을 보게 된 건 6살 때

쯤이었습니다. 당시에 전 작가가 돌아가신 줄도 몰랐어요. 새로운 극장판 만화와 애니메이션이 꾸준히 제작되고 있었기 때문이죠. 후지코씨가 돌아가신 지 20년이 넘게 지난 지금도 도라에몽 만화와 애니메이션은 여전히 나오고 있고 우리 곁에 살아 숨 쉬고 있습니다. 그렇다면 도라에몽의 작가로서 후지코씨는 정말로 죽은 것일까요?

죽음에 관한 저의 두 가지 견해를 말씀드릴게요. 하나는 생물학적 사망이며 다른 하나는 기억에 잊힘으로써 얻는 죽음입니다. 생물체로서 우리는 언젠가 죽습니다. 이건 모두가 쉽게 받아들이는 견해입니다. 후지코씨는 의학적으로 볼 때 뇌 기능 및 신체활동이 모두 정지했습니다. 죽음에 이른 순간 인간 신체는 부패하고 원자의 결합은 무너지기 시작하죠. 생물학적으로서 후지코씨는 세상에 존재하지 않습니다. 비슷한 이름과 외형을 가진 사람이 이후에 나타나도 그분이 후지코씨는 아니죠. 종교를 가진 분들은 죽음 이후에 영혼이 신체와 분리되어 사후세계로 향한다고 봅니다. 하지만 영혼의 존재를 증명할 수 있을까요? 우리 몸 신체 어디에도 영혼이 깃들어있다는 과학적 근거는 없어요. 혹자는 20세기 미국의 의사인 던칸 맥두걸이 발표한 '사람이 죽은 후 21g이 줄어들었다.'는 연구 결과를 근거로 영혼의 무게가 존재한다고 주장하기도 합니다. 하지만 표본이 현저히 적었으며 일부만이 조건에 충족되었다는 점에서 실험 신뢰도는 상당히 낮았습니다. 주류 과학에서 받아들이기에는 허무맹랑한 소리죠.

근대까지만 해도 과학자들은 심장에 영혼이 있다고 보았습니다. 현대에 들어서는 뇌로 그 위치가 옮겨졌으며 지금은 영혼이 존재하지 않는다는 게 정설이 되었죠. 영혼이 만약에 존재하지 않는다면 우리 행동은 어떻게 설명할 수 있을까요? 신체의 움직임은 뇌의 신호에 따라 결정됩니다. 과학자들은 어떤 행동을 하기 7초 전에 이미 뇌에서 해당 결정을 내리는 걸 측정했습니다. 뇌의 전체 지도는 복잡합니다. 도서관으로 비유해볼게요. 도서관에는 분야별로 다양한 책이 있습니다. 경제, 철학, 과학, 문학 등 수도 없이 다양한 분야가 있고 세부항목이 있죠. 도서관을 인간 뇌로 생각해보자면 경제, 철학, 역사, 문학 등의 장르는 뇌의 특정 부위인 대뇌피질, 전두엽, 해마, 편도체와 같아요. 특정 지식을 찾기 위해 해당 분야의 서가를 찾는 것처럼 우리 뇌에도 부위마다 각자 담당하는 영역이 있습니다. 예를 들어 손을 들면 그 행동과 관련된 뇌의 기관이 반응하는 거죠. 부위가 훼손되면 담당하고 있는 역할에 이상이 생깁니다. 사이코패스 같은 경우는 감정을 지배하는 전두엽 기능이 일반인의 15%밖에 되지 않습니다. 다른 사람의 고통에 무감각하고 양심의 가책을 느끼지 않는 건 이 때문입니다. 알츠하이머는 기억을 담당하는 부위인 해마에 손상을 입어 발생해요. 장기기억을 담당하는 해마가 손상되어가면서 과거의 기억을 까먹기 시작하는 거죠. 뇌의 기관이 변형하는 것에 따라 행동이 달라진다면 온전한 영혼의 존재를 믿을 수 있을까요?

기억에서 잊힘으로써 얻는 죽음은 위의 이야기보다는 관념적인 내용입니다. 죽음이란 관계의 단절입니다. 생물학적으로 소멸해버린 존재와 우리가 소통할 방법은 없습니다. 직접 만날 수도 카톡이나 SNS를 통해 연락할 수도 없죠. 단지 우리의 기억 속에서만 존재할 뿐이에요. 누군가에게 기억될 때야 비로소 우리는 살아있음을 이 세상에 증명할 수 있습니다. 주관적인 나로서의 인격이 죽음 이후에 소멸한다는 건 결국 내가 태어나지 않은 것이랑 마찬가집니다. 논리적으로 볼 때 내가 죽음이후 생각할 수 없는 존재가 되었다는 건 내가 살아있었던 것을 스스로 인지하지 못하는 즉, 주관적으로 볼 때 존재하지 않았다는 것과 마찬가지죠. 존재했던 증거를 남기는 것이야말로 내가 살아있었음을 세상에 증명하는 일이죠. 확률적으로 볼 때 소수의 사람에게 증거를 남기는 건 위험한 일입니다. 그들이 모두 사라지거나 재난에 의해 증거품이 소멸할 때는 내 존재도 같이 없어지는 거니까요. 소크라테스나 이순신 같은 인물들은 사후 오랜 시간이 지났음에도 존재의 증거가 남아있습니다. 누군가의 기억 속에서 오래 존재할수록 죽음은 멀어져 가는 것과 마찬가지입니다. 반대로 기억에서 잊힌 존재는 생물학적으로 죽지 않더라도 나의 주관에서는 완전히 소멸한 인물과 동일시됩니다. 길가에서 스쳐 지나간 존재, 지하철 옆자리에 앉은 타인, 초등학교 때 안 친한 동창이거나 절교해서 기억에서 사라진 친구 등도 마찬가지죠. 이는 세상이 객관적인 진실이 아니라 '나'라는 주관에 의해서 왜곡되기 때문이에요.

사과는 온전한 빨간색이 아니라 눈에 있는 색깔을 담당하는 원추세포에 의해 왜곡되어 보이는 색깔입니다. 색맹을 생각하면 이해하기가 쉬울 겁니다. 세상을 보는 창문은 사람마다 다르고 온전히 같은 생각을 하는 존재는 없습니다. 즉, 내가 죽으면 세상도 사라지는 겁니다. 이렇게 생각한다면 우리는 지금도 수많은 사람을 기억에서 지우고 또 그 존재가 죽어 감을 느끼고 사는 겁니다.

강철의 연금술사의 주인공 에드워드 엘릭은 연금술이 등가교환의 법칙을 따른다고 했습니다. 여기서 말하는 등가교환은 무언가를 얻기 위해서는 그에 상응하는 가치를 사용해야 한다는 거죠. 후지코씨는 도라에몽이란 작품을 통해 많은 사람의 기억에 남게 되었어요. 떠올릴 수 있을 만한 업적을 남겨 사람의 기억 속에서 계속해서 존재한다면 그건 영생이라 말할 수 있지 않을까요? 필멸 자로 태어난 게 인간의 운명이라면 그것을 벗어나기 위해, 저는 제 삶을 등가 교환할 목표를 찾았습니다.

2
성공에 대한 의심

의심해볼 것 : ① 모두 성공할 수 있을까?

② 노력은 보장받는가?

키워드 : 과학, 자기계발

1 방황에서 얻은 것

영생을 위해 위대한 업적을 남기려고 해도 무턱대고 기준을 잡기란 쉽지 않죠. 일단 업적의 기준이 모호했습니다. 초등생 기준으로는 교내 물로켓 대회에서 입상하는 것만으로도 위대한 성취였어요. 프로게이머들도 동경의 대상이었습니다. 2003년 당시는 pc방이 한창 성행할 때였고 관련 e스포츠 산업도 막 성장하기 시작할 때였습니다. 조금만 인기 있던 게임이라도 프로대회를 개최했어요. 우리 학급에서는 디지몬 RPG라는 게임이 유행했습니다. 대회는 온라인 예선을 치른 뒤 오프라인에서 본선을 진행했습니다. 3인이 한 팀이었습니다. 친한 제 학급 친구 2명이랑 같이 수업 시간 몰래 포지션을 짜고 재밌어 했죠. 대회에 참가할 수 있는 레벨까지 올라가지 못해 결국 실패했지만요. 그 시기에 깨달은 거지만 전 프로게이머가 되기에는 재능이 부족했어요. 프로들은 대게 몸의 반응속도가 빨라서 즉각적으로 대응하는데 전 그러지 못했죠. 온갖 요소를 생각하다 보니 공격할 시기를 매번 놓쳤죠. 아직도 스타크래프트를 할 때 무한 미네랄 치트키 없이는 컴퓨터를 못 이깁니다. 제가 건물 짓기에 빠져 있을 때 상대방은 달려들어서 다 부시더라고요. 마치 난 심즈 하는데 컴퓨터는 GTA 하는 기분이랄까요?

게임을 잘하진 못해도 어린 시절 시간 대부분을 컴퓨터 앞에서 보냈습니다. 부모님이 맞벌이로 장사를 하다 보니 학교 끝나고 밤까지 집에 저혼자였습니다. 컴퓨터 사양은 좋지 않아서 주로 저사양 온라인 게임이나 CD 게임을 했습니다. 탱구와 울라숑, 하얀마음백구, 보글보글, 메이플스토리, 마비노기 등 그 시절에 했던 게임 속에서 주인공이 된 기분이었습니다. 특히 마비노기란 게임에 미친 듯이 빠졌습니다. 판타지 라이프를 모토로 내건 게임이라 자유로운 플레이가 가능했습니다. 게임 시간으로 오전 오후에는 대장간, 식료품점, 잡화점을 돌아다니면서 아르바이트를 했어요. 밤에는 모닥불에 앉아있는 유저랑 수다를 떨 거나 같이 사냥하러 던전에 가기도 했죠. 메인 스토리도 인상 깊었습니다. 생전 처음 들어본 켈트신화를 배경으로 했거든요. 마비노기를 하던 2005년 당시는 '만화로 보는 그리스 로마 신화'가 대 히트였습니다. 그리스 신화에 대해 많은 아이가 관심을 가졌죠. 얼마나 인기 있었냐 하면 만화를 기반으로 '올림푸스 가디언'이라는 애니메이션이 나올 정도였죠(뭔 훗날. 이 애니메이션의 오프닝은 저의 대학 자기소개 영상으로 각색되는 불운을 겪게 되었습니다⋯). 신화라고 하면 그리스 신화만 생각하던 저에게 켈트신화와 연관된 이야기는 독특하고 신비로웠습니다. 주된 스토리는 마족인 포워르와 신들의 자손인 투아하 데 다난과의 전쟁입니다. 이 중 특이한 건 바이브 카흐라는 전쟁을 주관하는 3여신 중 복수를 담당하는 모리안이 선역으로 등장한다는 점이에요. 대개의 미디어는 선악의 구별과 권선징악을 모티브로 하는데 마비노기는 그렇지 않았어요. 복수의 여신이 투아하 데 다난에게는 정의의 신이였죠. 반대로 포워르 입장에서는 모리안이 악이고 그와 대치하는 마족의 신 키홀은 선 인 거죠. 완벽한 선과 악은 없다는 걸 마비노기를 통해 깨달았어요. 모든 건 이해관계의 대립일 뿐이죠.

2 위인들의 길을 따라가보자

영생을 위해 내 이름을 남기겠다는 생각만 있고 무엇을 해야 할지는 전혀 감이 잡히지 않았습니다. 남들처럼 선/악, 옳음과 그름의 구분이 확실했다면 좀 편했을까요? 주변 사람이 추천하는 길이 정말로 나에게 맞는 길인지 늘 의심이 들었습니다. 그때쯤 집안 구석에서 먼지 쌓인 채 파묻혀 있던 세계 위인전이 눈에 띄었습니다. 그 책들은 저희 부모님이 형들 읽으라고 사놓은 거였습니다. 하지만 두 형은 책에 영 관심을 보이지 않아 골동품처럼 색이 바래고 있었죠. 역사에 이름을 남겼던 인물들의 삶은 다들 기구했습니다. 발명왕 토머스 에디슨은 집안이 가난해서 학교도 제대로 못 다녔습니다. 12세 때 철도에서 신문, 과자 등을 팔면서 생계를 유지했죠. 급기야 화물차 안에서 실험을 하던 중 화재를 낸 적도 있었습니다. 발명품 하나를 만들기 위해 그는 수십 번도 넘는 실패를 여러 번 겪었어야 했습니다. 상대성이론을 집대성한 아인슈타인은 태어날 때부터 천재는 아니었습니다. 학교 다닐 때 수학과 과학을 빼곤 매번 낙제를 받았고요. 미국의 작가 헬렌 켈러는 태어난 지 얼마 되지 않아 뇌척수막염을 앓았고 시력과 청력을 잃었어요. 완전히 절망스러운 상황에서 은사 앤설리번을 만난 덕분에 일어설 수 있었죠. 위인들의 삶과 경험은 특별히 고귀하지도 않았습니다.

동서양의 신화를 보면 영웅은 태초부터 남들과 다르게 태어납니다. 신라와 고구려를 세운 박혁거세와 주몽은 알에서 태어났습니다. 로마를 건립한 로물루스와 레무스는 늑대의 젖을 먹고 자랐다고 전해지죠. 그리스 신화로 돌아오면 영웅들은 모두 신의 피를 1/2 또는 1/4 정도 이어받았습니다. 물론 아우라를 띄게 하기 위해 일부러 대상을 신격화시킨 것이지만 어린 저는 이 사실이 너무 불편했습니다. '나는 그들처럼 특별하게 태어난 것도 아니니까 너무 과한 꿈을 꾸고 사는 건 아닐까?', '될성부른 나무는 떡잎부터 알아본다는 데 난 그렇지 않은 거 같은데?' 온갖 부정적인 생각으로 방황하던 차에 위인들의 삶을 접한 거죠.

큰 실패에 대한 동경이 있었습니다. 처절하게 좌절하고 무너져봐야만 성공의 빛을 볼 수 있다고 생각했어요. 위인전 외에 여러 미디어에서도 실패를 두려워 말고 노력해야 한다고 거듭 강조했습니다. 편협한 정보를 바탕으로 전 큰 실패를 통해 성공의 원동력을 얻고 노력은 배신하지 않는다는 알고리즘을 만들어내었습니다. 그러면 여기서 간단한 의문이 생깁니다. 남들에게 거대한 영향을 미치며 후세에 널리 기록될만한 업적을 남기는 방법은 무엇이 있을까요? 각자의 기준마다 다른 해답이 나오겠지요. 누구는 부를 축적해 자선사업을 하는 일이라고 말 할 수도 있고 대통령이 되어 국가를 옳은 방향으로 이끄는 것도 하나의 방안이겠죠. 전 에디슨 같은 과학자의 길에 꽂혔습니다. 발명이란 마치 무에서 유를 만들어내는 신의 창조와도 같은 것이라고 느꼈습니다. 이후의 라이프스타일도 크게 달라졌죠. 지금의 우리는 전구와 전기가 없는 시대의 삶이 어땠는지 감히 상상도 못 할 정도입니다(에디슨이 최초로 전구를 발명한 사람은 아닙니다. 오히려 그는 자신의 발명품으로 사업을 잘 해낸 사람에 속합니다). 에디슨의 발명 이전에 밤이란 잠자리에 들거나 양초 불로 버텨내야 하는 침묵의 시간이었죠. 한 사람이 만들어낸 물건으로 인해 오랜 시간 인간을 굴복시켰던 어둠을 지배할 수 있게 되었습니다. 가히 인간의 위대한 승리라고 부를 수 있는 일이죠. 어린애가 과학을 동경할 수밖에 없는 일입니다.

3 어떤 과학자가 될 건데?

과학에 한참 심취했던 저는 그 외에 모든 학문은 쓸모없는 거로 생각했어요. 아직 미스터리한 일은 많이 있지만 근 미래에 모든 수수께끼를 과학이 풀어낼 거로 생각했죠. 인간 게놈 프로젝트를 예로 들어볼까요. 1990년에 실시한 게놈 프로젝트는 인간 유전체 염기서열을 밝혀내는 작업입니다. 암호와도 같은 유전자 구조가 밝혀진다면 유전인자로 인해 생기는 병의 원인을 확실히 알 수가 있죠. 신약을 만들 수도 있으며 태아의 게놈을 변형 시켜 유전병을 제거할 수도 있습니다(현대 유전자 가위 기술인 크리스퍼는 이를 가능케 합니다만 태아에게 사용할 경우 여러 윤리적 문제가 생깁니다. 2018년 11월 중국의 허젠쿠아 교수는 유전자 편집 기술을 사용해 태아의 유전자가 에이즈에 면역성을 일으키도록 조작한 게 밝혀져 큰 논란이 되었습니다.[5]

수많은 과학 분야 중에서 제가 가장 관심 가졌던 건 생명공학이었습니다. 팔다리가 없는 채로 생활하는 아이들의 다큐멘터리를 본 게 원인이었습니다. 태어날 때부터 신체 일부분이 없는 채로 힘들게 살아가는 존재들이 너무 가여워 보였어요. 그들을 볼 때마다 저는 그저 운이 좋은 사람 중 1명이라는 생각이 머릿속에 남았습니다. 그때쯤 황우석 박사의 줄기세포 연구를 알게 되었고 허위논문으로 연구가 조작됐다는 사실을 알

---

5) 아주경제 – '유전자 편집 아기 논란' 중국인 과학자, 결국 '사형선고' 받나. 2019.1.2

게 된 건 멀지 않은 일이었습니다. 학교를 끝마치고 집에 돌아온 뒤 TV를 켰는데 온 채널이 시끄러웠어요. 뉴스 속보에는 익숙한 얼굴의 남자가 침울한 표정을 짓고 있었고 빨간색 글자로 '황우석 박사 줄기세포 없다.'라고 적혀있었어요. 제 삶에서 처음으로 본 충격적인 속보였습니다. 당시는 줄기세포가 정확히 어떤 기능을 하는지 알지 못했지만, 인류 역사의 획기적 사건이란 것쯤은 짐작하고 있었어요. 그게 거짓이었다니. 3000t 트럭에 온몸이 짓뭉개진 기분이었습니다.

생명공학연구원의 꿈을 구체화한 건 그 이후부터입니다. 어릴 때의 패기였는지 제가 직접 줄기세포를 완성해보자고 다짐한 거죠. 예수님이 조그마한 빵을 늘려 굶주린 빈민들의 배를 채우듯이, 생명공학으로 불평등한 신체를 가지고 태어난 사람을 돕고 싶었습니다. 그들이 잘못한 건 없으니까요.

4 생명공학은 인류의 구원자일까?

위 이야기랑 조금 결이 다른 이야기를 해볼까 합니다. 어린 시절의 전 과학으로 인해 많은 사람이 구원을 받고 평등해질 수 있겠다고 생각했어요. 그렇기에 과학이 존경받아야 하고 인류를 위해 봉사하는 게 과학자의 삶이라고 생각했죠. 하지만 알다시피 탄두 하나로 도시 한 개를 순식간에 재로 바꾸어 버리는 핵폭탄을 만들어낸 건 과학입니다. 과학자가 선의를 가지고 있더라도 사용하는 주체에 따라 악이 되기도 하는 거죠. 알프레드 노벨은 처음에 다이너마이트를 채굴, 건설 현장에 사용할 목적으로 만들

없습니다. 이후 살상력이 큰 폭탄을 만들면 그 위력에 놀란 사람들이 전쟁을 벌이지 않을 거로 생각해 '발리스타이트'라는 폭약을 내놓았죠.[6] 의도가 어떻건 간에 노벨이 만든 폭약은 수많은 인명을 앗아갔습니다. 아이러니하게도 그는 세계 평화를 위해 노벨상을 만들었네요.

생명공학에서도 비슷한 의문이 생길 수 있습니다. 줄기세포 연구와 연관되어있으며 윤리적으로 가장 큰 논란을 띄고 있는 건 유전자 가위-크리스퍼(CRISPR-Cas9)입니다. 유전자 가위는 물리적인 가위를 뜻하는 게 아닙니다. 정확히 말하면 단백질 효소가 우리 몸의 유전자를 잘라내는걸 유전자 가위라고 말하는 거죠.[7] 크리스퍼로 문제가 되는 DNA를 잘라내거나 빈 곳에 다른 유전자를 채우는 거지요. 문제점은 유전자 가위가 치료목적으로만 사용되지 않는다는 점입니다.

학교 수업 시간에 정자와 난자에 들어 있는 염색체가 자손한테 유전된다는 사실을 배웠을 거예요. 기억나시나요? 사람은 부모로부터 절반씩 유전정보를 받습니다. 22쌍의 상동염색체와 1쌍의 성염색체는 부모 각자로부터 받은 염색체가 한 쌍으로 합쳐진 거예요(성염색체로 남자는 XY 여자는 XX염색체를 가지고 있습니다. 특이하게 여자의 XX염색체중 하나는 단백질로 형성될 때 무작위로 정지됩니다. 정지된 염색체와 활성화된 염색체는 서로 교환이 이루어지고 여성은 아버지, 어머니로부터의 유전자를 이것저것 조합한 것과 같게 됩니다.[8]). 유전자에는 각각 우성과 열성이 나누어져 있습니다(열성이라고 열등하단 뜻이 아닙니다. 단지 우성인자를 만날 경우 유전적 형질이 나타나지 않는 걸 말합니다). 예를 들어

---

6) 사이언스 타임즈 - 노벨의 다이너마이트에 관한 진실

7) 폴 크뇌플러 - GMO사피엔스의 시대

8) 카타리나 베스트레 - 내가 태어나기 전 나의 이야기

열성 유전자 한쪽이 유전병 인자를 가지고 있고 우성 유전자 한쪽이 정상이면 결과적으로 문제가 나타나지 않습니다. 하지만 문제가 되는 열성 유전자 2개가 만나면 결국 유전병이 나타나는 거죠. 피가 잘 굳지 않는 혈우병이 대표적인 열성 유전병입니다.

유전자 가위는 우연의 산물로 결정되는 인간 신체 구조를 송두리째 바꿔버립니다. 병뿐만 아니라 신체적 조건, 두뇌 수준 등도 태어나기 전 미리 결정할 수 있는 거죠. 부모의 아름다운 사랑의 결실인 자식이 돈 몇 푼을 사용해서 맞춤형으로 태어난다면 어떨 거 같나요? 돈 100만 원에 키 190cm, IQ 140, 박보검 같은 외모로 자식이 태어난다면요? 자식에게 유전자 가위를 사용하고 싶은 유혹을 참기란 쉽지 않을 겁니다. 윤리적으로 불편함을 느껴 거부하는 사람이 있더라도 주변인이 모두 유전자 조작을 한다면 상대적으로 경쟁에서 취약해집니다. 처음 사교육은 일부만 했지만, 어느새 필수요소로 들어온 것과 같은 이치예요.

오로지 병의 치료를 목적으로 하고 그 외의 일을 규제한다고 해도 생각처럼 쉽지만은 않습니다. 중국의 허젠쿠아 교수 일을 보듯이 유전자 조작을 한번 허용하면 다시는 돌아올 수 없는 특이점을 넘어갈 가능성이 높아요. 한 명이 자식의 유전병을 치료하기 위해 배아 상태에서 유전자 가위를 사용한다고 칩시다. 자식이 잘되기를 바라는 부모 마음에서 더 좋은 것을 내 아이에게 물려주고 싶은 소망도 커질 겁니다. 이후에는 유전자 가위로 변형된 초인간과 일반인이 공존하는 사회가 찾아오겠죠.

마이클 센델은 '완벽에 대한 반론'에서 유전자 가위의 위험성을 재차 강조했습니다. 첫 번째로 유전자 조작이 자유롭다면 자식은 부모의 경제력에 더욱 얽매일 수밖에 없습니다. 부유한 집안일수록 더 좋은 유전자의 후손이 태어나는 거죠. 양극화 현상이 물질에서뿐만 아니라 생물학적 요인에서까지 나타나게 되고 사회의 불안 요소는 더 커질 수 있다고 센델은 말합니다.[9] 두 번째 문제는 부모의 선호에 따라 자녀가 직접 디자인되는 겁니다. 초인간으로 태어난 자식은 부모라는 신에 의해 만들어진 창조물과도 같게 됩니다. 성경에서는 하나님의 피조물인 인간이 신에게 순종하라고 말합니다. 이 같은 현상이 부모와 유전자 조작된 자녀와의 사이에서도 벌어질 수 있는 거죠. 세 번째는 초인간과 인간 사이의 갈등입니다. 두 가지 시나리오를 말해볼 수 있겠는데요. 하나는 디자인된 인간이 소수이고 일반인이 다수일 경우입니다. 인류사에서 소수에 대한 혐오는 끊임없이 반복됐습니다. 아메리카 땅의 인디언에 대한 학살, 돈이 많은 유대인에 대한 혐오와 제노사이드 등 셀 수 없을 정도죠. 초인간에 대한 일반인의 감정은 처음에는 부러움에서 열등감 그리고 어느 순간 분노와 폭력으로 바뀔 소지가 다분합니다. 초인간 전용 게토(중세 이후 유럽 각 지역에서 유대인을 강제 격리하기 위해 만들어진 거주 지역)를 만들자는 대중의 요구가 강해질 수 있죠. 다른 시나리오는 유전자 조작이 대중화될 때 순수혈통을 열등한 종족으로 생각할 수 있어요. DNA가 변형되지 않고 지내온 사람을 동물원에 넣어놓고 관찰할 수도 있어요. 실제로 19~20세기 유럽과 미국에서는 유색인종, 인디언, 흑인들을 우리에 가둬놓고 관찰할 수 있게 만들었습니다. 20세기 초 미국 뉴욕의 코니아일랜드에는 필리핀 사람들이 전시되어 관광객을 맞았죠.[10]

---

9) 마이클 센델 – 완벽에 대한 반론

10) 연합뉴스 카드뉴스 – '인간 동물원'을 아십니까.

5 현대의 게토(정상과 비정상)

현대는 지성의 시대라 야만적인 행동이 반복되지 않을 거로 생각하시나요? 시야를 조금만 넓혀보아도 이 말이 거짓이라는 걸 알 수 있습니다. 정신병자, 장애인에 대한 격리가 이와 비슷해요. 보통 사람을 기준으로 정상을 만들고 장애인, 정신 질환자를 비정상이라고 보는 태도가 문제입니다. 장애인은 신체 일부가 다르게 태어난 것일 뿐이며, 과거에는 경미한 정신병을 가진 사람을 기질의 차이로 보았습니다(정신 질환자를 모두 사회에 풀어놓자는 주장이 아닙니다. 정상과 비정상을 가르는 기준은 시대마다 달라졌고 객관적일 수 없다는 거예요). 유발 하라리는 '사피엔스'에서 "자연 상태에서 가능한 건 무엇이든 자연스러운 것"이라고 말해요.[11] 장애인이나 정신병을 가지고 있는 사람을 자연스럽지 못한 것, 비정상이라고 말할 수는 없는 것입니다.

그럼 언제부터 정상과 비정상을 나누게 되었을까요? 미셸 푸코는 과학을 필두로 한 근대적 이성이 정상과 비정상을 구분하는 잣대로 사용되어 불합리한 상황을 만든다고 보았습니다.[12] 1970년대까지만 해도 동성애는 정신병으로 분류되면서 질병의 하나로 기록되었습니다. 전기, 약물치료나 격리 등의 방법은 동성애를 비정상으로 규정하고 정상으로 만들려던 근대적 이성의 끔찍한 행동이었죠. 과학기술과 이성은 완벽한 게 아닙니다. 뉴턴의 책 '프린키피아'가 나오고 나서 고전역학은 세상에 대한 완벽한 진리라고 추앙받았습니다. 하지만 아인슈타인이 상대성이론

---

11) 유발하라리 - 사피엔스

12) 하상복 - 지식인 마을 푸코&하버마스

을 내면서 고전역학에서 절대적이었던 시간과 공간이 관찰자에 따라 늘어나거나 줄어들 수 있다는 상대적인 개념으로 재정립되었죠.[13] 거시세계에서의 상대성 이론과 미시세계의 양자역학도 서로 다른 원리로 설명됩니다. 거시세계에서는 물질은 입자나 파동 둘 중 하나의 성질을 띨 수밖에 없는데 미시세계에서는 이 둘이 동시에 존재할 수 있기 때문이죠.

과학이 완벽한 진리가 아님에도 기술과 이성을 맹신하는 태도는 위험합니다. 1859년에 찰스 다윈이 '종의 기원'을 발표한 뒤 진화론에서 파생한 여러 이론이 생겨났습니다. 영국의 철학자이며 사회학자인 허버트 스펜서는 사회를 진화하는 유기체로 보았습니다. 자연 상태처럼 사회 역시 적자생존의 법칙을 따르기 때문에 빈부격차는 사회의 진화과정에서 불가피하며, 기업의 활동을 규제하는 것은 종의 자연적 진화를 막는 것과 같다고 말했습니다. 스펜서의 사회진화론은 다른 사람들한테 수용되면서 제국주의를 옹호하는 이론으로 변질하였죠. 골턴의 우생학 역시 진화론에서 파생된 주장입니다. 골턴은 유전자에는 좋은 형질과 나쁜 형질이 확연히 구분되어 있다고 보았습니다. 좋은 유전자를 가진 사람끼리 선택적으로 결혼하면 몇 세대에 걸쳐 천재를 만들 수 있다고 본 거죠. 이런 주장은 인구의 전체 평균을 뛰어난 사람으로 채우려는 공공정책으로 확대되었습니다. 우생학을 열렬히 신봉한 사람은 히틀러였습니다. 그는 독일 민족인 아리아 인종이 가장 우수한 유전자를 가지고 있다고 보았습니다. 그리고 8등신의 다부진 신체를 가지고 금발을 띄고 있는 모습을 아리아 민족의 표본으로 보았죠. 기준에 맞지 않은 장애인에 대한 차별도 상당했습니다. 생식기를 거세하는 등 극단적인 처벌도 자행되었어요. 히틀러

---

13) KBS NEWS – [지식 K] 상대성 이론의 영감은 철학?…"아인슈타인, 흄의 열렬한 팬"

의 우생학이 가장 안 좋게 영향을 끼친 건 유대인 민족입니다. 그는 유대인이랑 독일인의 피가 섞여 아리아 인종을 나쁘게 물들인다고 생각했습니다. 독일에서 유대인을 내보내기 위해 게토에 강제 이주시키는 방법이 동원됐어요. 처음에는 시오니즘(고대 유대인들이 고국 팔레스타인에 유대 민족국가를 건설하는 것을 목표로 한 유대민족주의 운동) 사상을 가진 유대인 지도자들과 나치 일부 인원에 의해 평화적으로 이주가 진행되었습니다. 하지만 1941년 나치에서 최종해결책(유대인 민족의 학살을 지칭하는 말) 논의가 본격적으로 진행되었죠. 그 결과 많은 유대인은 열차를 타고 수용소로 옮겨졌으며 모두가 알다시피 가스실에서 처참한 최후를 맞이하게 되었습니다.

6 의심하지 못하는 존재의 위험성

20세기 독일의 홀로코스트는 잘못된 믿음을 가진 자들이 벌인 광기의 축제였습니다. 인간이 생각하길 포기할 때 비극은 되풀이됩니다. 한나 아렌트가 말한 '악의 평범성'이라는 말처럼요.[14] 17세기 갈릴레오 갈릴레이는 지동설(태양을 중심으로 지구가 공전한다는 이론)을 발표합니다. 당시는 아리스토텔레스의 천동설(지구를 중심으로 다른 태양계 행성들이 공전한다는 이론)이 정설로 박혀있었어요. 갈릴레오가 처음으로 지동설을 주장한 건 아닙니다. 기원전 3세기경에 그리스의 아리스타르코스가 최초로 지동설을 제안했어요. 16세기에 니콜라우스 코페르니쿠스도 태

14) 한나 아렌트 - 예루살렘의 아이히만

양이 우주의 중심이고 지구가 태양 주위를 돌고 있다고 말했습니다. 갈릴레오는 자신의 천체 관측 결과를 바탕으로 코페르니쿠스의 지동설이 옳다고 주장했습니다. 당시 교회는 아리스토텔레스의 천동설을 바탕으로 성경의 내용을 설명했기에 지동설은 그 근간을 흔들 위험한 이론이었어요. 로마교황청은 이단 심문소에서 종교재판을 열어 목숨을 보전하고 싶다면 지동설을 철회하라고 갈릴레오를 압박했습니다. 위협에 마지못해 천동설을 인정한 뒤에도 갈릴레오의 삶은 편하지 않았습니다. 재판이 끝난 뒤에도 교회는 갈릴레오를 계속 감시했으며 행동에 대한 간섭을 이어나갔습니다.[15]

2003년에 일어났던 미국의 이라크 침공을 기억하시나요? 2001년 9월 11일 미국의 세계무역센터(이른바 쌍둥이 빌딩)가 알카에다 무장단체가 납치한 비행기에 부서지면서 테러와의 전쟁이 본격화되었어요. 미합중국의 상징이라고 할 수 있는 건물이 무너지는 걸 TV로 지켜본 미국국민들은 테러를 저지하는 것이 미국이 해야 할 일이라고 굳게 믿었습니다. 2003년 미국 정부는 사담 후세인이 대량살상무기(WMD: weapon of mass destruction)를 개발하고 테러를 지원한다고 주장하면서 이라크를 침공했습니다. 대량살상무기에 대한 위협이 단순히 이라크를 침공하기 위한 명분에 불과하다는 국제여론도 만만치 않았죠. 또 미국은 로비 행위를 합법으로 인정하는 나라입니다. 매년 수많은 총기사고가 일어나도 미정부에서 규제하지 못하는 건 정치계 깊숙이 미국 총기협회(NRA)가 관여되어있기 때문입니다. 총기가 불법화된다면 당연히 판매량이 감소하고 수익에 차질이 생기겠죠. 이라크 침공은 미국 군수 산업체의 배를 부르

15) 수잔 와이즈 바우어 - 문제적 과학책

게 했습니다.[16] 실제로 파헤쳐보니 대량살상무기는 존재하지 않았고요.

미국국민은 이라크 전쟁 초기에 강력한 지지를 보여주었습니다. 부시 미 대통령은 테러와의 전쟁을 애국심이라고 프레임 잡았어요. 시민들은 정부가 말한 애국 프레임에 걸려들었습니다.[17] 대량살상무기의 존재를 진정으로 의심치 않고 맹목적으로 이라크를 악의 축이라고 본 것이죠. 푸코는 잘못된 믿음이 내면화된 인간의 비극을 막기 위해 자기비판이 중요하다고 보았어요. 소크라테스의 '너 자신을 알라'라는 경구를 각자가 마음에 담고 살아야만 근대적 이성의 허울을 벗고 진실을 볼 수 있다고 보았죠. 의심 없이 사실을 보는 건 위험한 법입니다.

7 노력만 하면 다 될까?

어린 저는 위에서 논의한 내용은 생각지도 못하고 과학자를 꿈꾸기만 했죠. 생각대로 삶이 풀리진 않았습니다. 대한민국의 문/이과 교육 시스템 때문이죠. 학교 수업 중 과학계열(생물, 화학, 지구과학, 물리 등)은 재밌었지만, 수학은 젬병이었어요. 초등학교 4학년 때까지는 구몬 학습지를 통한 선행학습으로 가장 자신 있는 게 수학이었습니다. 그만두고 나서는 급격히 성적이 떨어졌어요. 수학이 어려운 건 문제해결을 하는 데 있어 암기 이상의 것을 필요로 하기 때문이죠. 문제를 본 뒤 패턴을 파악하고 그에 맞는 법칙을 사용하여 논리적 사고를 거쳐야 하는데, 늘 여기서

---

16) 오마이뉴스 – 되레 트럼프가 '희망'이라는 생각 드는 이유

17) 조지 레이코프 – 코끼리는 생각하지마

막혔습니다. 모든 사람이 그렇겠지만 저 역시 싫어하는 일은 죽도록 안 해요. 좋아하고 재미를 느껴야만 고통스러워도 하는 편이죠. 풀리지 않는 문제에 2~3시간을 소비하는 게 비효율적으로 느껴졌습니다. 삶이 점점 죽음으로 가고 있는데 수학 문제에 머리를 싸매고 고통스러워하는 게 내 인생에 충실하지 못하다고 느꼈어요(지금 생각하면 어린아이의 자기합리화죠…). 대신 과학은 좋아하고 성적이 잘 나와 미친 듯이 했죠. 중학교 때 종합문제지를 펼쳐보면 과학 부문은 연필 자국으로 완전 새까만데 수학 쪽은 서점에서 산 새 책처럼 새하얬어요. 과학자가 되는 데 있어 수학이 필요하다는 걸 알면서도 나중 되면 괜찮아질 거라고 자기 위로 했죠.

고등학교에 진학하고 나서 본격적으로 문 이과를 나누게 되었습니다. 살면서 이때만큼 고통스러운 시간은 없었던 거 같아요. 제가 이룰 수 있는 성공의 길은 과학자가 전부라고 생각했는데 이상과 현실의 괴리는 상당했죠. 이 시절에 가장 많은 자기계발서를 읽었습니다. 시크릿, 무지개 원리, 아웃라이어 등 성공에 관한 수많은 책을 읽으며 제 삶도 노력하면 보답받을 거로 생각했어요. 수학 잘하는 친구들 곁에 붙어 비법을 물어 보기도 하고 좋다는 인강도 들어봤습니다. 살면서 처음으로 4시간 수면을 하면서 성적을 올리려고 발버둥 치기도 했죠. 날이 갈수록 다크서클은 짙어져 갔지만, 훈장처럼 생각했어요. 이 노력이 나를 성공으로 이끈다고 생각하고 말이죠. 하지만 결과는 참담했습니다. 수학은 3~5등급에서 언제나 제자리걸음이었어요. 문/이과를 결정해야 할 때가 다가올수록 전 현실과 이상에서 고민했습니다. 위인전의 주인공들은 모두 자신이 하고자 하는 바에 최선을 다했습니다. 그들처럼 되길 원한다면 지금은 부족하더라도 계속해서 이상을 좇아야겠죠. 하지만 우리 모두가 노력하지 않는 건 아니에요. 뉴스, 인터넷, 그리고 지인을 통해서라도 정말 수없이 노력했는데도 시험에 떨어지고 빚이 생겨 추락하는 사람을 심심찮게 볼 수 있습니다. 그들은 정말로 최선을 다하지 않은 걸까요? 만약에 노력이 보답을 받아, 제가 이과로 진학해 수학 성적을 올리고 과학자가 된다고 칩시다. 제가 원하는 대로 연구할 수 있고 업적을 이룰 수 있는 상황이 조성될까요? 이 시절 저는 자기계발서와 미디어에서 말하는 성공이 얼마나 그릇된 것인지를 알게 되었습니다.

8 세상의 파이는 한정되어있어

경제학에서는 수요와 공급으로 인해 시장가치가 형성된다고 합니다. 애덤 스미스는 유명한 저서 '국부론'에서 우리가 빵을 먹을 수 있는 건 빵집 아저씨의 자비 때문이 아니라 돈을 벌고 자 하는 그의 욕망 때문이라고 하죠. 개인의 이기심이 모여 시장이 돌아가고 공익을 추구한다고 말했습니다. 이게 그 유명한 '보이지 않는 손'입니다.

시장가치는 누군가가 정해놓은 게 아니라 물건을 구매하고자 하는 욕구(수요)와 시장에 공급된 물건의 양(공급)의 비율에 따라 결정됩니다. 예를 들어 샌드위치를 구매하고자 하는 사람이 10명 있고 공급량이 5개라고 칩시다. 수요가 공급보다 많기 때문에 구매하는 사람들 사이에서 경쟁이 붙습니다. 웃돈을 주고서라도 구매하려는 사람은 많아지고 시장가치는 높게 형성됩니다. 적정가격이 1,000원이었다면 수요량이 높아짐에 따라 1,500원으로 시장가치가 형성된 거죠. 브랜드 회사에서 한정판 프리미

엄을 판매할 때를 생각해보세요. 수요가 어느 정도 있는 상황에서 일부러 공급량을 적게 해놓고 웃돈을 붙여 놓은 게 한정판 상품입니다. 상품이 충분히 매력적이라면 비싸더라도 구매하는 사람은 나타낼 테니까요(희소성의 법칙도 작용합니다. 재화의 가격은 흔한 것보다는 한정되어있는 것이 비싼 법이죠. 석회암이랑 다이아몬드를 생각해보세요. 둘 다 탄소로 되어있지만, 다이아몬드가 훨씬 한정되어있기에 가치가 높게 측정됩니다. 하지만 모든 재화가 희소하다고 비싼 가격이 될 수 있는 건 아닙니다. 상품을 구매하려는 수요가 없다면 희소해도 가치가 없게 측정됩니다).

반대로 수요가 5이고 공급량이 10이면 어떨까요? 구매하려는 사람을 충분히 만족시킬 만큼 상품이 있기에 재화는 흔한 게 되어버립니다. 급하게 구매하려는 욕구도 줄어들 테고 가격은 내려갑니다. 적정가치 1,000원짜리가 500원이 되는 거죠. 현실 세계에서의 수요는 쉽게 늘어났다 줄어들기를 반복하지만, 공급은 그러지 못합니다. 재화의 양이 한정되어 있기 때문이죠. 인간이 소비를 더 많이 하고 싶다고 해서 지구를 또 하나 만들 수는 없잖아요? 지구와 유사한 외계행성으로의 이주도 현재 과학기술력으로는 아직 꿈같은 이야기입니다. 적어도 금세기 말까지는 불가능해요.[18]

1798년 토머스 로버트 맬서스는 '인구론'이라는 책에서 재화가 소비되는 속도가 위험 수준에 도달할 수 있다고 경고했습니다. 맬서스는 인구의 증가는 기하급수적이지만 식량은 산술급수적으로 올라가기 때문이라 말합니다. 세계적인 기아를 막기 위해서 그는 '예방적 억제'와 '적극적 억제'를 시행하라고 말했어요. '예방적 방법'은 출산율의 감소입니다. 자

---

18) 미치오 카쿠 - 인류의 미래

식이 줄어든다면 자연스럽게 인구는 적정선을 유지할 거라고 보았죠. '적극적 억제'는 좀 충격적입니다. 인구를 감소시킬 수 있는 전쟁, 기아, 질병 등이 그 방법이죠. 맬서스는 빈민을 구제하지 않고 그대로 놔두는 것이 최선이라고 보았습니다. 식량부족으로 인구 전체가 기아에 허덕이는 것보다는 낫다고 본 거죠.

'인구론'이 나오고 난 뒤 세상의 역사는 맬서스가 생각한 바와는 다르게 흘러갔습니다. 과학기술의 발달로 토지경작 효율이 높아졌어요. 또한 유전자조작 식품으로 인해 대량생산이 용이해졌죠. 인구의 증가도 끝없이 늘어나는 건 아닙니다. 현재 세계 인구는 75억이지만 과거보다 증가 폭이 둔화하고 있어요. '팩트풀니스'의 저자 한스 로슬링은 세계 경제 수준을 1~4단계로 나눠 4단계에 접어들수록 인구증가율이 감소한다고 말했습니다.[19] 경제 수준이 높아질수록 도시화가 진행되고 삶의 질을 중요시하기 때문이죠. 대한민국만 봐도 전쟁 후 베이비붐으로 인해 인구가 폭발적으로 증가했지만 84년대 이후로 합계출산율은 2 밑으로 떨어졌습니다. 2018년에는 0.98까지 하락했습니다. 저개발 국가는 대게 도시화가 덜 되어있으며 다수가 농촌에서 지냅니다. 아이를 많이 낳을수록 노동력이 충족되고 부유해집니다. 이는 양육하는 데 드는 비용보다 노동력의 이득이 더 크기 때문이에요. 반면 선진국은 다수가 도시에서 지냅니다. 아이를 낳을수록 식료품, 교육, 주거비용을 감당하는 건 쉽지 않죠. 출산이 늘어날수록 가난해지는 겁니다. 여성의 교육 수준이 높아지는 것도 출산율 감소에 영향을 미칩니다. 선진국에 접어들수록 교육열이 높아진 여성이 사회에 진출하는 비율도 늘어나고 인권 의식도 상승하죠. 출산에 대한 부

---

19) 한스 로슬링 - 팩트풀니스

담도 한쪽이 전담하는 일그러진 운동장에서 벗어납니다. 전통적인 가족 구성에 대한 회의도 제기되며 공동체를 이루며 살거나 동성끼리 결혼하는 등 다양한 대안이 만들어집니다.

18세기의 유령으로 느껴졌던 '인구론'은 20세기 말 환경문제로 인해 주목받기 시작했습니다. 석유, 석탄 등의 자원이 한정되어 있어 아껴 쓰지 않으면 인류의 에너지원이 사라질지도 모른다는 두려움 때문이죠. 다행히도 미국이 셰일가스를 발견하는 등 급한 불은 꺼졌지만, 지구의 자원이 한정되어있다는 건 변함없는 사실입니다. 경제학에서도 마찬가지예요. 일자리의 파이는 한정되어있습니다. 모두가 원하는 일을 하며 살 수는 없는 게 경제학이 말하는 진실입니다.

9 자기계발서와 직업, 부의 불평등간의 모순

모두가 성공할 수 없는 사실은 일자리와 자본이 한정되어있기 때문입니다. 모든 사람이 대통령이 될 수 있을까요? 아시다시피 대한민국의 국가원수는 1명입니다. 선거마다 대통령이 되고자 하는 사람이 1,000명 있어도 당선되는 건 1명뿐이죠. 검사, 과학자, 판사, 공무원 등의 일자리도 마찬가지입니다. 해당 직업을 소망하는 사람이 아무리 많아도 그에 비례해서 일자리를 늘려주지는 못해요. 일자리의 비율을 늘리는 것만큼 직업의 희소성이 사라지며 얻는 소득이 줄어들기 때문입니다. 로스쿨이 도입되고 나서 매해 1,000여 명이 넘는 합격자가 나옵니다. 변호사의 수는 늘어나는데 찾는 사람도 같이 증가할까요? 전혀 그렇지 않죠. 법률 자문을 요구하는 사람은 한정되어있고 결국 각 변호사의 파이는 줄어듭니다. 예전에는 알아서 손님이 찾아왔다면 이제는 스스로 자기 PR을 해야만 살아남게 된 거죠. 돈도 마찬가지입니다. 모두가 부유해질 수는 없습니다. 누군가가 많이 가지면 다른 사람은 적게 가질 수밖에 없어요. 화폐의 생산량을 늘려도 소용없습니다. 화폐는 고정된 금전 자산이 아니라 교환가치를 표시한 종이에 불과합니다. 돈이 시장에 많이 흐를수록 금전 가치는 낮게 측정됩니다. 희소성이 부족하게 된 거죠. 따라서 인플레이션(화폐 가치가 떨어짐에 따라 물가가 올라가는 증상)이 발생하죠. 은행이 인플레이션을 잡겠다고 금리를 올리는 건 시장의 돈을 묶어두기 위함입니다. 예를 들어 은행 연 금리가 2%에서 5%로 올랐다고 가정해볼게요. 이 경우 돈을 은행에 저축하고자 하는 심리가 늘어남에 따라 화폐는 시장에서 은행으로 이동합니다. 유통되는 돈이 줄어듦에 따라 화폐의 가치는 올라가고 상대적으로 물가는 떨어지죠. 즉, 디플레이션(상품과 서비스의 가격이 하락하는 현상)이 발생하죠.

세계 부의 전체 크기를 올릴 방안이 없는 건 아닙니다. 뉴스에서 자주 나오는 단골 소재인 경제성장률이 바로 부의 파이를 키우는 방법입니다. 경제성장률이 전년도보다 2% 커졌다는 건 말 그대로 작년보다 2% 정도 경제라는 파이가 커졌다는 의미입니다. 여기서 사용되는 퍼센트는 복리이기에 경제성장률이 높을수록 국가의 경제 규모도 가파르게 올라가죠. 시장 자유주의를 지지하는 분들이 말하는 낙수효과(고소득층의 소득 증대가 소비 및 투자확대로 이어져 궁극적으로 저소득층의 소득도 증가하게 되는 효과)가 파이를 키우는 것에 집중하는 거죠. 하지만 선진국으로 갈수록 저성장 경제로 접어드는 건 어쩔 수 없는 현실입니다. 과거에는 가진 게 별로 없었기에 소비해야 할 것도 많지만 어느 정도 구매한 뒤에는 그렇지 못하죠. 고소득층의 이윤증가가 저소득층에게도 이어졌는지도 의문입니다. 세계화가 진행되고 나서 인건비가 싼 곳으로 국내 공장들이 이전했어요. 삼성전자의 국내 휴대전화 생산량은 2008년 1억 3,600만 대와 비교해 현재 2,500만대 수준으로 감소했습니다. 연간 휴대전화 생산량이 3억 대가 넘지만, 중국·베트남 등으로 공장 국외이전을 실시했기 때문이죠.[20] 국내 공장이 사라지니 노동자는 자연스럽게 실직할 수밖에 없죠. 기업 투자도 원활하지 않습니다. 2018년 재벌사내유보금 환수운동본부 등 시민단체는 "30대 재벌 그룹 사내유보금이 약 883조 원"이라고 말했습니다.[21] 기업이 임금을 올리지 않고 투자도 제대로 하지 않으면서 쌓아둔 사내유보금으로 인해 부의 분배가 제대로 이루어지지 않죠. 이런 상황에서 낙수효과가 제대로 작동할 리 만무합니다(경제 성장의 지표로 사용되는 실질 국내총생산-GDP와 국민총소득-GNI의 통계도 정확하지 않습니다. GDP는 의료비용 등으로 지출이 늘어도 소득으로 잡히기 때문에 세세히 따져보아야 할 점이 많습니다. GNI는 한국 국적을 가진 개인, 기업의 소득도 모두 포함한 것입니다. 분배가 기울어져 있다면 국내총생산이 높더라도 시민에게 들어오는 수익이 크지 않는 거죠).

경제학적으로 따져보았을 때 자기계발서에 말하는 것처럼 모두 성공하는 미래는 절대로 불가능합니다. 꿈의 이상향 유토피아의 어원은 '어디에도 없는 곳'입니다. 자기계발서에서 말하는 이상적인 미래란 어디에도 없습니다. 현실은 모두가 성공할 수 없다고 말합니다. 전 그 사실을 받

---

20) 한겨레 – 휴대폰 국외생산 늘자…여성노동자 대량해고 날벼락
21) 미디어 오늘 – '1인당 국민소득 3만 달러' 보도엔 없었던 통계

아들일 수 없었습니다.

10 이상(성공)을 버리고 현실(물질)로

어른이 된다는 건 현실의 잔인함을 직면하는 겁니다. 첫 번째 꿈을 접게 되면서 대안으로 작가를 꿈꿨습니다. 고등학교 내내 시/소설 쓰기에 전념했죠. 지역 및 대학 백일장에 수도 없이 글을 써서 제출했습니다. 남들 공부하는 시간에 글을 쓰는 건 즐거웠지만, 마음 한편으로 불안했습니다. 남들 공부할 때 뭐 하는 건가 싶기도 하고 뚜렷한 성과도 나오지 않았죠. 고3 때 마로니에 백일장에 도전한 걸 끝으로 글쓰기를 접었습니다. 이유는 이전과 마찬가지였어요. 성공의 문제뿐만이 아니었습니다. 전업 작가로 밥 벌어 먹고사는 건 가혹합니다. 제대로 된 식사는 고사하고 굶어 죽어서 뉴스에 나오는 경우도 많았죠.

큰형이 공기업에 취직하게 된 것도 적잖은 영향을 주었습니다. 입사하자마자 사택을 주고 대기업 못지않은 월급에 휴가까지 빵빵한 치트 같은 직장이었어요. 안락한 삶을 꿈꿔 본 적은 한 번도 없었지만, 고3의 상황이 절 가만 놔두지 않습니다. 작가를 꿈꾸게 되면서 단 한 번도 의심치 않았던 국문학과의 진로를 접게 되었죠. 경영학과, 부동산학과, 문화 콘텐츠 학과 등 문과에서 돈이 벌릴만한 학과에 원서를 제출했습니다. 전에 썼던 글은 모두 처분했습니다. 잠깐이라도 보면 꿈이라는 망령이 저를 집어삼킬 것 같았는지, 쓰는 건 어려웠지만 처분하는 건 쉬웠습니다.

11개의 수시 원서 중에 붙은 건 단 하나였습니다. 거긴 여러모로 이질적인 곳이었습니다. 경상도에서 18년을 지냈던 제가 혼자 강원도로 가게 되었어요. 학과는 영상학과였죠. 영화보다 글쓰기와 책을 훨씬 좋아하던 제게 아이러니한 결과였습니다. 같이 온 친구가 한 명도 없어 입학 초 상당히 외로웠어요. 봄바람이 불 때마다 고향의 풍경이 머릿속에 아른거렸죠. 4월 문예대 체육대회 중 갑자기 세상에 나 혼자 있다는 느낌을 받았어요. 감정이 밑바닥으로 끝없이 침전해 들어가는 기분이었죠. 마음 터놓고 이야기할 곳은 단 한 군데도 없었습니다.

학교 연못인 연적지에는 피워가는 꽃들처럼 청춘을 즐기는 사람 천지였습니다. 따스한 바람과 같이 서로의 눈빛이 마주칠 때 연인들은 세상의 모든 행복을 가진듯한 표정을 지었죠. 그들 사이로 지나쳐갈 때의 전 같은 시공간에 있는 사람이 아니었습니다. 남들이 행복을 바라며 관계를 맺고 일을 시작할 때 전 끝을 먼저 생각하게 되었어요. 관념적인 모든 것이 물질에 소속되어있음을 느끼고 점점 염세적으로 바뀌었습니다. 작가의 꿈과 같이 이상은 죽었습니다. 남은 건 염세적이며 비관적인, 실패자의 껍데기뿐입니다.

3
물질에 대한 의심

의심해볼 것 : ① 물질은 많이 필요한가?

② 왜 물질에 집착 하는가?

키워드 : 욕망, 생존, 암호화폐, SNS

1 돈 없으면 아무것도 안돼

우리가 살기 위해서 무엇이 필요할까요? 인간은 유기체니까 에너지원을 조달해야 합니다. 식물은 광합성을 통해 에너지를 얻기에 생존하는 데 지장이 없지만, 동물의 한 종인 인간은 그러지 못하죠. 에너지를 얻기 위해 인간은 음식을 섭취해야 합니다. 농경사회에서는 자급자족이 가능했지만, 대한민국은 도시화 비율이 91%입니다.[22] 밥 먹고 살기만 하는데도 적지 않은 돈을 써야 하죠. 비용을 계산해볼까요? 한 끼 식사비용을 6천 원으로 잡고 하루에 3끼를 먹고 30일을 지내면 54만 원의 비용이 듭니다. 이것으로 충분할까요? 인간은 밥만 먹고 지낼 수 없죠. 직장이 멀면 교통비도 상당합니다. 주거비와 보험비도 필요합니다. 하루 왕복 지하철 비용을 3천 원으로 생각하면 9만 원. 서울특별시 관악구 역세권 기준으로 월세는 50만 원이라고 생각하고 지역 보험비를 5만 원으로 가정합시다(보증금은 일단 제하고요). 기본 생존비로만 118만 원의 비용이 듭니다. 이게 끝일까요? 그렇다면 좋겠지만 인간의 삶은 생존이 전부가 아닙니다. 한 달 의류 구매 비용을 5만 원, 음주 비용을 6만 원(주에 1번씩 1차씩만 갈 경우), 문화생활비 3만 원(한 달 영화 2편), 핸드폰 비 10만 원, 기타 생활비 10만 원으로 잡아보겠습니다. 매달 고정적으로 지출되는 비용만 152만 원이 나옵니다(이 비용은 인간적인 생활을 할 수 있는 최저치의 금액입니다. 기준은 주관적이기에 사람에 따라 더 적거나 많을 수 있습니다). 결혼, 자녀, 노후도 생각하면 매달 저축도 해야 합니다. 적어도 월급으로

---

22) 조선일보 오피니언 - [유현준의 도시이야기] 고밀화 도시 만드는 데 실패했다… 그래서 조선이 망했다

200만 원 이상은 받아야 현상 유지하겠네요.

이 기준치에 못 미치는 사람도 많고 가뿐히 넘는 사람도 어느 정도 될 겁니다. 문제는 우리가 사는 데 필요한 게 너무 많아요. 열역학 제2법칙(자연계에서 엔트로피—무질서는 계속해서 증가한다)처럼 시간이 갈수록 인간 삶의 필수품이 늘어나는 기분입니다. 현대인의 삶이 과거보다는 낫다고 생각하시는 분들이 많을 겁니다. 하지만 호모사피엔스의 초기 삶인 수렵 채집사회에서는 지금과 같은 과도한 노동과 물질을 필요로 하지 않았습니다. 화폐의 개념이 생겨나기 전일 때라 물물교환을 통해 재화가 거래되었습니다. 인구도 많지 않아 사냥을 한번 하면 며칠 동안 놀고먹어도 충분할 정도였고요. 농업혁명을 통해 인구는 크게 늘었으나 대신 하루의 대다수 시간을 노동에 얽매여야 했습니다.[23] 18세기 산업혁명이 있기 전까지 인간의 역사 대부분은 농경시대에 속해있었습니다. 증기기관과 기계는 공장에서 다품종 대량생산이 가능하게 만들었습니다. 마구 찍어낸 물건을 소비하기 위해 노동자에게 임금을 줘야 할 필요가 생겼죠. 불과 300년도 안 되는 시간 동안 현대의 노동, 금전 시스템이 체계화된 겁니다.

의무교육이 생겨난 것도 산업혁명 이후부터입니다. 공장이 생겨나기 전까지는 정해진 시간에 출/퇴근하는 개념이 시민들에게 낯선 일이었습니다. 정부에서는 의무교육을 함으로써 정해진 시간에 출근하고 퇴근하는 개념을 아이 때부터 확립시키고자 했죠. 학교는 경제 관념이나 사회의 구성원으로서 필요한 개념을 집어넣는 일도 도맡았습니다. 기껏 물건을 만들었는데 개인이 필요로 하지 않는다면 쓸모가 없잖아요. 학교 자체는

---

23) 유발하라리 – 사피엔스

본질적으로 아도르노가 말한 사회적 시멘트(기존의 지배 체제와 질서에 순응하게 하고 이를 확고부동한 일로 만드는 것)의 역할을 할 수밖에 없습니다. 학창시절을 떠올려보면 고등학교까지 화장실 갈 때마다 손들고 허락을 받아야 하잖아요. 행동 하나하나 허락을 받아야 하며 순응적인 아이를 모범생으로 취급하는 게 학교 교육시스템입니다. 이런 교육을 받고 자란 아이가 성인이 되어 자율적인 시민이 되길 바라는 건 무리입니다.[24)

현대의 삶은 생산과 소비라는 쳇바퀴에서 벗어나기 힘들어요. 소비하기 위해 생산(노동)하고 다시 소비하죠. '월든'의 작가 헨리 데이비드 소로처럼 자연으로 돌아가서 살지 않는 한, 평생 돈을 버는 행위에서 벗어날 수 없겠죠. 전 그렇게 살고 싶지 않았습니다. 더 큰 도시로 가고 싶은 게 어릴 때부터 꿈이었어요. 그러기 위해 돈이 필요하다는 현실을 무시하지 못했습니다.

2 소유 욕망의 화신

제 소유욕은 어린 시절부터 남달리 강했습니다. 가지고 싶은 건 바로 손에 넣어야 성미가 풀렸죠. 초등학교 때까지는 장난감을 많이 소유하고 싶었어요. 60L 대용량 빨래 바구니 2개가 가득 차고도 남을 만큼의 양을 소지하고 있었습니다. 그 외에 트레이닝 카드도 수집해서 우체국 4호 박스 3개 이상 가는 분량이 집에 있었죠. 중간에 버린 장난감도 상당했으니 실제로는 더 했을 겁니다. 그렇다고 우리 집이 부유한 건 아니었어요. 부

---

24) 조지 쿠로스 - 혁신가의 교육법

모님은 자영업을 운영하고 있었는데 제가 태어날 때부터 가세가 서서히 기울기 시작했습니다. 다른 두 형처럼 여행도 자주 가지 못하고 집이랑 가게에서 시간을 보내는 경우가 많았어요. 그러니 장난감이 유일한 친구였던 셈이죠. 새로운 완구를 구매할 때마다 아버지는 곱지 않은 시선을 주었어요. 집안 상황도 그렇고 돈에 대해 특히 인색한 편이라 저를 보고 돈 잡아먹는 기계라는 말을 자주 하셨어요. 아버지 몰래 장난감 산 걸 들키면 야구 방망이로 엉덩이를 흠씬 두들겨 맞았죠. 한번은 피멍 날 정도로 맞은 적이 있었습니다. 빨갛게 부어오른 엉덩이의 움찔거림과 같이 제 눈물샘도 덩달아 폭발했죠. 아마 아버지는 강한 고통을 주면 제 행동이 교정될 거로 생각하셨나 봅니다.

반골(反骨) 기질을 타고난 저는 아버지의 기대와는 다르게 자랐어요. 장난감 구매하는 걸 아버지가 못마땅해 여기자 어머니와 할머니를 상대로 협상을 진행했습니다. 제 전략은 합법적으로 장난감을 구매할 수 있는 날을 기정사실로 하는 것이었습니다. 1년에 3번 있는 이벤트인 어린이날, 생일, 크리스마스 때가 다가오면 장난감을 사달라고 졸랐습니다. 이때 해당일이 얼마 안 남았다고 어머니께 미리 댕겨 선물해달라고 말했습니다. 당일에 아무것도 안 받아도 괜찮다고 말했죠. 기념일 날에는 이 사실을 모르는 할머니께 선물을 졸랐습니다. 아버지께 들키면 큰일 나는 걸 어머니와 할머니도 알고 있었기에 일은 비밀리에 진행되었습니다. 기념일까지 기다리기 힘들 때는 장난감 가게에 찾아가 물건을 할인해 달라고 협상했습니다. 3만 5천 원짜리 상품이면 2만 5천 원 ~ 3만 원 사이로 깎아주면 바로 물건을 사가겠다고 말했습니다. 매일 장난감 가게에 출석해 주인과 안면이 튼 저로서는 쉬운 일이었죠. 어머니께 찾아가서는 쿠팡 당일

할인 이벤트처럼 지금 사면 이득이라는 식으로 설득했습니다. 다행히 어머니는 제안을 자주 받아주셨습니다. 어린아이가 장난감 사려고 이렇게까지 머리 굴리는 게 신기하셨나 봐요.

저의 두 형이나 또래에 비교해서도 장난감이 많은 편이었지만 한번 눈뜬 욕망은 쉽게 사라지지 않았죠. 매일 주는 천원의 용돈으로는 학교 앞 문방구의 불량식품 사 먹기도 벅찼죠. 금전이 부족할 때는 외상을 많이 활용했습니다. 교문 앞 문방구 3곳의 단골이라 신용은 확실했습니다. 외상으로 장난감을 사놓고는 어머니나 할머니께 돈을 달라고 했습니다. 질타도 많이 받았지만, 본능적으로 허락보다 용서가 쉽다는 걸 알아서인지 수월했습니다. 그 방법이 안 통할 경우에는 해서는 안 되는 일이지만 부모님의 돈을 훔치기도 했습니다. 지갑에서 몰래 꺼내거나 가게 금고 자물쇠를 해체했어요. 한 번은 부모님이 범행 장면을 목격했습니다. 여느 때처럼 몰래 금고 자물쇠를 따고 돈을 꺼내는 장면을 아버지, 어머니가 보게 된 거죠. 부모님은 당황한 표정으로 침묵하셨어요. 특별히 문제 일으킨 적 없이 잘 자라고 있다고 생각한 자식이 자신들의 돈을 훔치는 걸 목격했으니, 여간 말문이 막힌 게 아닐 겁니다. 저 또한 수치스러워 얼굴을 카펫에 파묻은 채 죽고 싶었어요.

제 소유욕이 남다른 건 물건을 구매함으로써 안정감을 얻었기 때문입니다. 친구도 별로 없고 가족과도 같이 있는 시간이 적었으니 주로 혼자 지냈습니다. 무리에서 동떨어진 동물이 새로 집단을 만들어 내듯이, 장난감을 구매하고 나만의 왕국을 건설하면서 안정감을 찾았습니다. 중학교에 들어와서는 그 대상이 디지털로 바뀌어 온라인 게임에다 많은 돈을 쏟아부었어요. 받은 용돈을 모아 캐시 템을 지르고 소비하고의 반복이었죠. 다른 사람과 노는 것보다 게임에서 몬스터를 사냥하고 돈을 쓰고 아이템을 소유하는 게 더 재밌었어요. 점점 커진 소유욕을 감당하기에는 직접 돈을 벌 필요가 생겼습니다. 성인이 되어 본격적으로 물질을 추구하기 시작했죠.

3 공부와 아르바이트 그리고 욕망

수능이 끝난 뒤 남들 술 마시고 운전면허 딸 시간에 주유소 아르바이트를 했습니다. 고등학생 때는 기숙사에서 일주일 내내 지낼 수밖에 없어 알바가 불가능했죠. 생애 첫 알바라서 실수도 잦았어요. 주유소에서 가장 주의해야 할 일은 혼유 사고입니다. 휘발유, 경유 차량이 따로 있는데 바꿔서 주유하고 엔진을 가동하면 망가집니다. 국산 차 같은 경우 휘발유 구멍이 좁게 만들어져 있어 경유 호스를 넣으면 안 들어갑니다. 억지로 꾸겨 넣지 않는 이상 실수할 일이 없지만 외제 차는 그렇지 못하죠. 휘발유 차량인데도 경유처럼 구멍이 넓게 만들어진 차가 종종 있어요. 자동차에 대해 문외한인 전 어떤 게 외제 차인지 국내 차인지 분간하기 힘들었습니다. 어리숙한 초짜 알바생이라 주유하기 전 손님한테 차종을 확인하는 것도 어려웠어요. 힘들게 두 달을 일하고 나서 받은 80만 원가량의 소득은 값졌습니다. 학생일 때는 사기 힘든 게임기를 구매했고, 남은 돈으로 부모님 용돈을 드릴 수 있어 행복했어요. 그때부터 본격적으로 돈에 대한 집착이 시작됐죠.

대학교에 입학하고 나서 매달 용돈을 받고 지냈지만 제 소유욕을 감당하기에는 부족했습니다. 학업을 완전히 포기할 수 없어서 무리 가지 않는 선에서 아르바이트를 병행했어요. 무대 설치 알바, 인간 현수막, 모델하우스 설명, 음식점, 노래방, 행정 보조, 출장뷔페 등 별의별 아르바이트를 다 해봤습니다. 알바 경력이 쌓여가면서 이곳에서도 희소성의 법칙이 작용하고 있다는 걸 알았죠. 누구나 쉽게 일할 수 있거나 단순 노동력만 필요한 일은 시급도 낮고 고됐어요. 기술을 가지고 있는 사람은 대체 인력을 쉽게 구할 수 없으니 돈도 많이 받고 일도 편했죠. 특히 전 영상전공자라서 능력이 좀 쌓이고 나서는 웨딩 영상 촬영이나 행사 촬영 등의 일을 해서 높은 시급을 받을 수 있었습니다. 대외활동을 하는 것도 상대적으로 쉬웠죠. 쉽게 돈을 벌다 보니 씀씀이도 가벼워졌습니다. 충동적으로 옷이랑 책을 구매하는 경우도 잦았고 스트레스 받으면 쇼핑 사이트에서 몇 시간을 보냈습니다. 자본주의의 완벽한 노예나 마찬 가지였죠. 소비생활에 젖어 들어가는 사람이 무슨 꿈을 꿀 수 있을까요? 적어도 전 어릴 때의 꿈을 많이 잃어버린 채 살아가게 되었습니다. 하루하루에 만족스럽지 않은 날들이 많아졌어요. 삶에 미련은 점점 쌓여 잠결에 급사할까 봐 두려웠습니다. 그럴수록 돈에 대한 갈망은 커졌습니다. 마치 밑 빠진 독에 끝없이 물을 붓는 것처럼 채울 수 없는 욕망을 채우려고 한 거죠.

4 기자로서의 진로, 초라한 나

대학교 2학년 때까지는 큰형과 같은 공기업을 꿈꿨습니다. 안전보건공단, K-water 등의 공기업 대외활동으로 스펙을 쌓았습니다. 처음으로 한 대외활동은 안전보건공단 기자단이었습니다. 산업안전/보건과 관련된 글을 쓰는 일이 주 업무였죠. 블로그 포스팅에 가까운 내용전달 기사를 주로 썼지만, 글을 쓰는 순간은 즐거웠습니다. 수료식에서 우수 기자상을 받을 때는 전율을 느꼈습니다. 그도 그럴 듯이 과거부터 수없이 실패만 하던 제가 처음으로 괜찮은 성과를 낸 것이었으니까요. 영상과로 오면서 가슴속에 묻어뒀던 글을 쓰고 싶다는 일념이 솟아났습니다. 진로를 기자로 수정하게 되었어요. 현실적으로 고민해봤을 때 글을 쓰면서 안정적으로 경제활동이 가능한 건 기자밖에 없었습니다.

대학교 4학년이 되자 제 자아는 완전히 염세적인 놈으로 탈바꿈했습니다. 고통스러운 취업난 때문이죠. 단군 이래 최고의 스펙을 가진 세대의 일원이지만 현실의 벽은 너무 높았어요. 주변 친구들은 취직을 위해 토익, 대외활동, 인턴 등 갖은 스펙을 탄탄히 쌓고도 불안해했어요. 안락하게 경제활동을 할 수 있는 일자리의 경쟁률은 언제나 포화여서죠. 기업의 채용 비리 사건도 빈번히 터져 공정한 시험으로 결과가 승부 나는 공무원으로 길을 바꾼 사람도 많았습니다.

학과 자체가 기자랑 연관되어있지도 않고 영상 제작과 관련된 일만 해왔던 저는 막막했습니다. 주변에서 토익성적은 필수라고 난리를 쳐 휴학을 결정하게 되었습니다. 생전 처음으로 토익 환급반 인강을 들었습니다. 성적 올려 돈 벌어보자는 패기를 부린 거죠. 출석만 꼼꼼히 해도 전액을 돌려준다니까 손해볼 거 없는 장사잖아요? 마케팅에 완전히 걸려들어 긴 생각 안 하고 바로 신청했죠. 처음은 좋았어요. 중앙도서관 2층에 있는 탁 트인 벤치에서 인강 듣고 있으면 성적이 급상승하는듯한 착각이 들었죠. 강의 듣고 난 직후는 문제도 잘 풀리니 900점 이상은 떼놓은 당상이라고 생각했어요. 매일 도서관, 집 반복이다 보니 친구들과의 거리는 자연스럽게 멀어졌습니다. 집 근처 편의점 야외벤치에서 편맥 하는 친구들을 보면 내심 부러웠어요. 학과 사람을 마주칠 거 같으면 일부러 돌아가기도 했죠. 돈 없이 취준의 늪에 빠진 제가 한없이 초라했어요.

5 과거와 현재의 고양이

저는 대학 다닐 때 고양이를 키우고 있었어요. 이름은 티모입니다. 리그오브레전드에 나오는 그 티모요. 온갖 말썽을 다 피우는 게 게임 속 티모랑 똑같았어요. 몸무게는 6.5kg 이상 되는 거구의 코리안 숏헤어였습니다. 고양이를 키우게 된 건 군대 있을 때의 일 때문이었어요.

전역을 2달 앞둔 12월, 부대 내에서 돌아다니는 한 마리의 길고양이를 보게 되었습니다. 사람 손을 탄 아이인지 군인들이 다가와도 도망가지 않았죠. 오히려 안기면서 재롱을 피울 정도였어요. 부대에서 동물을 키우는 건 금지되어 있었습니다. 간부 막사에서 키우던 강아지도 군법 위반이라는 말이 나와서 최근 부대를 떠났습니다. 혹한의 강원도 최전방 날씨를 버티기에 고양이는 작고 나약했어요.

매서운 날씨에 사체로 발견될 고양이를 상상하자 제 마음은 걷잡을 수 없을 만큼 초조해졌습니다. 걔를 거두기로 마음먹었죠. 정훈병이라서 방송실을 개인 사무실처럼 사용하고 있어 타 병사보다 고양이를 키우기가 쉬웠어요. 절 담당할 간부도 없었습니다. 정훈장교가 전역하고 후임이 반년 동안 전입하지 않은 상황이었죠. 부대 내의 정훈 업무는 제가 도맡아하게 되었습니다. 장교/부사관들도 저를 준 간부 수준으로 취급해서 신뢰도 상당했습니다. 고양이를 키워도 안 들키고 전역 때 데리고 갈 자신이 있었어요. 사무실 안에 있는 책장 한 칸을 모포로 덮어 고양이 집을 만들었습니다. 캣타워는 교본을 쌓아서, 화장실은 박스에 흙을 옮겨놓아 만들었습니다. 고양이 전문 사료는 사지방에서 주문했고, 배송되기 전까지 식당에서 음식을 받아와 먹였습니다. 이름은 방송실의 뒤 글자를 따 송실이라고 불렀습니다. 몇몇 병사와 간부는 제가 고양이를 몰래 기른다는 사실을 알고 있었어요. 가끔 찾아와 음식을 챙겨주고 놀아줬죠. 사지방 바로 옆에 방송실이 있어서 송실이가 우는 게 다른 병사한테 들릴까 봐 내심 두렵기도 했습니다.

일주일 정도 지나, 제가 고양이를 키운다는 사실이 인사과장 귀에 들렸습니다. 업무 중에 찾아와 내일까지 고양이를 내보내지 않으면 영창에 갈 수 있다고 말했어요. 이 추운 겨울에 송실이를 밖으로 내쫓을 순 없었습니다. 그날 밤 친구에게 전화해 내일 면회 와달라고 했어요. 전역할 때까지만 고양이를 키워달라고 말이죠. 친구는 알겠다고 했습니다. 저녁 쉬는 시간, 방송실에 들어가자 송실이는 여느 때처럼 저에게 다가와 울어댔습니다. 그날따라 유독 체구가 작아 보였네요. 순간 눈물이 핑 돌았습니다. 자그마한 생명도 지켜주지 못하는 제 나약함이 무척 원망스러웠어요. 군법이 아무리 중요하다고 해도 이 날씨에 고양이를 쫓아내라고 말하는 인사과장도 야박하게 느껴졌습니다. 부조리한 현실과 제 처지에 화났고, 가냘픈 아이의 미래가 너무 걱정되었어요. 눈가에 흘러내리는 뜨거운 격정이 송실이를 적셨습니다.

아침 댓바람부터 인사과장이 고양이를 쫓아내라고 난리를 피웠습니다. 친구는 오후쯤에 온다고 했으니 아직 4시간 이상의 시간이 필요한 상황이었어요. 급하게 중대장에게 찾아가 잠시만 송실이를 맡아달라고 애원했습니다. 중대장은 흔쾌히 허락해줘 중대 창고에다 송실이를 숨겨놓았습니다. 몇 시간이 지나지 않아 후임이 다급한 목소리로 절 찾았습니다. 중대장이 행보관에게 고양이를 들키자 철조망 밖으로 던져버렸대요. 머릿속 뇌세포 하나하나가 부서지는 느낌이었습니다. 모든 걸 제쳐두고 송실이를 찾으러 밖에 나갔죠. 철조망 밑에서 움직이지 않은 채 울고만 있는 송실이를 발견했습니다. 떨어지면서 다리를 다쳤는지 그 자리에서 조금도 벗어나지 않았습니다. 당장 부대 내에 있는 그물 채를 들고 와 철조망으로 달려갔어요. 송실이 앞까지 그물을 늘어뜨렸지만, 철조망 가시 때문에 몸이 찔리기 직전이라 들어 올리는 건 불가능했습니다. 송실이가 알아서 들어오길 바랐지만, 그 자리에서 꿈쩍도 하지 않아 속이 답답했습니다. 철조망 밖으로 나가지 않는 한 송실이를 구조하는 건 불가능에 가까워 보였습니다. 잠깐이라도 철조망을 넘어가면 탈영으로 간주합니다. 영창 수준이 아니라 육군교도소로 잡혀가게 되는 거죠. 인생에 빨간 줄이 그어지는 게 두려웠지만, 고양이가 울 때마다 저는 점점 선을 넘어야겠다는 욕망이 커졌어요. 철조망 앞에서 인생의 아슬아슬한 줄타기를 하고 있던 절 지휘통제실 작전 장교가 발견했습니다. 당장 저를 끌고 와 할 거도 많은데 허튼짓하지 말라고 다그쳤죠. 그러곤 저 앞에 진술서를 건넸습니다. 영창 갈 준비하고 사실대로 적으라 말한 뒤 작전 장교는 자리를 떴습니다. 제가 무엇을 잘못했는지 납득이 안 갔어요. 국민의 생명을 지키러 군대에 들어왔는데 정작 고양이의 생명은 아무것도 아닌 게 말이 안 됐죠. 영창 간다는 두려움보다 송실이의 안위가 더 걱정이었습니다. 감시가 약해진 틈을 타 몰래 철조망 쪽으로 돌아갔습니다. 바닥에 놓인 뜰채, 제 발자국, 모든 것이 그대로였는데 단 하나 송실이만 없었어요.

집중 정신교육 때문에 정훈병이 필요해서인지 영창은 가지 않게 되었습니다. 그 뒤로 전 큰 문제 없이 열심히 일만 하다 전역했습니다. 복학하고 학교생활 하면서 송실이 와의 일은 잊혀 갔지만, 마음 한편에 미련이 남았어요. 꿈에 송실이가 나올 때 제 눈가는 늘 촉촉했습니다. 학교 다음 커뮤니티 카페에서 박스에 버려져 있던 고양이를 임시 보호하고 있는 사람의 글을 보게 되었습니다. 집 안에 있는 강아지 때문에 더는 데리고 있을 수 없어 분양한다고 했죠. 생후 2개월밖에 안 된 고양이의 사진에서 송실이가 겹쳐 보였습니다. 작성자에게 말해 바로 분양받겠다고 말하고 고양이를 데리고 왔습니다. 그 아이가 티모였죠.

6 지키고 싶어 필요했던 돈

티모를 키우고 나서 제 삶은 완전히 달라졌습니다. 수업 끝나고 친구들과 노는 것보다 바로 집으로 돌아가는 일이 많아졌어요. 자다가도 제 발소리만 들리면 일어나 문 앞에서 소리 지르고 허벅지에 발 늘어뜨리며 반기는 아이 덕분에 살맛이 났죠. 제가 어떤 모습을 하던 초라한 위치에 있든 간에 똑같은 애정을 보였죠. 좁은 원룸에 고양이 물품도 하나둘 쌓이다 보니 티모집에 제가 얹혀사는 기분이었습니다. 돈도 적잖이 들었습니다. 예방 접종비랑 사료, 화장실 모래, 장난감은 고정으로 지출되는 비용이었죠. 그 정도는 감당할 만했지만 혹시라도 다쳐 병원 신세를 지게 될 때는 엄청난 돈이 깨질 판이었습니다. 고양이 커뮤니티 카페에서 찾아보니 골절 치료비용에 200만 원은 가볍게 깨진다고 할 정도였습니다. 대한민국 의료보험이 정말 잘되어있다고 새삼 깨닫게 되었죠. 티모를 키우기 전까지는 알바해서 번 돈을 저축하지 않고 있는 그대로 소비했습니다. 나 혼자 살 때는 괜찮았지만 티모가 제 곁에 있고 난 뒤부터는 그럴 수 없었어요. 소비를 줄이기 위해 친구와의 약속을 줄였고 저축통장을 따로 만들게 됐어요. 티모를 위해서 비상금을 200만 원으로 잡고 그 밑으로 떨어지지 않게 관리했습니다. 부모님이 고양이 키우는 걸 반대했던지라 달리 기댈 대가 없어요. 여차할 때 전 부모님의 도움을 받을 수 있지만 티모에겐 제가 아버지인걸요. 자식을 위해 밖에서 열심히 일할 수밖에 없는 부모의 위치를 새삼 이해하게 되었어요.

고양이를 혼자 내버려 둘 수 없었습니다. 포털사이트에서 고양이에 대해 검색해보면 독립적인 성향을 띄고 있어 개처럼 분리 불안 증상이 잘 나타나지 않는다고 해요. 하지만 티모는 그렇지 않았어요. 하루만 집을 비워도 종일 저에게 안겨댔어요. 한번은 명절 때 제가 내려갈 일이 생겨 지인보고 가끔 집에 들러 티모를 돌봐달라고 했습니다. 3일만 고향 집에 있다 바로 올라왔는데도 저를 보자마자 이전에는 내지 않던 이상한 소리를 내며 달려들더군요. 그렇게 일주일 동안 제 곁에서 떨어지지 않으려고 했죠. 그 일이 있고 난 후 고향으로 내려갈 때는 무조건 다른 사람 집에 티모를 맡겼습니다. 다행히 사람을 좋아해서 탁묘한 집에서 30분만 지나도 자기 집처럼 애교를 부려댔어요. 맡길 때도 보상금은 줘야 하니까 돈의 스트레스에서 벗어날 순간이 없었죠. 한때는 생동성 실험을 할까 하다가, 제가 아프면 티모를 돌봐줄 사람이 없어서 마음을 접기도 했어요. 농담 삼아 제가 죽으면 티모 좀 돌봐달라고 친구들한테 공연히 말했습니다.

7 암호화폐의 유혹

2017년 9월 휴학을 하고 나서부터 취업 준비 때문에 도서관에 있는 시간이 많아졌습니다. 티모랑 같이 있는 시간도 줄었습니다. 티모가 놀아달라면서 잘 때 우는 시간이 점점 많아졌어요. 집에서 공부해볼까 하다가도 책상 위로 자꾸 달려드는 티모 때문에 집중하기가 쉽지 않았죠. 어쩔 수 없이 고양이를 키우는 후배에게 잠시 티모를 맡기기로 했습니다. 영역 동물인 고양이 특성상 처음에는 싸웠지만, 이틀이 지나니 서로 형제처럼 잘 지내더라고요. 오랜 시간 티모랑 같이 지내다가 떨어지니 외로움이 몰아닥쳤어요. 친구들과 잘 있다가도 갑자기 티모보고 싶다고 외칠 정도니, 분리 불안 증세는 제가 더 심했나 봐요.

탁묘를 맡길 때는 암호화폐가 한참 붐일 때였습니다. 곳곳에서 하루 만에 50% 이상 수익을 봤다는 무용담이 심심찮게 들렸습니다. 초창기에 전 상당히 회의적이었어요. 하늘에서 돈이 떨어지는 것도 아니고 투자만 한다면 부자가 된다는 말이 달콤한 거짓말처럼 느껴졌죠. 암호화폐의 가격이 실제 가치보다 상당히 높게 잡히기도 했습니다. 블록체인을 통한 미래형 화폐라고 선전하지만 실제로는 돈세탁이나, 마약 거래 등에 주로 사용되는 경우가 많았습니다. 만들어지는 화폐의 양도 계속해서 늘어났죠. 투자하는 다수는 블록체인기술이 뭔지 암호화폐가 뭔지 관심도 없는 사람이 태반이었어요. 주식 같은 돈벌이 수단으로 많이들 달려들어 묻지 마투기의 형태를 띠었습니다.

　과거에도 암호화폐와 같은 투기 현상은 빈번히 일어났습니다. 17세기 네덜란드에서는 최초의 자본주의적 투기라 불리는 튤립 버블로 난리였어요. 네덜란드에서 수입된 지 얼마 안 된 튤립은 큰 인기를 끌었습니다. 일부는 투자를 위해 사재기까지 진행했습니다. 많은 사람이 투자 상품으로 튤립을 생각하면서 가격이 청천부지를 찍었죠. 금값보다 비싼 가치를 받던 튤립은 1637년 2월 구매자가 없어지면서 가격이 곤두박질치기 시작했습니다. 투기 대열에 늦게 들어간 사람일수록 더 큰 피해를 보게 되었죠. 일본의 부동산 버블도 비슷합니다. 1985년 9월 미국이 달러화 강세로 인해 상당한 무역적자를 보자 엔화를 평가 절상시키자는 플라자 합의를 통과시켰습니다(기본적으로 무역에서는 자국 화폐의 가치가 낮아야 타국에 비해 제품을 싼 가격으로 많이 팔 수 있습니다. 즉, 가격 경쟁력이 생겨 수출이 쉽죠. 플라자 합의는 미국의 달러화를 낮추고 일본의 엔화 가치를 올림으로써 미국 상품의 해외경쟁력을 올리기 위해 체결된 겁니다 [25]). 이에 대한 대책으로 일본 정부는 저금리 기조를 채택했습니다. 시장에 돈을 많이 풀어 경기를 상승시키겠다는 심산이었죠. 유동성이 증가한 자본은 부동산으로 몰려들었습니다. 토지에 대한 수요가 늘어남에 따라 부동산 시장은 투기의 형태를 띠기 시작했습니다. 부동산 불패 신화는 빚을 내어서라도 토지를 구매하라고 말하고 있었습니다. 튤립 버블 때처럼 1990년부터 부동산 가격은 곤두박질치기 시작했어요. 버블 여파로 인한 경기 침체는 일본의 잃어버린 20년으로 이어졌습니다.

　암호 화폐 현상이 버블이란 건 불 보듯 뻔했습니다. 문제는 언제 추락

---

25)　장하성 - 그들이 말하지 않는 23가지

할지 알 수 없다는 거죠. 저명한 경제학자들을 모아 투자한 주식이 침팬지가 다트로 던진 종목보다 수익률이 낮다는 연구 결과가 있습니다. '프린키피아'를 저술하고 과학의 새 지평을 열었다는 뉴턴 역시 주식에서 큰 손해를 봤습니다. 그는 투자에 실패하고 난 뒤 "자연의 변화는 예측할 수 있어도 인간의 욕심은 예측할 수 없다."라는 말을 남겼죠. 천지신명이 점 찍어주지 않는 이상 정확히 언제 버블이 끝날지 판단하기란 쉽지 않죠. 암호 화폐 붐을 처음 인지한 9월에는 머지않아 버블이 꺼질 거로 생각했어요. 예상과 달리 가격은 계속해서 상승했습니다. 2018년 1월에는 한때 비트코인 가격이 2,600만 원 선을 돌파하기도 했어요. 폭주 기관차처럼 나아가는 암호 화폐시장에 마음이 끌리기 시작했습니다. 2017년 12월에는 최고 호황기를 누려 국내에 암호 화폐 채굴장도 여럿 생겼습니다. 사람들의 성공담이 점점 많아지자 아직 투자할만하겠다는 생각이 들었어요. 마침 고등학교 친구가 시험 삼아 30만 원만 투자해보라고 해서 거래소 앱인 업비트를 깔아보았습니다. 투자, 경제학에 대해 젬병이던 시절이라 긴 생각 않고 스텔라 루멘, 스테이터스 네트워크 토큰, 에이다 코인에 분산 투자했습니다. 하루가 지나자 3% 수익이 올랐더군요. 투자한 코인뿐만 아니라 다른 암호 화폐 모두 수익을 내고 있었습니다. 순간 이성이 확 풀려버렸습니다. 바로 70만 원을 더 투자했어요. 그때부터 거래소 그래프를 수시로 확인하는 게 제 삶의 전부가 되었습니다. 아르바이트하다가도 토익 인강을 듣다가도 암호 화폐 생각에 집중이 하나도 안 됐어요. 투자한 100만 원은 일주일 새에 120만 원으로 불어났습니다. 그때부터 제 돈에 대한 욕망이 고삐 풀린 망나니처럼 날아다녔죠. 노동으로 돈을 불리는 게 바보처럼 느껴졌어요. 자본주의 금융 시스템상 노동으로 돈을 늘리는 것보다 자본으로 불리는 게 훨씬 빠르기도 하고요. 전 어느새 암호 화폐 성공 신화를 전파하는 전도사 역할을 하고 있었습니다. 리먼 브라더스 사태 이후 블록체인이 생겨난 배경과 암호화폐의 성장 가능성에 대해 말하는 모습이 완전 전문 사기꾼 뺨쳤죠.

2017년 12월 말 정부의 암호 화폐 규제안이 발표되자마자 가격이 급격히 곤두박질쳤습니다. 'SBS 그것이 알고 싶다' 에서도 암호 화폐 광풍 현상의 위험성에 대해 방송하면서 버블이 꺼질 기미가 서서히 보였어요. 거래소에서 코인이 하루 만에 30%나 급락하는 걸 보니 덜컥 겁이 났습니다. 디시인사이드 암호화폐 커뮤니티에서는 상당한 금액 손실로 인해 분노를 금치 못하는 사람 천지였습니다. 컴퓨터가 부서지고, 욕실이 깨지고 급기야 한강에 몸을 던지겠다는 사람도 나왔습니다. 그들에 비해 전 상대적으로 적은 돈을 투자했지만 불안함은 적지 않았죠. 하강 곡선을 띄는 그래프를 보고 친구를 원망하기도 했습니다. 두려우면 먼저 포기하라는 말에 오히려 오기가 붙었지만요. 다행히 며칠 지나지 않아 그래프는 상승 폭으로 돌아왔습니다. 이전의 손실을 메우려는지 가격상승은 더 급격히 치솟았습니다. 명백히 작전 세력이 있다고 여겨질 정도였죠. 하지만 돈에 대한 욕심이 제 이성적 판단을 마비시킨 지 오래였어요. 가격이 내려갈 때는 본전만 찾으면 다행이라고 생각했지만, 상승곡선을 띄는 그래프를 보고 재투자로 마음이 돌아갔습니다. 손실을 메꾼 뒤 원금에서 20% 수익이 올라 120만 원을 달성했습니다. 2018 JTBC 토론에서도 가상화폐에 대한 우려는 이어지고 중국에서도 규제가 본격화된다는 말이 나왔습니다. 주변 사람들은 접을 타이밍이라고 말했지만 제 귀에 들리지 않았어요. 2,600만 원까지 찍은 비트코인 가격을 보고 버블이 지금

끝날 시기는 아니라고 자신을 세뇌했죠. 2018년 1월 11일 박상기 법무부 장관이 암호화폐 거래소를 폐지할 의향이 있다는 말을 시작으로 폭락의 질주가 시작됐습니다.

2,000만 원이 넘던 비트코인 가격이 일주일도 안 돼 1,000만 원 밑으로 추락했습니다. 대장 코인을 필두로 모든 코인이 추락의 늪을 피할 수 없었어요. 하루 만에 30% 손실은 애교로 느껴질 정도였죠. 매각 타이밍을 놓친 저는 120만 원에서 20만까지 떨어진 코인 가격을 보고 절망했습니다. 저의 욕심과 오만이 낳은 결과를 인정하기 힘들었어요.

8 물질에 대한 욕구가 낳은 이별

돈을 손해 보고 가장 걱정이 된 건 티모였습니다. 병원비로 모아놓은 금액을 하루아침에 날려버릴 정도로 대책 없는 집사 곁에 있는 아이가 불쌍할 뿐이죠. 취준 때문에 많이 놀아주지 못하고, 고양이 친구를 분양받지도 못할 만큼 빈곤한 제 곁에 있는 게 과연 행복할지 걱정이 들었어요. 후배 집에서 데리고 온 뒤로는 새벽마다 울었어요. '내 곁에 있으면 앞으로도 고통스럽겠지, 풍족한 집에서 행복하게 지내는 게 낫지 않을까….' 투자 실패와 같이 용기도 소멸했나 봐요. 제 곁에 있는 것보다 후배 집에서 다른 고양이, 집사와 같이 지내는 게 더 행복할지도 모르겠다는 생각이 들었어요.

후배한테 다시 연락해보니 다행스럽게도 티모를 키우고 싶다고 말해주었습니다. 어릴 때부터 본가에서 여러 마리의 고양이를 키우고 있어 저보다 훨씬 전문가나 다름없었어요. 잘 보살펴줄 거란 믿음도 갔어요. 무엇보다 고양이를 사랑하는 후배기에 나약한 저보다 나은 집사였죠. 그렇게 2년을 함께한 제 아이를 보냈습니다. 제 마음의 한 조각은 아직도 비어있는 채입니다.

9 물질욕을 불러일으키는 사회 시스템

금전을 추구할 때의 전 수라의 세계를 나 뒹구는 사람처럼 마음이 편치 않았습니다. 욕구는 욕구를 낳습니다. 늘어나는 금전만큼 그에 걸맞은 소비를 해야 한다는 생각이 들죠. 왜 이런 생각이 들까요? 마르크스는 하부구조(물질)가 상부구조(정신)를 형성한다고 보았습니다. 인간의 정신적 가치가 따로 형성되는 게 아니라 물질사회를 바탕으로 그에 걸맞은 의식이 생겨난다고 본 거죠. 쉽게 말해 자본주의라는 시스템 안에 그에 걸맞은 의식이 나온 것이라 볼 수 있습니다. 현대인의 덕성이라고 여기는 근면, 성실, 열정은 사실 자본주의가 필요로 한 의식입니다. 근면하고 성실해야 공장에 성실히 출근할 수 있고 열정이 넘쳐야 기업은 혁신해 생산성을 증대시킬 수 있습니다.

자본주의 시스템의 미덕은 무엇일까요? 그건 생산과 소비입니다. 공장에서 물품을 끝없이 만들고 소비해야만 자본주의 시스템은 돌아가요. 소비(수요)가 많아야 생산(공급)도 늘어납니다. 인구가 중요하다고 하는 건 이 때문입니다. 잠재적으로 구매자가 늘어나면 그에 비례해 생산시설도 늘어납니다. 중국이 단기간에 미국 다음으로 가는 강대국으로 성장할 수 있는 배경에는 10억 인구가 한몫했죠. 한국에서 출산율을 높이려고 하는 이유도 소비시장과 관계 깊습니다. 출산율이 줄어들면 총인구는 감소하여 수요가 줄어듭니다. 인구 감소로 인해 이전 인구 규모에 맞춘 생산시설이 가동해도 수요보다 공급량이 많기 때문에 줄줄이 파산합니다. 예를 들어 2019년 5천만 인구에 맞춰 100개의 생산시설(음식점이나 매장 같은 상점으로 생각하면 편합니다)이 있다고 가정합시다. 출산율이 계속 줄어들어 2050년에는 인구가 4천만이 됩니다. 100개의 생산시설은 5천만 인구의 수요를 모두 감당할 수준이었습니다. 하지만 4천만으로 인구가 줄어들 경우 100개의 생산시설에 대한 수요는 80%밖에 되지 않습니다. 초과 공급이 일어나 가격은 감소하고 이윤이 줄어들죠. 전체적인 경기침체가 이어지고 몇 개의 생산시설은 망하게 될 겁니다.

결국 자본주의에서 가장 중요한 건 수요입니다. 1929년 미국의 대공황 사태도 수요를 초과한 과잉생산이 원인입니다. 그럼 현대사회는 수요와 공급이 적절히 균형이 맞춰진 사회일까요? 인간 삶에 딱 필요한 수요가 있고 그에 맞는 공급이 제공될까요? 그렇다고 보긴 힘듭니다. 각자의 방을 한번 돌아보세요. 입지도 않고 쌓아놓은 옷들이 널려있지는 않나요? 또는 인터넷에서 세일한다고 산 가전제품이나 영양제 그리고 온갖 SNS 인싸템이 쌓여있지는 않나요? 기업은 더 많은 제품을 팔아 이윤을 남기기 위해 광고를 만듭니다. 예전에는 TV나 도로 광고판에서만 볼 수 있는 광고들이 지금은 손안에 있는 조그마한 네모 상자에서 쉽게 볼 수 있게 되었습니다. 인터넷의 알고리즘 시스템은 무척 교묘합니다. 우리의 관심사와 개인정보가 수집되어 그에 걸맞은 광고가 나옵니다. 전 최근 삼겹살을 사려고 쿠팡에서 돼지고기를 30분 정도 찾아본 적이 있습니다. 그

후 페이스북, 네이버, 블로그 등에서 돼지고기 광고가 1주일 넘게 걸려있었습니다! 식욕이 없다가도 맛있어 보이는 삼겹살 사진에 무의식적으로 구매하게 되는 거죠. 와우! 정말 대단한 자본주의입니다.

인터넷 알고리즘은 인간에게 끝도 없는 욕망을 불러일으킵니다. 없던 욕망도 알고리즘에 맞춰 나타난 광고를 보고 욕구가 생겨납니다. 또한 관심사만 추천하는 알고리즘의 특성상 생각이 편협해지는 부작용을 얻게 됩니다. 유튜브를 생각해볼까요? 내가 육식주의자라면 육식과 관련된 영상만 추천 영상에 뜹니다. 채식은 생각도 할 수 없을 정도로요. 진보주의자면 그에 걸맞은 영상만 뜨고 보수주의의 관점은 생각도 할 수 없게 됩니다. 인터넷에서 맞춤화된 정보만 얻는 현상을 필터 버블이라고 합니다. 다양한 정보가 있는데도 접근하지도 못하고 편협한 지식에 빠지게 되는 거죠. 또한 인간은 자신이 받아들이고 싶은 것에 맞춰 정보를 받아들이는 확증 편향 기질도 가지고 있습니다. 가끔 극단적 정치 성향을 가진 분들이 다른 정보를 받아들이지 않고 자기만 옳다고 하는 건 인간의 확증편향 증상 때문입니다.

현대에서 욕구를 가장 강하게 불러일으키는 매체는 SNS입니다. SNS 맛집, 아이템, 음식 영상 등을 다들 자주 보실 거예요. 아무 생각 없다가도 보고만 있으면 먹고 싶거나 구매하고 싶어지죠. 그럼 그 욕구는 저 자신의 순전한 욕망일까요? SNS를 통해 불러일으켜 진 외부적 욕구일까요? SNS 스타를 보면서 그들처럼 멋있는 삶을 살고 싶어서 돈을 벌고 싶은 분들도 있을 거예요. 하지만 SNS에서 보이는 모습은 극히 일부분일 뿐입니다. 예쁜 사랑을 하는 것처럼 보여도 1시간 뒤에 싸울 수도 있고요. 맛있어 보이는 음식 사진을 올려도 예쁘기만 하고 맛없이 비싼 음식일 수 있습니다(심지어 필터로 예쁘게 보이도록 포장한 것일 수도 있어요!). 엄청난 부를 가지고 있는 사람이 많아 보여도 통계적으로 극히 일부일 뿐입니다. SNS를 자주 접하면 나 말고 모두 행복하고 부자인 것처럼 느껴집니다.

소스타인 베블런은 '유한 계급론'에서 부유층이 아니면서도 과시적 소비를 하는 현상은 부자가 되고 싶은 욕망을 소비로 드러내는 일이라 보았습니다.[26] 대출받으면서 외제 차를 사고 YOLO라면서 탕진잼을 외치는 것도 과시적 소비의 일환입니다. 하지만 모두가 부자일 수는 없습니다. SNS를 통해 부유층의 삶을 보는 현대인의 마음이 행복할까요? 카페인 우울증이라는 말처럼 이상과 현실의 차이가 만드는 인지 부조화로 인해 우울증만 커지는 건 아닐까요?

다시 생각해봅시다. 당신은 부유해지고 싶나요? 그 욕구가 정말로 자신의 욕망인가요? 많은 돈을 가지면 행복해질까요? 부자가 되어도 소비를 마음껏 해도 인간은 만족하지 못합니다. 욕구에는 역치가 있어 금방 질리고 더 큰 욕망을 원하게 됩니다. 돈이 많든 적든 간에 욕망은 끝이 없습니다. 스스로 물어봐야 합니다. 물질에 대해 욕구가 강하다면 무엇을 위해 돈을 원하는지, 마음껏 소비하는 게 정말로 행복한 삶이 될지 의심해 봐야 합니다. 저는 왜 물질을 원했던 걸까요?

10 왜 물질을 원했는가?

제가 물질을 추구했던 건 마음의 빈 곳을 채우기 위해서였습니다. 성

---

26) 소스타인 베블런 - 유한 계급론

공에 실패하고 죽음이 두려웠기에 물질이 만들어내는 끝없는 욕구로 허전함을 채우고 싶었죠. 암호 화폐 투자 실패로 인해 제가 원하던 물질에 의심을 품게 되었고 덧없다는 걸 깨달았습니다. 아무리 돈을 벌어 쾌락을 즐겨도 죽으면 다 끝인걸요. 살아생전에 많은 돈을 벌어도 죽을 때 한 푼도 가져갈 수 없고요. 쾌락이 연속성을 가져 축적되는 것도 아닙니다. 오랜 시간 추구한 가치가 덧없음을 깨닫고 혼란스러웠습니다. 길을 잃고 헷갈릴 때 가장 좋은 방법은 다른 사람의 흔적을 따라가거나 융화되는 일입니다. 공허함만 남은 저는 남들처럼 살고 싶어졌습니다. 평범한 그들과 마찬가지로요.

4
인간관계에 대한 의심

의심해볼 것 : ① 모두와 원만한 관계는 가능한가?

키워드 : 인간이 세상을 파악하는 주관성, 언어, 자아

1 주관적일 수밖에 없는 인간

사람과 관계를 맺는 데는 무엇이 필요할까요? 이야기할 상대방이 있어야 하니 먼저 사람이 있어야겠죠. 서로의 생각을 전달할 매개체도 필요합니다. 대게 언어를 사용하죠. 언어에는 무의식적 언어와 의식적 언어가 나누어져 있습니다. 무의식적 언어는 대면했을 때 보이는 표정과 행동을 뜻하죠. 의식적 언어는 문자, 음성으로서 우리가 가장 많이 사용하는 언어체계입니다. 언어는 대단한 발명품입니다. 현실에 존재하는 물체를 지칭함으로써 부족, 사회 간의 객관적 의사소통을 가능하게 했죠. 물질을 지칭하는 것보다 뛰어난 건 언어의 추상화 능력입니다. 행복, 불행, 자아, 신과 같은 추상적인 존재를 표현함으로써 인간의 사고력이 발전하게 되었으니까요. 유발 하라리는 '사피엔스'에서 존재하지 않는 것을 믿는 뇌의 인지 혁명이 언어를 만들어 냈다고 보았어요. 다른 동물 중에서도 언어를 사용하는 종은 있지만, 추상적 표현을 할 수 있는 건 인간만의 특징이죠.

언어를 통해 인간 문명이 발달하고 여러 학문의 기틀을 마련했다고 볼 수 있습니다. 하지만 의사소통에 있어서 언어는 완벽한 매개체가 아닙니다. 언어의 추상적 표현에는 한계가 있습니다. 사과라는 물질을 지칭하는 표현은 확실한 대상이 있어 이해하기 쉽죠. 행복이란 단어는 어떨까요? 사람마다 행복을 정의하는 기준은 다를 겁니다. 무엇이 행복인지 머릿속에서 떠오르지 않는 사람도 있을 거고요. 더 나아가 자아라는 개념은 어떨까요. 머릿속에 확실히 떠오르는 게 있나요? 표준국어대사전에서는 자아를 심리, 철학적 개념으로 나누어 설명합니다. 심리학에서는 '자기 자신에 대한 의식이나 관념' 철학에서는 '대상의 세계와 구별된 인식·행위의 주체이며, 체험 내용이 변화해도 동일성을 지속하여, 작용·반응·체험·사고·의욕의 작용을 하는 의식의 통일체'라고 하네요.[27] 쉽게 말해보자면 자아란 내 의식의 총체적 작용이라 할 수 있습니다. 또한, 철학에서는 바깥 세계와 동떨어진 '생각하는 나'를 자아로 보고 있죠. 하지만 여기서 의문이 듭니다. 자아란 고정된 존재일까요?

기억을 거슬러 올라가 보죠. 최초의 기억은 사람마다 다르지만, 중학교 때의 일은 거의 다 떠오를 거예요. 2차 성징이 오면서 질풍노도의 시기를 겪을 때입니다. 그때 당신이 생각하던 가치관과 자아는 지금과 같나요? 저는 달랐습니다. 중학교 때의 전 다혈질 기질을 가지고 있었고 성공을 끝없이 갈망했죠. 지금은 분노보다는 슬픔을 많이 느끼고 성공이 모두에게 올 수 없다는 걸 깨우쳤죠. 과거의 저와 현재의 나는 생각이 많이 달라졌어요. 이렇게 다른 생각을 하는 나를 동일한 자아로 볼 수 있을까요? 내가 시간이 지나면서 생각이 바뀐 게 아니라, 다른 자아로 다시 태어났다고도 볼 수 있지 않을까요? 엄연히 다른 개체로 말이에요.

우리를 독립된 자아라고 생각하게 만드는 착각은 기억에서 오는 겁니다. 과거의 일을 기억함에 따라 내가 연속 선상에 놓여있는 것으로 여깁니다. 하지만 우리의 기억은 온전히 머릿속에 저장되어있는 게 아닙니다. 뇌는 컴퓨터처럼 손실 없이 정보가 저장되는 시스템이 아니에요. 시간이 지나면 기억에도 손상이 생깁니다. 영화로 치면 액션 장면이 발생하게 된 원인 장면이 사라지는 것과 마찬가지죠. 사라진 정보를 채우기 위해 뇌는 기억을 조작합니다. 10년 전 추억에 대해 친구들끼리 모여 이야기하다 보

---

27) 표준국어대사전 – 자아

면 각자 어느 부분에서 기억이 다릅니다. 또 뇌는 자신에게 유리한 정보를 기억하려고 합니다. 청소년 시절 학교폭력을 일으킨 가해자가 성인이 되어서 자신의 잘못이 잘 기억나지 않는다고 말하는 경우가 종종 있죠. 상황을 무마하려고 그렇게 말하는 경우도 있지만 실제로 기억이 조작되어 진짜 생각나지 않는 일도 많습니다. 뇌는 간사한 놈이라 최대한 자기에게 유리한 정보를 기억하려고 합니다.

조작되는 기억체계를 가진 현재의 저와 과거의 내 자아는 동일하지 않아 다른 사람으로 볼 가능성이 남아있습니다. 생화학적인 반응으로 생각해볼까요? 우리 몸의 원자 98%는 1년 새에 다른 원자로 바뀝니다. 유전자적으로 동일한 일란성 쌍둥이도 환경 변화에 따라 다른 신체, 생각을 가지게 됩니다. 결국, 불변하는 자아는 없다고 볼 수 있죠.

불확실한 의사소통인 언어와 계속 변하는 자아가 만난다면 어떤 현상이 일어날까요? 상대방 의도를 정확히 파악하지 못한 채 오해하고 멋대로 판단하겠죠. 인간관계가 가장 어려운 건 이 때문입니다. 우리는 각자의 자아로 세상을 바라봅니다. 사람마다 창문 모양이 달라서 거기에 맞는 풍경만 보이는 거죠. 내가 네모난 창문 모양의 자아를 가지고 있다면 세상이 모두 네모나게 보입니다. 동그란 창문을 가지고 있다면 동그랗게 보이고요. 긍정적인 성격을 가진 사람은 주변의 상황을 멋대로 좋게 받아들입니다. 비관적인 사람은 상황을 안 좋게만 보겠죠. 아무리 내 감정을 구체적으로 표현하더라도 각자 주관에 따라 다르게 받아들일 수밖에 없습니다. 색맹인 사람과 그렇지 않은 사람이 색을 다르게 보는 것처럼요.

2 사람을 믿지 못하게 되다 - 친구

　사람은 각자 주관적으로 판단하기에 믿기 힘든 존재입니다. 제가 그 사실을 깨달은 건 중학교 때입니다. 중2병이 돈다고 할 만큼 중학생 시기는 예측할 수 없는 일이 벌어지는 시기입니다. 초등학교 때는 크게 문제없던 저의 교우관계도 중학생이 되면서 크게 어긋나기 시작했어요. 남녀가 한 반에 섞여 있던 초등학교와 남자 중학교는 분위기 자체가 달랐습니다. 한참 테스토스테론이 분비되는 시기라 크고 작은 폭력이 많았죠. 입학 초부터 서로 간의 서열을 확인하기 위해 자주 싸움판이 벌어졌습니다. 일주일에 한 번꼴로 학급에서 치고받는 일을 볼 수가 있었죠. 초등학교 시절에는 활발하고 자기주장이 강했던 저는 사춘기가 오면서 조용해졌습니다. 부모님 맞벌이 때문에 혼자 있는 시간이 많아서 더 그랬던 거 같아요. 예전처럼 쉽게 친구가 되는 게 어려워지기 시작했습니다. 주변의 눈치를 보게 되고 남들과 같이 있는 순간에도 자기만의 동굴에 빠져버리는 경우가 잦았죠. 초식동물과도 같은 행동을 보이던 저에게 중학교는 약육강식의 정글이나 마찬가지였어요. 가장 약한 동물은 언제나 포식자의 먹이가 되는 법이죠. 조용히 지내던 저를 쉽게 보고 무시하는 친구들이 하나둘 늘어났습니다. 학교에서는 직접적인 폭력보다는 모멸감을 불러일으키는 단어로 인신공격을 받았습니다. 소위 말하는 찐따 취급을 당했죠. 인도식 계급 피라미드로 보면 최하층인 불가촉천민과 수드라의 중간 지점이라고 볼 수 있네요. 학교 가기가 정말 싫었습니다. 선생님께 말한다고 해도 직접적인 폭력을 당하는 게 아니라 제대로 해결될 리도 없었습니다.

　중학교 1학년 때 반에서 저를 괴롭히던 A라는 아이가 같은 학원에 다

넜습니다. 공부는 저보다 훨씬 잘했지만, 장난이 심한 A는 저를 괴롭히는 것도 장난치듯이 했어요. 수업 중간에 지우개를 던지거나, 무시하는 투로 말하고 쉬는 시간에 잠자고 있는데 때리고 도망가는 식으로요. 누군가는 장난으로 받아들일 수 있겠지만 저는 그런 행동에 민감했습니다. 괴롭힘이 심해지자 부모님께 말씀드렸어요. 학원에 도저히 못 다니겠다고요. 어머니는 학원 원장선생님께 제가 괴롭힘당하고 있어 해결책을 마련해 달라고 말했습니다. 하지만 별 소용이 없었어요. 원장 선생님은 저를 괴롭히던 A에게 다시는 그러지 말라고 말 한 번 하는 거로 끝냈습니다. 아무런 대책도 마련하지 않으셨죠. 제가 고자질했다는 사실을 알게 된 뒤로는 괴롭힘의 수위가 더 커졌어요. 학교, 학원 어디서든 제가 있을 자리는 없었죠. 가정에서도 문제가 해결된 줄 알고 그냥 넘어가기만 했습니다. 다혈질 기질은 분노를 가슴속에 가둬둔 채 터지기만을 기다리고 있었습니다.

  말로 좋게 해결되지 않을 때 사람은 폭력을 사용하려고 합니다. 저에게 남은 방법 역시 주먹다짐이 전부였습니다. 굼벵이도 건드리면 꿈틀대는 걸 보여주고 싶었어요. 여느 때처럼 A는 쉬는 시간에 제 머리를 건드리면서 놀려댔습니다. 참다 일어난 전 A를 쏘아보며 쌓였던 울분을 토해냈습니다. 시선이 교차한 채로 묘한 신경전이 펼쳐졌죠. 흐름을 끊은 건 제 주먹이었습니다. 움켜잡은 오른손을 A의 얼굴에 꽂아 넣었어요. 완전 개싸움이었죠. 바닥에 뒹굴고 팔로 못 움직이게 감싸거나 목을 조르는 등 살기 위한 발버둥이 벌어졌어요. 온갖 감정이 사무쳤습니다. 분노를 표출해 고양감이 흘러나오기도 했고 맞은 부위가 너무 아파 눈물이 나오기도 했습니다. 학급 아이들은 우리 주위를 둘러싼 채 재미난 구경거리 보듯 행동했습니다. 여러 소리가 들려왔어요. A 보고 힘내라고도 하며, 저를 박살 내라고 말하는 소리도 귀에 들렸어요. 저를 응원하는 말은 하나도 없었죠. 수업 종칠 때가 되자 구경하던 아이들이 달려들어 싸움을 중재했습니다. 승패가 정확히 매겨지지 않았지만, 마음속으로 전 패배했습니다. 싸움 하나만으로 바뀌기에 제 서열은 너무 낮았어요.

싸운 후 A는 더 노골적으로 절 괴롭혔습니다. 제가 당하는 걸 보면서 다른 친구들도 A의 행동에 동참했어요. 학교에서는 학기 초부터 A랑 같이 절 무시하던 B라는 아이가 있었습니다. B는 물리적 행동보다는 언어로 절 고통스럽게 했어요. 병X이라니, 시X놈이라는 말을 서슴지 않게 사용했고 일부러 무리에서 절 떨어뜨리려 했습니다. B의 행동이 더 충격적이었던 건 기독교를 믿고 있어서였습니다. 우리 중학교는 기독교 선교를 목적으로 만든 미션스쿨이었습니다. 수업 시간에 엄연히 종교 과목이 있었고 아침 시간마다 찬송가를 불렀어요. 기독교 기념일에는 학교 대신 교회에 갔습니다. B는 그 교회를 어릴 때부터 쭉 다녔던 아이였죠. B는 학교에서 찬송 팀을 하면서 교회 활동도 열심히 했습니다. 학교 선생님들은 종교 활동을 열심히 하는 B의 행동을 좋게 보았죠. 다른 친구들도 모두 B를 좋아했습니다. 남자아이들이 좋아하는 축구도 열심히 했고 그 나이 또래가 좋아하는 재치 있는 장난기도 많았죠. 저에게만 최악의 사람이었죠. 전 무엇보다 교회에 다니면서 타인을 괴롭히는 행동에 죄악감을 가지지 않는 게 너무 가증스러웠어요. 영화 밀양에서 주인공 신애가 자기 자식을 죽인 살인범을 찾아가는 장면이 있어요. 살인범은 신애 앞에서 자신의 모든 죄를 하나님이 용서해주셨다고 말하죠. 그 말을 들은 신애의 마음은 산산조각 부서졌습니다. 제 맘도 신애랑 마찬 가지었어요. 하나님께서 B가 나를 괴롭힌 행동 모두를 용서하더라도 전 그렇지 못합니다.

중학교 2학년 때는 학원에 새롭게 들어온 C라는 아이가 절 고통스럽게 했습니다. C는 다른 학교의 일진이에요. A, B는 과도한 물리적 폭력을 사용하지는 않았지만, C는 장난삼아 애들을 때리곤 했죠. 자습 시간에 다른 일진 D랑 같이 애들 등에다가 침을 뱉거나 시범 삼아 맞아보라면서 주먹질과 발차기를 해댔어요. 전 이전에 A랑 있었던 일이 트라우마가 되어 불만 한번 제대로 말하지 못했습니다. 묵묵히 견뎌내는 제가 재밌는지 C와 D의 타깃은 주로 저였습니다. 학원 아이들도 자기가 맞을 거 같으면 대신 절 때리라고 말했죠. 그곳에서 살아남기 위해 평소라면 하지 않을 비행도 저질렀습니다. C와 같이 문방구에서 볼펜 등을 훔치거나 남의 집 문을 발로 차면서 도망쳤죠. 스트레스가 쌓이면 집 마당 앞에서 불장난을 저질렀어요. 휴지, 카드, 나뭇가지 등을 모아놓고 라이터로 태웠습니다. 불 속에서 점점 형체를 잃어가는 것들을 보고 동질감이 느껴졌어요. 저도 인간으로서 중요한 무언가를 잃어가고 있었거든요.

3 사람을 믿지 못하게 되다 - 가족

바깥은 지옥이었지만 집안도 그 못지않게 고통스러웠습니다. 가부장적인 아버지와의 마찰이 절 힘들게 했어요. 제 중학교 시절은 큰 형도 아직 취직하지 못하고 작은형도 공무원 준비에 어려움을 겪는 시기였습니다. IMF 이후 장사도 이전처럼 잘 안 되어 가족 전체의 신경이 날카로웠습니다. 아버지는 예전부터 매일 술을 드시지 않으면 잠이 안 온다고 하셨어요. 힘든 경제 사정과 자식들의 취업 스트레스가 섞여서인지 늘 화나고 불안한 모습을 보이셨습니다. 가끔 밖에서 술을 마실 때면 만취해서 오셨어요. 새벽까지 안 들어오는 아버지를 기다리느라 가족들도 잠들지 못했죠. 아버지는 들어오실 때 인사불성인 채로 온갖 욕설을 내뱉곤 했습니다. 물건을 집어 던지기도 했죠. 어머니는 아버지가 술에 취해 난동을 피울 때마다 거실에서 혼자 흐느껴 우셨습니다. 삶이 너무 힘들고 죽고 싶다면서요. 어머니가 우는 모습을 볼 때마다 아버지를 향한 미움은 커져만 갔습니다. 신이 존재한다면 어머니가 무슨 죄를 지어 이렇게 고통을 받으시는지, 또, 전 왜 이런 아버지 밑에서 태어났는지 묻고 싶었습니다.

제 성적이 떨어질 때는 더 끔찍했어요. 전 공부를 잘 하지는 않았지만 못하지도 않는 중상 정도의 등수를 유지했습니다. 전교 석차가 조금이라도 떨어지면 아버지는 불같이 화냈어요. 중학교 1학년 때 중간고사 때보다 20등 떨어진 기말석차를 보여주지 않기 위해서 성적표가 안 나왔다고 거짓말했습니다. 하지만 어머니 친구 아들이 같은 학교라 성적표 나온 사실을 들키고야 말았죠. 떨어진 성적을 보고 아버지는 노발대발하셨습니다. 술도 들어간 상황에서 손에 잡히는 것들을 마구 저에게 던지셨죠. 컵, 조각상, 책등이 저에게 날라 왔습니다. 어머니가 심하다면서 그만하라고 말리셔도 봐주지 않으셨어요. 손에 잡히는 게 사라질 때쯤 아버지는 던지는 걸 그만두고 밖으로 나가셨습니다.

이후에도 아버지의 체벌은 멈추지 않았습니다. 한번은 물리적 타격보다 더한 방법을 사용하셨어요. 떨어진 성적표를 보여주자 아버지는 마당 밖으로 저를 불러내셨습니다. 아버지는 저보고 잔디밭을 향해 얼굴을 파묻고 누워있으라고 말씀하셨습니다. 그러고는 야구방망이로 제 등을 밟아 일어나지 못하게 하셨어요. 그 상태는 30분 동안 지속했습니다. 잔디 밭에서 돌아다니는 개미가 제 얼굴 위를 올라가도 아무런 행동을 취할 수 없었어요. 아버지께서는 이전처럼 긴말로 화를 내지는 않았습니다. 마치 제가 상대할 가치도 없다는 느낌이었죠. 체벌 후 아버지는 집안으로 먼저 들어가시고 전 혼자 마당에 남겨졌습니다. 너무 서러웠어요. 부모 앞에서 전 단순한 소유물이었죠. 자신의 교육지침을 따라야 하는 그런 존재나 마찬 가지었어요. 가슴 속 깊은 곳에서 부정적인 감정이 솟구쳐 올라왔습니다. 가출하고 싶었죠. 손목을 긋고 자살을 시도하려고도 했습니다. 극단적인 선택을 하면 아버지의 생각이 달라지지 않을까 희망을 걸어보고 싶었어요. 하지만 두려웠어요. 지난번 A랑 싸울 때처럼 아무런 해결도 되지 않고 더 심해질까 봐 무서웠습니다. 그저 저는 참는 것 말고는 할 수 있는 게 없었습니다.

4 오해의 끝에 생긴 실수, 그리고 페르소나

집 안팎으로 안식처를 찾지 못해 온라인 게임에 빠졌습니다. 온라인 게임이 가지고 있는 가벼운 관계의 특성이 저에게는 매력적이었죠. 누구랑 갈등이 생겨도 로그아웃하면 편안해지잖아요. 주로 하던 마비노기란 게임은 온라인상에서 결혼할 수 있고 가족을 만들 수 있었습니다. 온라인상에서 모르는 사람과 친구를 맺고 가족을 형성하면서 오프라인에서 얻지 못한 안식처를 만들어 갔습니다. 게임 속에서 전 활발했어요. 실제 세계에서는 말 못 할 고민도 온라인에서 사귄 친구한테는 마음껏 털어놓았습니다. 게임에서 친해진 누나랑 밤새 이야기할 때가 제 중학교 시절 가장 행복한 기억입니다. 오프라인과 온라인에서 다르게 행동하는 저의 모습을 볼 때마다 저의 인격이 2개가 아닌가 하는 생각이 들었어요. 초등학교 때의 활발한 저. 중학교 시절의 조용한 나. 이 두 명은 온라인과 오프라인을 경계로 각각의 터전을 마련했습니다. 칼 구스타프 융은 인간이 사회적으로 보이길 원하는 페르소나라는 가면을 가지고 있다고 말했습니다. 필요에 따라 가면을 쓰고 벗는 것처럼 타인한테 보이길 원하는 인격을 연기한다고 말합니다. 온라인상에서의 활발한 저 자신이 나의 원형이라고 본다면, 오프라인에서의 조용한 제 모습은 페르소나입니다. 그 시절을 버티기 위해 가면극의 배우처럼 거짓된 모습을 연기했습니다.

고등학교에 진학 후 페르소나는 더 짙어졌습니다. 공부를 위해 기숙사에서 단체 생활을 하게 되었죠. 2009년 안동에서는 고교 평준화를 실시하지 않았습니다. 중학교 성적에 맞춰 고등학교에 입학하기 때문에 학교 성적의 의미가 컸죠. 우리 기숙사는 입학성적으로 상위권에 들어야만 입소가 허가됐습니다. 규율은 엄격했어요. 두발은 12cm 이상 기르지 못하고 매일 의무적으로 11시까지 자습을 하거나 강의를 들어야 했죠. 방학 때도 일주일 동안만 집에서 지낼 수 있었습니다. 감옥이나 마찬 가지었죠. 체벌도 암암리에 허용되어 있었습니다. 적지 않은 학생이 공부에 집중 못 하고 해이해진 품행을 보일 때 단체 기합을 받았습니다. 과거 군대에서 행해진 원산폭격(머리 박기), 선착순(선착순 몇 명이라고 말하면 골대 찍고 빨리 돌아온 해당 인원만 열외하고 반복), 한강철교(엎드려뻗쳐 있는 상황에서 앞사람의 다리를 뒷사람의 어깨에 올리면서 서로 버려내야 하는 기합) 등을 고등학교 입학하기 전부터 당했죠. 생전 처음으로 선

후배 관계를 느껴보기도 했어요. 숙소에선 1, 2학년을 섞어놔 사고가 발생하지 못하게 만들어놨습니다. 선배 눈치를 보느라 마음대로 떠들지도 못했죠. 휴대폰은 당연히 쓰지 못했고 MP3는 노래 듣는 용도로만 사용 가능했습니다. 씻는 공간도 열악했어요. 기숙사가 노후화되어서 가끔 단수되기도 했습니다. 그럴 때는 학교 화장실에서 가볍게 세면 세족하거나 호스를 연결해 샤워했어요.

단체 생활에서 가장 중요한 건 인간관계입니다. 16년의 삶 동안 가족 곁을 떠나본 적이 없던 저에게 기숙사 생활은 몹시 지옥이었습니다. 100여 명의 타인이랑 같은 공간에 지내는 것만으로도 스트레스였죠. 같은 중학교 학생이 없어서 더욱 고립감을 느끼기도 했고요. 그러나 한편으론 기회였어요. 중학교 때의 제 삶을 아는 사람이 없으니 고등학교에서는 똑같은 비극이 반복되지 않을 수 있었죠. 괜찮은 고교 생활이 될 줄 알았습니다. 그 꿈이 깨지기에는 몇 달 걸리지 않았지만요.

입학식 후 반 배정이 된 학급에 들어가자마자 보고 싶지 않은 얼굴과 마주쳤습니다. 중학교 때 저랑 같은 학원에 다니던 E와 같은 학교에 오게 된 거예요. 심지어 같은 반이었습니다! E는 저를 괴롭히진 않았지만 제가 C랑 D에게 받던 취급을 옆에서 보고 지내던 아이였습니다. 특별히 악감정이 있는 사이는 아니었지만, E가 D랑 친하게 지내던 게 생각나 마음 한편으로 불편했습니다. E는 저를 보고 살갑게 대했어요. 전 반갑다고 말만 하고 바로 지나쳤습니다. 그 뒤로 E와의 불편한 학급 생활이 이어졌죠. 친화력 좋은 E는 반 친구들과 빠르게 친해졌습니다. 저에게도 그 나이 또래에게 맞는 장난을 쳤어요. 전 그 행동이 나를 무시하는 것처럼 느껴졌습니다. 행동하나 하나를 예민하게 받아들이게 되니 E를 까칠하게 대했습니다. 제 안에 오랫동안 숨어있던 다혈질 기질이 살아나기 시작한 거죠. 중학교 1학년 때처럼 폭력으로 나의 위치를 제대로 자리 잡아야겠다는 욕망이 강해졌습니다. 이번에는 아군도 있었습니다. 입학하기 전 이미 2달간 기숙사 생활을 한지라 친해진 친구가 몇 명 있었어요. 또 저희 고교에서 상위권 대학은 기숙사 인원이 많이 갔습니다. 학교평가에 중대한 영향을 미치니 선생님들께도 인식이 좋았죠. 싸운 뒤 결과가 어떻게 되든 간에 제가 손해 보지는 않아 보였어요. 방아쇠가 될 사건만 기다리고 있었죠.

여느 때처럼 기숙사에서 등교하고 책상 앞에 앉았는데 무언가 이상하다는 느낌을 받았습니다. 책상 서랍을 뒤져보니 수업 시간에 필요한 책이 없었어요. 주위 친구에게 물어봐도 모르겠다는 답만 받았습니다. 그때 E가 제 눈에 띄었습니다. E가 있는 책상으로 달려가 다짜고짜 내 책을 달라고 말했어요. E는 자기가 숨겨놓은 게 아니라 다른 애가 장난친 거라고 말했습니다. 전 그 말을 듣고도 E가 모든 짓을 꾸몄다는 식으로 몰아갔습니다. 서로의 분위기는 급속도로 험악해졌습니다. 주위에 있던 친구들이 점점 저와 E 사이로 몰려들었습니다. 서로 말싸움을 하던 중 E는 저에게 D가 없으니 완전히 나댄다는 식으로 말했습니다. 그 말을 듣는 순간 머리끝까지 피가 솟구쳤습니다. 과거의 기억이 한꺼번에 눈앞에 그려지는 것 같았죠. 어느 순간 제 주먹은 중학교 1학년 때처럼 E의 얼굴로 향했습니다. 고등학교에 들어서 처음 벌인 개싸움에서 전 패자가 되었습니다. 일어나보니 제 코뼈가 부러졌거든요. 주먹을 휘두른 가해자가 졸지에 피해자가 된 아이러니한 상황입니다. 보건실로 가서 피를 지혈하고 바로 병원으로 향했어요. 의사는 전신마취해서 코뼈를 맞춘 뒤 2주는 입원

해야 한다고 결론 내렸죠.

　다른 병실이 꽉 차 1인실에 입원하게 되었습니다. 혼자 있는 병실에서 무엇이 문제인지 생각해 봤어요. '내가 시비를 건 게 잘못일까. 아니면 이 학교에 입학한 게 문제인가. 그것도 아니면 내 코뼈가 부러진 게 잘못일까?' 입원한 지 며칠 지나지 않아 E의 어머니가 E와 함께 절 찾아왔습니다. 절 보면서 자기 자식 때문에 코뼈가 부러져서 정말 미안하다고 말씀하셨죠. E도 저에게 미안하다면서 고개를 숙였습니다. 그러면서 E의 어머니는 입원비를 모두 부담하겠다고 말씀하셨어요. 두 명이 문밖으로 나간 뒤 전 혼란스러웠습니다. 저의 어설픈 생각으로 인해 아무런 죄가 없는 E의 어머니가 피해를 보았거든요. E 또한 우연히 제 코뼈를 부러뜨렸다는 이유 하나만으로 가해자가 되어버렸습니다. 사건을 일으킨 원흉은 저인데 말이죠.

　E의 부모님은 넉넉한 형편이 아닌데도 저 때문에 상당한 비용을 지출하게 되었어요. E에게 미안했습니다. 그리고 나를 탓했습니다. 내 그릇된 판단이 일으킨 사건의 파급력을 몸소 깨닫고, 전 자신을 버리기로 했습니다. 남들이 받아들이기 편하게, 그리고 원만하게 지낼 수 있도록 타인 앞에서 페르소나를 벗지 않기로 마음먹었어요.

5 원만한 관계를 위해 잃어버린 것들

　퇴원 후의 전 자신을 죽이며 살았습니다. 입원 전까지만 해도 머리끝까지 높게 차오른 자존심이 바닥을 기게 되었습니다. 친구랑 사이가 안 좋아지면 무조건 제가 사과하곤 했죠. 마찰이 생기지 않게 말도 유하게 하려고 노력했어요. 마음속에 쌓이는 게 있더라도 친구 앞에서 절대 티 내지 않았습니다. 어떻게 보면 중학교 때의 내향성과 비슷했지만, 단체 생활 덕에 사람을 대하는 기술은 더 좋아졌죠. 페르소나를 쓰고 다니다 보니 자아는 이전보다 약해졌습니다. 눈치도 많이 보게 되었고요. 사촌이 명절에 내려올 때마다 과거보다 행동이 많이 달라져 딴사람 같다고 말할 정도였어요.

남들 눈치를 보느라 친구를 잃기도 했어요. 고1 때부터 친하게 지내던 F라는 친구가 있었습니다. 피아노를 전공으로 하는 F는 섬세한 기질을 가지고 있었습니다. 남고에서 보기 힘든 매력이었죠. 2학년 때도 같은 반이 되었어요. F와 전 학기 초부터 단짝처럼 지냈습니다. 하지만 F를 싫어하는 친구인 G라는 아이도 같은 반인 게 불행이었죠. G는 직접적으로 F를 괴롭히진 않았습니다. 대신 F와 같이 다니는 저에게 장난을 많이 쳤어요. 수업 시간에 선생님이 말씀하신 말로 저의 별명을 만들거나 G가 장난칠 때 일부러 절 끌어들였죠. 전 가면을 쓰고 다녔기에 겉으로 그 상황을 즐기는 것처럼 보이게 행동했습니다. 하지만 속마음은 점점 타들어 갔죠. F는 자신이랑 친해서 G가 절 괴롭히는 거 같다고 말했습니다. 중학교 때까지만 해도 F와 G는 친했습니다. 다만 모종의 트러블이 생겨 둘의 관계는 소원해졌습니다. F와 G는 서로 이야기도 하지 않게 되었지만, G는 계속해서 F를 괴롭혔어요. F와 친한 친구에게 심한 장난을 쳐 간접적으로 고통스럽게 한 거지요.

G는 일진까지는 아니었지만 준 일진 정도의 위치에 있었습니다. G의 장난이 점점 심해지면 제 학교생활이 중학교 때처럼 돌아갈 가능성도 있

없어요. 힘들게 손에 넣은 평온한 학교생활을 잃어버리기가 두려웠어요. 생각하는 것만으로 절망스러워 자살 충동이 올라왔습니다. F는 정말 착하고 좋은 친구였습니다. 다만 G와의 트러블로 인해 파국으로 치달을 학교생활을 생각하니 가까이 지내기가 꺼려졌습니다. 전 F와의 거리를 서서히 벌렸어요. 식사 시간에도 F 대신 다른 기숙사 친구랑 같이 먹고 놀 때도 마찬 가지었죠. F와의 거리가 멀어지면서 G와의 관계는 원만해졌습니다. G가 친한 친구들끼리 F의 뒷담을 해도 그냥 넘어갔죠. 2학기 때부터 F와는 말도 잘 섞지 않았습니다. F는 다른 친구랑 친하게 지냈고 종종 E랑 놀기도 했죠. 전 기숙사 친구들 이랑만 가까워졌습니다. 관계가 무너지는 게 싫어, 점점 자신을 감추어 살게 되었어요.

6 이미지가 가장 중요해

성인이 되어 다양한 사람을 만나다 보니 눈치 있게 페르소나를 바꿔 써야 할 일이 많아졌습니다. 자신의 삶을 책임져야 하니 학창 시절 때처럼 실패할 수도 없죠. 술자리에서는 특히나 더 조심했습니다. 학기 초 술자리에서 벌어지는 사건이 공공연하게 페이스북, 학교 커뮤니티에 올라왔습니다. 이미지가 얼마나 중요한지 뼈저리게 깨달아, 한 번 실수로 학과 전체에서 매장되지 않기 위해 조심했습니다. 술을 마시더라도 그 이상 되는 물을 마시고 취할 거 같으면 절대로 마시지 않았어요. 억지로 술을 권하는 사람이 있으면 같이 마시되 정신 줄을 놓지 않으려고 계속해서 머리를 굴렸습니다. 술 취할수록 더 이성적으로 행동하려고 노력했죠. 술김에 하는 스킨쉽, 실언 등은 절대로 일어나서는 안 될 일이었어요. 전 실수로라도 살이 닿는 걸 싫어했어요. 가면을 쓰고 있는 저의 본모습을 보여주고 싶지 않아서였죠. 살 결이 부딪칠 때, 마치 선을 침범당하는 것처럼 느꼈습니다.

일은 좀 과하다 싶을 정도로 벌였습니다. 일 열심히 하는 사람처럼 보이고 싶었어요. 스케줄이 빈다고 느껴지면 대외활동, 공모전을 더 하거나 아르바이트를 했어요. 새로운 사람을 만나서 일을 같이하거나 성과를 만들어 인정받을 때 가장 살아있다는 느낌을 받았습니다. 스케줄이 비고 특별히 일이 없을 때는 공허했어요. 친구 만나서 술 마시거나 편하게 침대에 누워 쉴 수도 있는데도, 마음이 편치 않았습니다. 가치 있는 인간으로 존재하지 않으면 남에게 인정받을 수 없다는 강박감이 절 괴롭혔습니다.

페르소나를 쓰고 다니다 보니 안 그래도 먼 나와 타인의 자아에 하나의 벽이 더 생긴 기분이었습니다. 새로운 인맥을 쌓고 이야기를 하더라도 나에게 진짜 가깝다는 생각이 드는 사람은 단 한 명도 없었어요. 상대방은 친하게 생각할지 몰라도 전 그런 마음이 도통 들지 않더군요. 감정 표현도 솔직하게 하지 않았습니다. 상대방은 심리적으로 힘들 때 나에게 속마음을 털어놔도 전 그러고 싶지 않았죠. 사랑이 끝나서 우울할 때도 혼자 집에 있다가 다음날 멀쩡하게 사람을 대했습니다. 남한테 표현하지 못한 감정은 제 자아의 밑바닥으로 떨어져 갔습니다. 쌓여가는 감정은 침전해 들어, 우울의 바다가 되어 솟구쳤습니다. 망망대해에 빠진 행인처럼 그 감정에서 벗어나기 힘들었어요. 고양이를 키워도 우울했고 SNS의 재밌는 영상을 볼 때면 더욱 슬펐습니다. 그러면서도 남들 앞에서는 잘 지내는 것처럼 연기했죠. 제가 만들어놓은 페르소나의 가면을 세어보니 두

자릿수가 넘어갈 정도였습니다. 아니, 이제는 내가 어떤 성격을 가지고 있었는지조차 판단이 안 섰어요. 난 대체 어떤 사람이었죠?

7 가면을 벗어 버려야 얻는 자존감

인정받고자 하는 욕망에서 주체가 되는 건 누구일까요? 인정해주는 사람은 타인입니다. 내가 페르소나를 쓰고 얼마나 멋있는 모습을 연기하든 간에 남한테 인정받지 못하면 가치 있다고 할 수 없습니다. 즉, 인정하는 타인이 주체(사물의 작용이나 어떤 행동의 주가 되는 것)이고 연기하는 사람은 객체(작용의 대상이 되는 쪽)가 되는 거죠. 찰리 채플린의 영화 '모던 타임즈'를 보면 채플린이 톱니바퀴에 끼어 들어가 나사를 조이는 장면이 나옵니다. 반복되는 노동으로 의미를 잃어버린 채플린은 정신병을 얻게 되죠. 채플린이 나사를 조이는 행위는 자신의 의지로 하는 게 아니라 공장주의 명령에 따른 것입니다. 즉, 자아를 잃어버리고 스스로 행동할 수 없게 된 것과 마찬가지입니다.

페르소나를 벗고 주체적인 사람이 되기 위해선 자존감이 높아야 합니다. 자존감을 올리기 위해선 나의 장/단점을 있는 그대로 받아들이고 인정해야 합니다. 객체로서의 삶을 살면 자존감이 떨어질 수밖에 없습니다. 객체로서 누군가에게 인정받지 못한다면 나를 긍정할 수가 없죠. 즉, 계속해서 타인에게 의존하게 됩니다. 원하는 만큼의 칭찬을 들으면 행복감이 몰려오지만, 그렇지 못하면 내 가치가 부족하다 느껴 우울감에 빠져듭니다. 제가 일이 없을 때 공허했던 것도 객체로의 삶을 살았기 때문이 없어요. 인정받으면서 나의 자존감을 유지하려고 했는데 그렇지 못하니 우울한 거죠. SNS를 통한 현대 문명은 과도하게 타인의 인정을 받으라고 강요하고 있는 것처럼 보입니다. 팔로워 수나 좋아요, 댓글이 많이 달리면 그만큼 내가 타인에게 인기 있고 가치 있는 존재처럼 느껴지죠. 하지만 그렇게 쌓아 올린 인정의 자존감은 사상누각과 마찬가지 아닐까요? 예전처럼 댓글이 안 달리고 좋아요가 줄어들면 나에 대한 인기가 떨어졌다고 생각하게 됩니다. 내 가치가 예전만 못하다고 생각하면 자존감도 같이 떨어지는 거죠. 수렁에 빠져 끝없이 타인의 관심을 요하고 인정받으려는 욕망만 남은 괴물이 될 수밖에 없어요. 타인의 관심으로 얻는 자존감보다 자기 자신을 긍정하는 자존감은 훨씬 단단합니다. 외부에서 오는 비난이 날 흠집 낸다고 해도 나에 대한 믿음이 있으면 크게 위협적이지 않는 거죠. 감정적으로 힘들더라도 나를 믿기에 금방 제정신으로 돌아옵니다. 회복 탄력성이 증가하는 거죠.

자존감과 자만심은 다른 겁니다. 자만심은 나르시시즘(자기 자신에 대한 애착)적 행위입니다. 나의 단점을 보지 않고 자신을 잘났다고 맹신하는 행위이죠. 자만심에는 긍정밖에 없습니다. 나의 모든 모습을 긍정적으로 보는 거죠. 자만심은 자존감이 낮을 때 대체재로 나타나는 현상입니다. 이럴 경우 자기애는 강하게 나타나지만, 타인의 비판을 제대로 받아들이지 못합니다. 나는 무조건 잘났으니, 타인이 말하는 비판은 잘못된 것으로 받아들이죠. 낮은 자존감에서 형성된 자만심은 타인의 비판을 모두 자기 가치관에 대한 비판으로 받아들입니다. 조별 과제를 생각해볼까요? 가끔 독불장군처럼 자기주장을 강조하는 팀원이 있죠. 팀플레이를 하는 건 서로의 자유로운 표현으로 더 나은 결과물을 만들기 위함이에요. 이는 존 스튜어트 밀이 '자유론'에서 한 말과 같습니다. 밀은 표현의 자유가 필요한 이유를 3가지로 들었습니다. 첫째는 진리가 침묵한 말에 있을 수 있기 때문입니다. 어떤 인간이 신이 아닌 이상 절대적으로 옳을 수는 없는 거죠. 두 번째는 침묵을 강요당하는 의견이 진리가 아니더라도 일정 부분 진리와 관련한 내용이 담길 수 있습니다. 셋째는 기존의 의견이 진리더라도 서로 끝없이 토론함으로써 진리의 합리적 근거를 얻을 수 있습니다. 토론을 통해 진리가 독단적 의견이 아니라 진정한 참이란 걸 알 수 있습니다.[28]

조별 과제에서 남의 의견을 듣지 않는 사람은 토론을 자신에 대한 공격이라고 생각합니다. 내가 틀리더라도 괜찮다고 말할 수 있는 자존감이 없을 때 생기는 현상이죠. 자만심이 강한 사람이 자기주장이 틀렸다는 걸 깨달으면 상당한 충격을 받죠. 전제로서의 완벽한 '나'가 허구인 걸 깨닫게 되니까요.

8 주체성을 가진 개인주의

주체로서 살아가는 건 개인주의와도 연관됩니다. 여기서 말하는 개인주의는 이기주의와는 다릅니다. 서구에서 개인주의 사상은 민주주의와 연관 깊습니다. 개인주의 사상은 프랑스 혁명 이후 본격적으로 자리 잡았습니다. 인간의 존엄과 자기 결정을 중요시하는 개인주의는 로크의 사회계약론, 토크빌의 삼권분립 등과 더불어 민주주의의 핵심의식으로 자

---

28) 존 스튜어트 밀 – 자유론

리 잡았죠. 국가나 사회가 잘못된 길을 가거나 인권을 위반할 때 개인주의가 필요합니다. 서구의 공동체주의는 개인주의적 시민들이 모여 만들어진 가치입니다. 그 때문에 단체를 위해 개인을 희생하지 않고 모두가 주체적으로 생각하면서, 비판하고 토론하죠. 문유석 작가님께서 '개인주의자 선언'에서 합리적 개인주의자가 되어야 한다고 말한 것도 이 때문입니다. 문유석 작가님이 정의한 합리적 개인주의자는 아래와 같습니다.

"합리적 개인주의자는 인간은 필연적으로 사회를 이루어 살 수밖에 없고, 그것이 개인의 행복 추구에 필수적임을 이해한다. 그렇기에 사회에는 공정한 규칙이 필요하고, 자신의 자유가 일정 부분 제약될 수 있음을 수긍하고, 더 나아가 다른 입장의 사람들과 타협할 줄 알며, 개인의 힘만으로는 바꿀 수 없는 문제를 해결하기 위해 타인들과 연대한다. 개인주의, 합리주의, 사회의식이 균형을 이룬 사회가 바로 합리적 개인주의자들의 사회이다."[29]

작가님이 말씀하신 합리적 개인주의자는 주체적인 존재입니다. 내가 완벽하지 않고 부족함이 있어도 괜찮은, 자존감 있는 주체들이 토론해야 올바른 개인주의자이며 이는 민주주의를 제대로 작동시키는 원동력입니다.

9 유교문화와 대한민국

자 그럼 대한민국 문화는 주체성을 가진 시민을 형성하는 데 기여하고

---

29) 문유석 - 개인주의자 선언

있을까요? 높은 점수를 주긴 힘듭니다. 이코노미스트 인텔리전스 유닛 (EIU)이 발표한 민주주의 지수에 따르면 대한민국은 20위입니다.[30] 상위권 1, 2, 3위 국가는 하나같이 개인주의가 잘 자리 잡은 노르웨이, 아이슬란드, 스웨덴 등의 북유럽국가들이죠. 대한민국은 아시아 국가로서 오랫동안 유교 문화에 속해있었습니다. 유교에서는 군사부일체(임금과 스승과 아버지는 한 몸이다 또는 은혜는 같다)를 강조합니다. 조선 시대 유교는 국가와 가족을 하나의 가정으로 보았습니다. 국가의 가장은 임금이며 집안의 가장은 아버지입니다. 가장 밑에서 구성원은 같은 뜻을 가지고 섬겨야 합니다. 민주주의의 핵심가치인 표현의 자유가 유교 문화에서는 받아들일 수 없죠. 물론 공자가 유학을 창시할 당시는 춘추전국시대였습니다. 전쟁은 끊이질 않아 세상은 무척 혼란스러웠어요. 그럴 때마다 가장 고통받는 건 백성입니다. 길가에 넘쳐있는 시체들을 보면서 측은지심을 느낀 공자는 세상의 안정을 위해 유학을 창시했습니다.

조선 시대 유학은 안정성에 너무 큰 무게를 실었습니다. 일본은 서구의 문물에 충격을 받고 난 후 메이지유신을 시도해 개혁을 이뤄냈지만, 조선은 쇄국을 고집했습니다. 흥선대원군의 쇄국 정책으로 변화의 바람을 받아들이지 못한 조선은 가슴 아픈 일제강점기를 겪게 되었죠. 변화와 안정이 적당한 균형을 유지해야 혁신은 이루어집니다. 아놀드 조셉 토인비의 '역사의 연구'는 21개 문명의 흥망성쇠를 연구/분석해 낸 결과물입니다. 토인비는 문명들이 가지고 있는 공통점을 분석한 결과 '적당한 변화가 있어야 문명이 발전할 수 있다.'라는 법칙을 발견했습니다.[31] 너무 강

---

30) 프라임 경제 – [카드뉴스] 대한민국 민주주의 지수는?

31) 아놀드 조셉 토인비 - 역사의 연구

한 자극을 준 문명은 혼란이 강해 무너지게 됩니다. 반대로 자극이 없는 문명은 발전이 정체되어 다른 국가에 흡수되었죠. 제레드 다이아몬드의 '총, 균, 쇠'도 변화와 안정의 균형이 발전원동력이라고 말합니다. 다이아몬드는 유라시아 대륙이 아프리카보다 발전할 수 있었던 이유는 가로로 길게 뻗어진 대륙의 모습 때문이라고 합니다. 주변 국가끼리 위도의 차이가 크지 않아 작물, 목축 이동이 용이했고 서로 교류가 잦았습니다.[32] 인접 국가 간의 적당한 자극을 통해 유라시아 대륙에 있는 유럽, 아시아 국가가 발전하게 된 거죠.

10 주체성을 가질 수 없어

OECD의 일원으로서 대한민국에 가장 필요로 한 건 주체성을 기르는 교육입니다. 주체적인 개인이 되어야만 변화를 받아들이며 자존감을 높일 수 있어요. 순응주의적 교육은 주체성을 떨어뜨립니다. 자식을 소유물로 생각하는 부모의 마음, 성적향상을 목적으로 하는 철학이 없는 교육은 인간을 객체로 만듭니다. 하지만 오랜 시간 객체로 살아가는 삶에 익숙해진 제가 주체가 되는 건 쉽지 않은 일이었습니다. 한편으론 가졌던 가치관이 모두 흔들리면서 어떻게 살아가야 할지 헷갈리기 시작했어요.

사람은 쉽게 바뀌지 않는 존재입니다. 오랜 세월 동안 내 몸에 축적된 데이터를 바꾸는 건 너무 많은 에너지를 소비하는 일이에요. 적어도 죽음의 위협을 겪지 않는 이상 가치관이 바뀌는 건 불가능하다고 보았어

---

32) 제레드 다이아몬드 - 총균쇠

요. 하지만 아버지가 변화하는 과정을 보면서 생각이 조금씩 바뀌었습니다. 독불장군으로 평생 살 거 같은 아버지가 시간이 지날수록 점점 누그러졌어요. 가족을 사랑하는 어머니의 마음을 느끼셨는지 예전보다 많이 다정해지고 먼저 어머니 생신도 챙기기 시작하셨습니다. 근본적인 부분은 남아있지만 상당한 변화를 이뤄낸 아버지의 모습을 보고 저도 희망이 생겼습니다.

객체로 태어난 나도, 누군가를 사랑하고, 사랑받으면서 변할 수 있지 않을까요? 사랑이 사람을 주체적으로 만들지는 않을까요?

5
사랑에 대한 의심

의심해볼 것 : ① 나의 사랑은 정말 사랑일까?

② 의심 없이 사랑이 가능한가?

키워드 : 성적 본능, 유전자

1 인간의 사랑

사랑이 숭고한 가치 중 하나라는 건 어떤 미디어를 보더라도 알 수 있는 일입니다. 멜론 순위권을 차지하는 노래 대부분은 사랑에 대해 말하죠. 봄만 되면 피어오르는 벚꽃처럼 풋풋한 사랑을 이야기하는 곡들이 상위권을 차지합니다(전 매년 벚꽃엔딩이 울려퍼질때쯤 사랑을 하고 싶은 마음이 어디선가 솟아나는 걸 느낍니다). 지상파의 드라마는 기승 전 사랑이라는 말이 붙을 정도로 스토리 끝에 남주인공과 여주인공이 결합해요(그런데도 시청률은 꾸준히 잘 나오는 게 대단하죠. 이것이 사랑의 힘일까요?). 소설에서도 단일 장르로서 가장 오랜 기간 사랑받은 건 로맨스지요. 18세기에 짝사랑의 비극을 다룬 '젊은 베르테르의 슬픔'은 지금까지 사랑받는 불멸의 로맨스 고전입니다. 연인과의 실연을 내용으로 하는 이 책이 나올 당시 유럽은 베르테르 광풍이 불었습니다. 베르테르의 복장을 따라 하기도 하고 책에 너무 몰입해 그처럼 권총 자살로 생을 마감한 사람도 많았죠('베르테르 효과'라는 말이 나오게 된 계기입니다).

누군가와 사랑에 빠진다는 건 일상을 환상으로 바꾸는 마술과도 같습니다. 단순히 한 사람만 같이 있음에도 평범했던 음식과 풍경이 다르게 느껴집니다. 미국 신경과학자 루시 브라운 교수 연구팀은 사랑에 빠질 때 뇌는 마약을 하고 있을 때와 같은 반응을 보인다고 합니다.[33] 뇌과학적으로 볼 때 사랑은 합법적인 마약과 같아요.

사랑이 끝날 때 우린 너무나도 큰 아픔을 받죠. 내 마음 한 부분에 영구적인 생채기가 남을 것처럼 쓰라려요. 전의 사랑이 계속 기억나 다음에

---

33) 브레인 미디어 – 사랑에 빠진 뇌, 마약 복용했을 때와 같다

만나는 사람에게 집중 못 하기도 하며, 술의 힘을 빌려 조심스럽게 연락해 보기도 합니다. 어떨 때는 사랑을 그만하고 싶어 감정을 못 느끼길 바라기도 하죠. 일상에 몰입하다 보면 아픔을 어느 정도 잊긴 합니다. 그동안 소홀히 했던 가족, 친구들과 소중한 시간을 보내고 자기계발과 취미 생활에 몰두하기도 하죠. 그러다가도 문득 공허한 마음을 느낄 때가 있어요. 누군가가 내 옆에 있기를 바라면서요. 사랑을 처음부터 느끼지 않았다면 오히려 편안했을지도 모르는 일이죠. 사랑을 하는 데 어떤 이점이 있길래 우리는 천국과 지옥을 왔다 갔다 하는 길을 반복하는 걸까요?

2 동물의 번식본능

인간도 동물의 한 종입니다. 사피엔스가 만들어 놓은 문명 수준에 취해 우리가 동물임을 착각하는 경우가 있어요. 하지만 인간의 무의식/의식적 행동에는 동물의 본성이 상당히 많이 나타납니다. 동물의 본성은 진화적으로 볼 때 생존에 최적화된 기제입니다. 예를 들어 인간이 공포에 빠지는 이유는 뭘까요? 과학적 연구 결과와 통계를 통해 합리적으로 설명할 수 있음에도 미지의 위험성에 불안해하는 사람이 적지 않습니다. 공포는 진화적으로 볼 때 가장 합리적인 생존 기제입니다. 만약 인간의 오랜 조상이 길을 가다가 수풀이 움직이는 걸 발견했다고 칩시다. 수풀 안에 있는 생명체는 토끼일 수도 있고 호랑이 같은 위험한 맹수일 수도 있습니다. 합리적인 인간이라면 멈춰 서서 수풀의 크기, 주변 서식지의 환경을 고려해 안에 있는 생명체를 유추해보겠죠. 하지만 진화적으로 볼 때 합리적인 판단을 했던 인간의 조상은 살아남기가 힘들었습니다. 수풀 안의 존재가 맹수였다면 물려 죽었을 테니까요. 공포를 느낀 인간의 조상은 수풀이 흔들리자마자 1초안에 도망가 버렸습니다. 안에 있는 생명체가 토끼건 맹수이건 간에 공포를 느껴 자리를 뜬다면 적어도 물려 죽지는 않으니까요. 공포는 자연환경에 최적화된 기질로서 머나먼 조상님을 거쳐 현대인한테 전해지게 된 겁니다.

인간이 느끼는 감정적 요소 대부분은 본능적인 겁니다. 사랑 역시 진화적으로 이점이 있기에 나타나는 감정이라 할 수 있겠죠. 인간을 포함한 모든 유기체는 태어남과 동시에 언제 찾아올지 모르는 죽음이란 위협을 안고 살아갑니다. 생명체가 영생 할 수 있는 유일한 방법은 몸 안의 유전자를 남기는 일입니다. 필멸의 운명을 벗어나기 위해 수많은 생명체는 번식의 고난에 뛰어듭니다. 짝을 찾으러 돌아다니며 자신의 모습을 뽐내고 구애하죠. 여기서 재밌는 점은 생존에 불리한 형질이라도 자손을 낳는 데 유리하다면 다수가 이를 채택합니다. 수컷 공작새의 꼬리깃은 무척이나 화려하며 큽니다. 반면 암컷은 밋밋한 모양새를 하고 있습니다. 수컷은 화려한 깃을 가지고 있기에 포식자한테 쉽게 들키고 도망치기 어렵습니다. 그런데도 모든 수컷 공작새의 깃이 화려한 이유는 유전자가 우월함을 암컷에게 보이게 하기 위함입니다.[34] 자연 상태에서는 단명하더라도 유전자를 남기기만 한다면 개체로서의 삶은 성공적이라 말할 수 있으니까요.

번식이 유전자를 남기기 위함이라면 굳이 불편하게 유성생식을 고집할 필요가 있을까요? 짚신벌레처럼 자신과 동일한 존재를 분열 시켜 유

---

34) 리처드 도킨스 - 이기적 유전자

전자를 이어나가면 번식을 위해 생존을 포기할 이유도 없지 않을까요? 많은 분이 수업 시간에 들어서 잘 알 테지만 무성생식은 환경에 적응하기 어렵습니다. 초창기 지구는 지금처럼 산소가 많지 않았습니다. 산소는 혐기성 세균(산소가 존재하지 않는 곳에서 생존하는 세균)의 세포와 반응해 망가뜨리는 역할을 했습니다. 이를 해결하기 위해 산소를 활용해서 호흡 하는 호기성 세균(산소가 있어야만 살 수 있는 세균)이 생겨났습니다. 지구상에서 점점 늘어나는 산소를 활용하는 호기성 세균이 나타남으로써 진화는 이전과 다른 길을 걷게 되었죠. 복잡한 구성을 가진 원핵생물, 진핵생물 등이 생겨났습니다. 생물의 크기 단위가 커지면서 환경에 적응하기 힘든 무성생식보다 유성생식을 채택하는 생명체가 늘어났습니다. 생물의 유전자는 분열하는 과정에서 돌연변이를 낳습니다. 대부분의 돌연변이는 개체에 위협적이기 때문에 무성생식으로 쌓인 오류는 큰 위협으로 다가옵니다. 유성생식을 하면 서로 간의 염색체가 결합하는 과정에서 감수분열이 일어나 잘못된 유전자를 제거합니다. 유전적 다양성도 유성생식의 이점입니다. 서로 다른 유전자를 가진 개체가 만나 유성생식을 하면 부모 세대와는 다른 유전자 구성을 가진 후손이 태어납니다. 쉽게 말하면 아버지가 X 유전자 어머니가 Y 유전자를 가지고 있다고 치면 자녀는 Z 유전자 구성을 띠는 거죠. 종의 다양성이 커지게 되면 급격한 환경변화를 겪을 때 모든 종이 절멸할 일이 없습니다. 예를 들어 해수면 온도 26도까지 생존할 수 있는 A라는 종에서 30도까지 버틸 수 있는 B라는 개체군이 있다고 칩시다. 기후변화가 심해져 온도가 29도로 올라가면 A라는 종은 B라는 개체군 외에는 모두 멸종합니다. B라는 개체군은 그들끼리 또 유성생식을 하면서 새로운 진화를 이뤄낼 수 있죠(현재 환경의 변화는 진화의 메커니즘이 완화할 수 있는 선을 넘어섰습니다. 진화는 오랜 세대가 걸쳐 축적되는 건데 산업혁명 이후 지구의 기온은 너무 높아졌어요. 인류가 출현하기 전엔 포유류 한 종이 멸종하는 데 평균 50만 년이 걸렸습니다. 하지만 인류가 등장한 이후엔 한 달에 한 종꼴로 포유류가 멸종했습니다.[35])

3 인간의 사랑은 유전적 본능일까?

미디어는 사랑을 인간의 고결한 가치처럼 그렸습니다. 동물의 기준으로 볼 때 사랑은 번식을 위한 과정이라 말할 수 있습니다. 결국 우리의 사랑은 무엇일까요? 다른 유기체처럼 유전자를 남기는 행동이 사랑의 본질일까요? 이 질문에 대해 아래와 같은 반박이 있을 수 있습니다. '동성애는 번식을 목적으로 하지 않음에도 사랑하니 이는 어떻게 설명할 수 있냐?', '최근처럼 출산율이 떨어지는 시대에서는 아이를 낳지 않는 부부가 많다. 그런데도 사랑하는 이들은 무엇이냐?'라는 반론이 나올 수 있죠. 동성애를 함에도 자신의 아이를 낳고 싶은 부모는 있습니다. 2019년 퀴어 축제를 후원한다고 해서 논란이 된 블루드 베이비라는 회사가 있습니다. 블루드 베이비는 동성애 데이팅 앱 회사인 블루드의 자회사입니다. 블루드 베이비는 동성애자를 위한 해외 원정 대리모 출산 서비스를 제공합니다. 이를 통해 동성애 남성 커플 중 일부는 자신의 아이를 낳기 위해 대리모를 구하기도 합니다(모든 동성애 커플이 대리모 서비스를 이용하는 건

---

35) 중앙일보 - [이정모의 자연사 이야기] 지구 생물 6번째 대멸종, 산업혁명과 함께 시작됐다

아닙니다). 출산율이 떨어지는 현상도 아이를 낳겠다는 욕망이 사라지는 게 아니라 생존을 위한 방안 중 하나일 수 있습니다. 대한민국의 과도한 경쟁 구도가 아이를 낳을 환경에 적합하지 않은 거죠. 동물은 주위 환경이 개인의 생존을 어렵게 할 때는 번식을 뒤로 미루고 생존에 치중하는 경향을 보입니다. 아이를 낳아 둘 다 죽음에 이르는 것보다는 부모가 확실히 살아나 후일을 기대하는 게 유전자를 남기기에는 더 좋기 때문이죠. 대한민국의 과도한 경쟁이 개인을 생존본능에 치중하도록 작용해 아이를 낳으려는 본능을 억제하는 것일 수 있습니다.[36]

'인간의 사랑은 온전히 본능적이다.'라고 말할 순 없지만, 그렇지 않다고 확신할 수도 없는 일이죠. 전 예전부터 제 안의 본능적인 부분을 혐오했습니다. 다혈질 기질로 인해 사고를 친 적도 많았고, 싫은 사람한테 좋은 척하는 게 어려워 인간관계가 힘든 일도 많았기 때문이죠. 로봇처럼 머리부터 발끝까지 합리적인 존재로 살고 싶었습니다. 주위의 변화를 신속히 계산하고 판단하는 그런 존재요. 그렇기에 사랑을 느낄 때도 과도한 정열이 나를 망칠까 봐 두려웠습니다. 누군가를 좋아함으로써 생기는 작은 변화가 쌓여 거대한 오류로 작용하지는 않을까 내심 불안했죠. 하지만 머릿속으로 아무리 생각해도 감정적으로 끌리는 걸 막을 수는 없었습니다. 이성적으로 판단하는 뇌 역시 육체이며 유기체적 속성을 가지고 있기 때문이에요.

---

36) 주경철 외 6인 - 아이가 사라지는 세상

4 사랑의 기억들

제가 처음으로 애정을 느낀 건 7살 때입니다. 사랑이라고 말하기도 애매한 나이였지만 계속 그 친구가 밤마다 생각나 잠을 이루지 못했어요. 걔 앞에 서면 온몸이 굳은 것처럼 아무 말도 안 나왔습니다. 대게 남자 초등학생이 누굴 좋아하면 일부러 장난치고 괴롭힌다고 하잖아요. 전 완전 반대였어요. 제 마음을 들키고 싶지 않아서 일부러 거리를 뒀죠. 그러면서도 로미오와 줄리엣처럼 운명적으로 눈이 맞아 사랑하게 되길 바랐죠. 전 3형제 중 막내로 태어났고 남중 남고를 나와 여자를 대하는 게 무척 서툴렀습니다. 드라마나 만화, 소설에서 나오는 여자의 모습이 다인 줄 알았죠(미디어에서 그리는 여성의 모습은 실제랑 아주 다르지만요).

두 번째 사랑은 중학교 1학년 때 일이었습니다. 이번에는 학원 국어 선생님께 꽂혔습니다. 열정적으로 학생을 대하는 모습이 보기 좋았어요. 띠동갑 가까이 나이 차가 나 특별히 마음을 전하지는 않았지만요. 선생님 질문에 열심히 대답하고 가까이서 보려는 이유 하나만으로 학원에 일찍 왔죠. 학원에서 A가 절 괴롭히는 게 더 화가 났던 것도 선생님께 잘 보이고 싶은 마음 때문이었어요. A는 산만한 편이라서 수업 시간에도 여지없이 떠들곤 했죠. 눈앞에서 어쩔 줄 몰라 하는 선생님 모습이 안타까워 수업 중간에 A한테 화를 내기도 했습니다. 그 결과로 전 편하지 못한 학원 생활을 보냈지만요. 국어를 좋아하게 된 계기는 선생님 덕분이었어요. 다들 그런 거 한 개쯤 있지 않나요? 좋아하는 사람한테 잘 보이려고 생소한 분야에 관심 가지기도 하잖아요. 제가 다양한 일들에 흥미를 느끼게 된 건 이성의 힘 덕분입니다.

첫 번째와 두 번째 사랑은 모두 짝사랑이었습니다. 그럼 세 번째는 어떨까요? 네 그 역시 짝사랑으로 끝났습니다. 세 번째로 좋아하게 된 사람은 대학 동기였습니다. 남중 남고를 거친 뒤 가게 된 학과는 우연히도 여성이 남성보다 많았습니다. 심지어 우리 과는 한 학년에 20명 정도밖에 안 되는 소수 인원이었어요. 인원이 적다 보니 누가 누구랑 사귄다는 이야기가 쉽게 퍼졌죠. 동기를 좋아해도 누군가가 저에 대해 수군덕거리는 게 싫어 마음을 숨겼습니다. 학과 사람 사이에서 형성해놓은 제 이미지가 연애를 통해 어긋나는 걸 참을 수 없었거든요.

대학 동기가 솔직하게 자신의 의견을 말하는 모습에 끌렸습니다. 아닌 거면 아니라고 말하면서도 웃은 채로 조리 있게 말하는 모습이 매력이었거든요. 페르소나를 착용하는 일에 익숙한 저에겐 불가능한 일이었어요. 학과 MT를 가기 전 제출해야 하는 영상을 촬영하던 중 애를 좋아한다는 확신을 가지게 되었습니다. 우리 학과는 MT 영상이라고 MT 가기 전 조별로 영상을 촬영하고, 편집이 완료된 영상을 MT 당일 날 다 같이 상영하는 관례가 있습니다. 대게 신입생은 배우를 하고 고학번은 촬영과 편집을 도맡아 하죠. 저희 조는 슈퍼스타K를 콘셉트로 했습니다. 과거 슈퍼스타K에서 웃긴 모습으로 인기를 얻었던 춤통령, 힙통령을 패러디한 거였죠. 저는 춤통령을 맡고 동기는 힙통령을 담당했습니다. 춤에 소질이 없어도 웃기게 추면 되는 일이었지만 그것마저도 저에겐 힘들었습니다. 생전 처음으로 카메라와 조명 앞에 서니 온몸이 각진 허수아비가 된 기분이었어요. 주위 선배가 열심히 하라고 독려하는 모습이 마치 저에게 화풀이하는 것처럼 들렸습니다. NG 컷이 늘어날수록 제 표정은 굳어갔습니다. 이러려고 대학교에 왔나, 자괴감이 들고 괴롭더군요. 동기도 연기는 처음이라 어색한 점은 매한가지였습니다. 힙통령 특성상 아웃사이더의 빠른 랩을 말해야 하기에 NG는 저보다 더했습니다. 선배들의 표정은 더욱 피곤해졌고 결국 직접 랩 하는 건 생략한 채 실제 힙통령의 랩을 더빙했습니다. 동기는 거듭된 NG에 미안한 눈치였지만 저처럼 표정이 굳지 않았어요. 미안해도 웃은 채로 한 번 더 해보겠다고 말했죠. 촬영이 끝나도, 그 미소를 계속 보고 싶었어요.

MT가 끝난 뒤 어떻게든 만날 계기를 만들어내고 싶었습니다. 하지만 평상시에도 다른 여자 동기들이랑 친하지 않았고, 제가 좋아하는 동기에게는 상당한 자기비판을 거친 뒤에야 말 한마디가 겨우 나왔어요. 얘가 나의 내향적인 모습을 싫어하지는 않을까? 외모가 취향이 아닐까? 하는 두려움에 심리/물리적 거리가 좁혀질 일이 없었죠. 제가 동기 여자애를 좋아한다는 사실은 저와 가장 친한 남자 동기한테만 털어놓았습니다. 그 친구는 좋아하는 티를 어느 정도 내지 않으면 절대 이 거리가 좁혀질 일이 없다고 했죠. 공감대를 형성할만한 질문이라도 던져보라고 했어요. 동기 여자애가 독실한 기독교 신자인 걸 알고 성경 내용에 대해 한번 물어보고자 했습니다. 성경의 여러 구절에 대해 친절하게 답해주는 걸 보고 잠깐이나마 희망의 빛을 보았습니다. 하지만 그 뒤의 이야기를 어떻게 이어나가야 할지는 막막했어요. 사적인 얘기를 하면 바로 제가 관심 있다는 걸 짐작할 텐데 그런 상황에 어떻게 대처해야 하는지를 배운 적은 단한 번도 없었거든요. 변화가 무척이나 두려웠습니다. 이전까지 행동했던 방식으로 해결되지 않은 문제를 만날 때 제 머리는 블루스크린같이 에러가 떴죠. 동기와의 대화는 점차 뜸해지고 전 군대에 들어갔습니다. 이후 알게 된 사실이지만 군에 있는 동안 제가 동기를 좋아했다는 사실이 이미 다른 동기한테도 퍼졌더라고요. 상병 때쯤 그 사실을 알게 되고 적잖은 충격을 받았습니다. 세상에 비밀은 없더군요. 그냥 말하지 않는 게 비밀을 지키는 최고의 방법이란 걸 그때 깨달았습니다.

5 사랑을 잊기 위해 다른 사람을 찾다

어떤 인터넷 사이트에서 연애와 관련된 글을 읽은 게 있어요. '사람은 사람으로 잊어야 한다.' 군에 가기 전 동기를 잊으려고 소개팅을 3번 해보았습니다. 두 번은 대학 동기가 한 번은 선배가 해주었죠. 세 번 모두 저랑 동갑의 여자애였습니다. 첫 번째는 경기도에 사는 아이였어요. 말이 잘 통해 많은 대화를 이어나갔습니다. 전 춘천에 살고 있어 주말밖에 시간이 안 났어요. 연락처를 교환한 다음 주 일요일 날, 건대입구역에서 만나기로 했습니다. 대학교 오고 나서 처음으로 서울에 올라가는 일이라 설렘 반 두려움 반이었습니다. 첫 소개팅이라서 생기는 긴장도 적잖았습니다. 상대방은 오전에 교회에 갔다 온다고 했습니다. 13:30분에 만나기로 했죠. 당일 날 경춘선을 타고 서울로 올라가는데 오전 10시를 기점으로 소개팅녀와 연락이 끊겼습니다. 불안한 마음이 올라왔지만 바빠서 말이 없는 거로 생각하고 애써 마음을 진정시켰습니다. 13:30이 되었지만, 그녀의 그림자는 눈에 띄지도 않았죠. 5분, 10분, 30분이 지났지만, 핸드폰은 울리지 않았습니다. 14:30분까지 기다려 보았지만 결국 그녀는 나타나지 않았죠. 속으로는 부글부글 끓어올랐지만 2시간 걸려 올라온 게 아까워 서울에 대학을 다니는 고교 동창을 불렀어요. 친구는 저를 위해 기꺼이 나와 주었고 근처에서 당구를 치기로 했습니다. 제가 서울에 오게 된 계기와 약속 파토 맞은 일을 친구에게 하소연하던 중 의문의 문자 하나가 왔습니다. 그 문자 내용을 보고 할 말을 잊었습니다. 소개팅녀한테 온 문자메시지였는데 제가 생각하던 바와는 전혀 딴판인 내용이었습니다. 그 문자를 보고 느낀 감정은 분노도 슬픔도 아닌 공허함이었어요. 도저히 무엇을 할 기분이 안내키더군요. 친구랑 당구 치던 걸 당장 그만두고 집으로 돌아갈 채비를 했습니다. 춘천으로 돌아가는 열차 안에서 그녀의 문자 내용이 자꾸 신경 쓰였죠. 대체, 왜 그랬던 거지?

"누구세요?"

6 사람을 못 믿겠어 사랑도 못 믿겠어

첫 번째 소개팅의 충격은 이후 모든 관계를 흔들어 놓았습니다. 사람을 못 믿는 저의 성질은 더욱 강화되었습니다. 사랑은 결국 인간관계에서 생성되는 건데 관계 자체를 믿지 못하게 된 거죠. 믿는다기 보다는 어느 정도 신뢰할 수 있다는 게 인간관계 지론이 되어버렸죠. 제가 생각하는 믿음이란 100%입니다. 믿음은 어떤 이유가 있더라도 마음의 끌림 정도가 100%에서 떨어지지 않는 거라고 생각됩니다. 사랑에 대한 믿음, 종교에 대한 믿음처럼 불신이란 감정이 생겨나지 않는 게 믿음이라고 보았죠. 반면 신뢰는 100%가 아닌 99.9% 확률입니다. 믿음은 마음의 끌림 정도가 100% 밑으로 떨어지지 않지만, 신뢰는 99.999%가 최대치이며 최소치는 0%입니다. 신뢰한다는 건 모든 인간관계를 확률로 규정합니다. 타인을 만났을 때 그를 신뢰할 수 있는 확률은 0%에 가깝죠. 근거가 쌓이면서 확률은 올라가기도 하며 떨어지기도 합니다. 사랑에서도 마찬가지입니다. 80%까지 마음이 갔다가도 불신할 수 있는 근거가 쌓인다면 40%로 곤두박질칩니다.

불신을 기본값으로 생각하고 사람을 만나니 행동 하나하나가 의심스러웠습니다. 확증편향 증상도 한몫했죠. 얘는 믿을 만한 존재가 아니라고 가정하면 톡이 잠깐 느려지는 것도 바람의 증거라고 생각했습니다(진짜 바빠서 느려질 수도 있으니까요. 합리적 근거로 의심이 들더라도 자신의 주관이 오해하는 것일 수 있습니다. 그러니 애인의 행동을 보고 의심이 들거든 속 시원히 이야기하세요).

첫 번째와 달리 두 번째 소개팅 자체는 느낌이 좋았습니다. 첫 만남 후에도 몇 번 더 만나 데이트를 이어갔어요. 하지만 종강 이후로 그 친구는 강릉, 저는 춘천에 남아 자주 못 보게 되었습니다. 몸이 멀어지니 연락도 뜸해지기 시작했죠. 정확히는 제 쪽에서 특별히 말을 걸지 않았어요. 여름방학 중간에 그 친구가 어떻게 지내냐고 연락이 왔어요. 전 그냥 형식적인 답변만 했습니다. 사실 그 친구랑 연락하며 지내면서도 동기 여자애가 계속 생각났어요. 마음이 다른 데 가 있으니 눈앞의 상대방에게 집중할 수 없었던 거죠.

세 번째는 우연찮은 기회였습니다. 여름방학 동안 전 춘천에 남아 교수님 일을 도와드리고 선배한테 그림을 배웠어요. 학과지 편찬 팀에 소속되어 있어서 매주 회의의 연속이기도 했죠. 바쁘게 살면 다른 생각이 안 떠올라 일을 계속 만들었습니다. 여름의 무더운 기운에 익숙해져 갈때쯤 다른 대학 선배한테서 갑작스레 연락이 왔습니다. 예식 도우미 알바를 하고 있던 선배가 같이 일하는 여자애를 소개받아볼 생각이 없냐고 물어봤어요. 이전에 있던 일이 자꾸 맘에 걸렸지만, 선배가 주선해주는 거니 한번 받아보기로 했어요. 나이는 전과 마찬가지로 저랑 동갑이었습니다. 얘는 춘천에 살고 있고 현재 휴학 중이라 시간적으로도 여유 있는 상황이었어요. 같은 예술 계통이라 흥미가 겹치는 점도 많았습니다. 만나서 대화할 때도 편한 느낌을 받았어요.

애프터를 기약한 후 행복한 마음으로 집에 돌아와 카톡을 이어나갔어요. 일주일이 지난 시점에서 뜻밖의 문자를 받았습니다. 핸드폰이 고장 나 당분간 연락이 힘들다는 말이었어요. 일주일 뒤 핸드폰을 고친 후 연락한다고 했습니다. 당시의 전 그러려니 받아들였습니다. 대화할 때나 만날 때의 분위기가 나쁘지 않았거든요(물론 저 만의 착각일 수도 있는 법이죠. 원래 남자는 착각의 동물이라고 하잖아요). 문제는 이후에 벌어졌습니다. 소개팅녀의 카카오스토리에 업로드 표시가 뜬 거예요. 2012년 당시는 카카오스토리 초창기라 PC 버전이 없을 때였습니다. 친구랑 맛있는 음식을 먹고 행복해하는 포스팅을 보고 온갖 의문이 들었습니다. '핸드폰이 고장 났다는데 대체 카카오스토리 포스팅은 어떻게 한 거지?', '남의 핸드폰 빌려서 계정 바꾸고 카카오스토리 포스팅을 할 수 있나? 아니 그런 거면 나한테 일주일 동안 연락 안 된다고 말할 필요가 있나?' 머릿속으로 온갖 생각이 떠올랐고 저의 감정은 불신의 밑바닥으로 쳐들어갔습니다. 첫 번째 소개팅의 악몽이 다시 떠올랐어요.

한번 둥지를 튼 의심은 멈출 줄 몰랐습니다. 제가 착각한 것일 수도 있었지만, 당시의 전 불신에 초점이 맞춰져 다른 점은 하나도 고려하지 못했습니다. 머릿속으로 몇 번 시뮬레이션을 돌린 뒤 내린 결론은 '나에게 거짓말을 했다.'였습니다. 전처럼 처량하게 버림받을 바에는 제가 먼저 잊어버리기로 했어요. 그 친구와의 페이스북 친구를 끊고 연락처도 모두 삭제했습니다. 일종의 방어기제였죠. 연락처를 삭제한 후 전 머릿속에서 소개팅녀를 완전히 지워버렸습니다. 며칠 뒤 그 아이는 페이스북 친구를 왜 끊었는지 물었습니다. 전 솔직히 말하기가 두려워 실수로 지워버렸다고 했어요. 그 뒤로도 몇 번 연락이 왔지만, 매번 대충 대답하고 말았습니다. 제 마음에서 한 번 식어버린 마음은 절대 다시 불붙지 않았어요. 상처받기 두려워 의심하고, 포기하고 잊었습니다. 믿음이 배신 되길 두려워, 믿지 않았습니다.

7 불신의 시작, 그 이후의 관계

　사람을 믿지 않고 대인관계의 변화를 두려워하는 저에게 자연스러운 만남이란 가장 어려운 과제였습니다. 누군가를 만나 헤어진 뒤 주변 사람의 가십거리로 제가 소비되는 걸 생각하면 죽을 기분이었죠. 학과에서 누군가를 좋아하게 될 때는 전처럼 짝사랑으로 끝나는 경우가 잦았습니다. 경쟁자가 생겨나면 상처받기 두려워 빠르게 마음을 접었고 이 과정이 무한히 반복됐습니다.

　대부분의 만남은 학과 외에서 이루어졌습니다. 대학교를 떠나 사람을 만날 수 있는 길은 대외활동과 봉사활동이 있었어요. 학교 밖에서 만난다고 솔직하게 저의 모습을 보여주진 않았지만, 학과보다는 나았어요. 이성을 만나면 겉으로는 태연한 척 했지만 속으로 어떻게 연결고리를 찾을 수 있을까 고민했습니다. 타인한테 티 나지 않게 하려고 최대한 논리적으로 그럴싸한 구실을 만들어 접근했죠. 외모도 적잖은 영향을 준다 생각해 대학교 1학년 때와는 다르게 자신을 가꾸는 데 치중했습니다. 전 시력이 무척 나빠 안경을 낄 때 눈이 엄청 작아집니다. 안경을 끼고 다니는 모습에 열등감이 있던 저는 타인한테 이 모습을 보여주기가 무척 싫었습니다. 복학하면서 하드 렌즈를 착용하게 되었고, 아는 사람을 만날 때는 절대 안경을 끼지 않았습니다. 군대에서 상한 피부로 스트레스를 받아 비비크림과 컨실러를 사용하기도 했어요. 수업 가기 전에 스타일링 하다 망했다고 생각하면 지각을 택했습니다. 제가 솔직한 마음으로 타인을 대할 수 없어서 남이 저에게 끌리길 바랐습니다. 제 행동이 문제가 있진 않았나 하는 마음으로 매일 밤 자신의 행동을 돌아보았죠. '모임에서 너무 말이 많지는 않았나?', '내가 걔를 좋아하는 걸 너무 티 내지는 않았나?' 하는 생각을 하며 오늘보다 나은 사람이 되려고 했죠. 어쩌면 전형적인 디즈니 만화의 왕자님이 되고 싶었는지도 모릅니다. 완벽한 남자 앞에 아름다운 여인이 찾아오는 것처럼, 내가 완벽하면 진실한 사랑을 할 수 있을 거로 생각한 걸까요?

8 두려웠던 사랑

전 사랑이 두 가지 관점에서 나뉘어 있다고 생각했어요. 육체, 성적 끌림을 느끼는 에로스적 사랑과 정신적으로 교감을 중요시하는 플라토닉 러브로 말이죠. 감정적으로 끌리고 열정이 넘치는 에로스적 사랑은 동물의 사랑이라고 생각했어요. 이를 후세를 낳기 위한 유전자의 본능이라고 본 거죠. 반면 플라토닉러브와 같은 정신적 교감은 동물이면서도 다른 존재인 인간만의 사랑이라고 생각했습니다.

어릴 때부터 전 정신적인 것을 숭고하게 여겼습니다. 고대 그리스 철학자 소크라테스를 가장 존경하고 플라톤과의 정신적 교감이 부러웠습니다. 더 나은 존재가 되고 완벽해 짐으로서 인간의 동물성을 버리는 일이 가능하리라 생각했습니다. 그렇지만 전 결국 인간입니다. 정신적 교감을 하면서도 육체적으로 끌릴 수밖에 없고 그것은 동물의 당연한 본능이죠. 몸과 머리의 공존을 원치 않던 전 두 가지를 분리해버렸습니다. 저는 플라토닉러브를 사랑으로 보고 에로스적 사랑을 욕망으로 생각했습니다. 사랑을 느낄 때는 욕망이 생겨나지 않았습니다. 반대로 욕망이 생겨난 사람에게는 사랑이 나오지 않았죠. 이분화된 사랑은 분열된 페르소나에 맞춰져 사람을 대하게 했습니다. 사랑을 느낀 사람에게는 스킨십과 같은 에로스적 끌림이 전혀 생겨나지 않았죠. 플라톤이 소크라테스를 칭송하듯 그녀를 저의 여신과도 같이 아끼고 싶었어요.

객체로서 존재했던 인간관계가 제 자아를 분열시켰고 불신으로 시작된 사랑이 에로스와 플라토닉을 나눠버렸습니다. 불신의 늪을 뛰어넘어도 제 자아와 사랑이 분열되어있으니 솔직한 나를 보여줄 수 없었습니다. 사랑하기가 두려워졌습니다. 제 안에서 사랑이라는 감정이 완전히 사라지길 바랐죠. 하지만 인간이 신이 될 수 없는 것처럼, 사랑하기 싫어도 사랑하게 됩니다.

4학년이 되니 학교생활이 끝나가는 게 점점 현실로 느껴졌습니다. 반오십의 나이도 적잖은 부담이었습니다. 여자 동기들은 대부분 취업했고,

사회생활을 하는 걸 보니 학교를 빨리 떠나야 한다는 압박감이 강하게 밀려왔습니다. 모순적이게도 마음 한편에는 백수가 되는 게 두려워 졸업을 미루고 싶었죠. 청년실업률은 치솟아 올라가고 있었고, 고통스러운 현실에 발을 들이기가 두려웠습니다. 하고 싶은 것도 많았고 두려움도 많은 상태에서 다가오는 사회의 문턱은 너무 높았어요. 생각 끝에 1년 휴학하기로 마음먹었습니다. 토익 준비를 끝마치고 좀 더 내가 업그레이드된 상황에서 사회에 나가고 싶었어요. 휴학하기 전에는 최대한 하고 싶은 일을 해보고 싶었습니다. KT&G 상상유니브에서 실시하는 디퓨저&캔들 수업을 들은 일도 그 때문이었습니다.

예전부터 향에 민감했는지라 코에 강한 자극이 들어오면 금세 기분이 나빠졌습니다. 후각이 예민하다 보니 냄새 하나 때문에 사람이 싫어진 적도 많았습니다. 학교 기업에서 저랑 같이 근로장학생을 하던 친구가 있었는데 랑방 잔느라는 향수를 자주 썼어요. 강렬하게 코에 꽂히는 향이 물씬 풍겼죠. 인위적이고 자극적인 향을 곁에서 자주 맡다보니, 코가 피로한 걸 넘어 짜증이 날 정도였습니다. 그 친구의 개인적 인품과는 상관없이 냄새 하나만으로 사람이 싫어지더군요. 향에 대한 민감성 때문에 무취를 선호했습니다. 디퓨저나 향수 같은 건 생각지도 않았죠. 생각이 바뀐건 조별 과제를 위해 읽은 책 '향수' 때문이었습니다. 작품의 주인공 '장바티스트 그르누이'는 저보다 더 향에 민감한 남자입니다. 냄새만 맡아도 누구인지 알아맞힐 수 있으며, 후각만으로 매력적인 향을 조합할 수 있는 재능을 타고났습니다. 그는 세상에서 가장 매력적인 향수를 만들기 위해 살인조차 서슴지 않죠(그르누이에게 가장 아름다운 향은 처녀의 살아있는 냄새였습니다. 살아있는 사람을 납치해 죽이고 생기를 뽑아낸 뒤 그르누이는 한 번 뿌린 거로 모두가 사랑에 빠지는 향수를 만들어 냅니다).

조별 과제를 위해 책과 영화를 보고 그르누이란 캐릭터에 빠져들기 시작했습니다. 가장 매력적인 향이 어떻기에 그가 살인까지 각오했는지 궁금했어요. 향에 관심이 가기 시작했죠. 때마침 디퓨저&캔들 클래스가 상상유니브에서 열린다는 걸 알게 되어 신청했습니다. 클래스는 주 차별로 다른 디퓨저&캔들을 만들어 집으로 가져갈 수 있게 되어 있었습니다. 향과 관련된 제품이다 보니 남성보다는 여성의 수가 압도적으로 많았어요. 페르소나를 쓰고 있던 전 괜찮은 수강생 A로 기억되려고 노력했습니다. 연인을 만들려고 온 게 아니라 순전히 향에 관심 많은 사람으로만 기억되고 싶었어요.

5주 차 마지막 날에는 수업을 짧게 한 뒤 수강생과 선생님이 함께 피자를 먹고 대화하는 시간이 주어졌습니다. 수업 듣는 거에만 집중하다 보니 대부분의 사람이 말을 섞는 게 처음이었죠. 테이블에 있는 사람과 여러 대화를 나누다 언론 일에 종사하는 여성을 알게 되었습니다. 그분은 저보다 2살 연상이었죠. 제가 취직하고자 하는 분야의 종사자를 만났기에 반가운 마음을 숨길 수 없었습니다. 수업 시간 내내 토크를 나눈 뒤에도 아쉬움이 남아 연락처를 받았습니다.

9 의심을 지울 수가 없어

그분과는 몇 달 동안 간간이 연락을 이어나갔습니다. 몇 번 만나 같이 밥도 먹고 일 얘기 인문학 이야기 그리고 살아가는 일들을 말하곤 했어요. 생각도 깊으시고 취미도 비슷했죠. 그래서 더더욱 사랑에 빠지기가 싫었습니다. 사랑은 끝이 있으니까요. 영원히 사랑한다는 말을 믿지 않았습니다. 애정으로 만들어진 관계는 결국 끝이 오죠. 사귀더라도 헤어지고 결혼하더라도 이혼할 수 있고요. 무엇보다 사랑은 식는 순간이 옵니다. 뜨겁게 타오르는 불꽃도 꺼져버리듯이 사랑이란 자극도 사라질 때가웁니다. 대표적인 로맨스 소설이라고 여기는 '로미오와 줄리엣'도 서로가 죽지 않고 결혼했다면 자연사할 때까지 영원히 사랑했을까요? 많은 로맨스 미디어는 가장 아름다울 때 끝을 맺잖아요. 뒤에는 온갖 불화와 갈등이 있을 수밖에 없지만 절묘하게 잘린 내용만 보니 사랑에 대한 환상을 가지게 되죠. 불확실한 관계보다는 친구나 지인으로 지내는 게 확률적으로 오랫동안 관계를 유지할 방법입니다. 전 그러지 못했지만요.

마음속으로 수없이 안 된다고 말했지만 한번 불이 붙고 나니 돌이킬 수 없었어요. 저는 학생이고 상대방은 직장인인지라 여러 면에서 차이가 컸습니다. 시간상으로 전 여유가 있는 편이었지만 바쁜 언론인 특성상 급하게 일정이 생겨 약속이 취소되는 경우도 잦았습니다. 반대로 전 금전적으로 여유가 없었죠. 돈벌이도 이따금 하는 웨딩 영상 촬영일 말고 없기에 한번 만나기 위해서 평소 식비를 아끼는 게 최선이었습니다. 일정이 취소되는 일이 잦아지고 생각처럼 잘 안 되니, 마음 한구석 꾹 눌러 담았던 초조함이 스멀스멀 흘러나오기 시작했습니다. 마음의 거리가 좁혀진다기 보다는 어긋난다는 느낌을 받았죠. 의심을 지우지 못했어요. 상대방이 나를 별로 안 좋아하지만, 계속 거절하기 힘들어서 만난다고 생각했어요. 합리적 의심에서 나온 추론이 아니라, 결과를 도출하고 그에 맞춰 사실을 끼워 넣는 작업이었죠. 팩트체크를 하지 못하고 가짜뉴스를 생산하는 꼴이네요.

2018년에는 서울로 올라가기로 마음먹어 자주 만날 시간도 두 달이 채 남지 않은 상황이었습니다. 어영부영한 관계로 있으면 서울로 떠난 뒤 관계가 소원해질 수밖에 없었죠. 전처럼 제 마음을 접어두고 살고 싶지 않아 크리스마스 전후로 고백하려 했습니다. 몇 주 전부터 미리 약속을 잡아놓고 그날이 오기만을 기다렸습니다. 연상의 상대에게 고백하는 건 처음이라 제 스스로 부족한 점은 없는지 체크하느라 공부는 손에 잡히지도 않았죠. 어린 상대로만 보이기 싫어 많이 아는 체도 하고 가상 시나리오를 짜놓고 시뮬레이션도 돌렸지만, 걱정은 쉽게 사라지지 않았죠. 친구와 여사친에게 조언을 듣고 나름대로 많은 준비를 끝마쳤다 안심이 된 순간 이변이 찾아왔습니다. 만나기로 한 날 급히 취재할 일이 생겼대요. 의심 암귀는 전처럼 제 곁에 다가와 나지막이 속삭였습니다.

"포기해."

10 상처받기 싫어서 포기한 짐승, 그리고 도전

며칠간을 집에서 나오지 않았어요. 재워놓은 냉동식품과 배달음식으로 하루하루를 버려나갔죠. 티모는 숨만 쉬면서 침대에 계속 누워있는 제가 걱정되는지 소리를 질러보거나 발로 제 몸을 툭툭 건드렸습니다. 남들처럼 친구들끼리 술을 들이켜며 잊을 수만 있다면 참 좋았겠지만, 저로서는 불가능한 일이었습니다. 상실의 고통은 모든 욕구를 버리게 했습니다. 타노스의 핑거 스냅으로 고통 없이 사라졌으면 좋을 텐데, 6평 남짓한 방에 숨만 쉬고 있는 짐승 둘은 어찌할 바를 몰랐습니다.

아메바처럼 며칠을 보내던 중 책장에 꽂혀있는 하나의 책이 눈에 들어왔습니다. '살인자의 기억법'이라는 책이었어요. 평소 소설을 잘 읽지 않지만 기묘한 욕망이 그 책을 읽으라고 저에게 말하고 있었습니다. 책은 알츠하이머 환자인 김태수의 시점으로 전개됩니다. 알츠하이머를 앓고 있어 기억을 잃어가는 살인자 김태수는 자신의 딸 은희를 죽이려 드는 박주태를 없애려고 계획합니다. 그의 말을 빌려 소개되는 세상은 순간 사이사이가 끊겨있습니다. 추억, 분노, 기쁨 등 감정의 대상이 어디에서 생겨나는지도 확실치 않고 인과관계가 명확하지 않았습니다. 심지어 작품의 결말에서 김태수가 생각했던 사실이 진실이 아니라는 게 밝혀집니다. 딸이라고 생각한 은희는 자신을 돌봐준 요양사이며 살인자 박주태는 형사였습니다. 리플리 증후군처럼 김태수는 자신의 기억을 스스로 조작해 버린 거지요. 그에게 기억은 먼지의 조합이나 마찬 가지었어요.

기억이 결국 잊힐 수밖에 없다면, 저의 아픔 역시 언젠가는 사라지겠죠. 김태수의 추억이 기억에서 삭제되어가듯이 그녀와의 일도 잊혔으면 했어요. 조금의 미련이라도 남아 기억 한편에 살아있는 게 아니라, 완전히 추억과 감정을 죽여 버리고 싶었죠. 그림자를 없애기 위해 확실한 답을 듣고 싶었습니다. 장문의 글을 보냈어요. 서울로 떠나기 전에 할 말이 있다고, 꼭 만나서 말하고 싶으니 혹시 괜찮다면 가능한 시간을 말해달라고 했습니다. 제 감정을 읽으셨는지 긴말 않고 내일모레 만날 수 있다고 말씀해줬어요.

오랜만에 만나다 보니 제 표정에서 묻어나오는 어색함을 지울 수가 없었어요. 태연하게 밥 먹을 용기는 나오지 않아 카페로 향했습니다. 카페

주인은 부부였어요. 남자 점장께서는 우리 둘의 어색함을 느꼈는지 선남선녀가 와서 반갑다는 농담을 던지셨죠. 평소 같으면 흘려들었을 조크에 제 감정은 요동치듯 흔들렸습니다. 정말 그랬다면 좋았을 텐데요. 디저트와 음료를 시켜놓고 저와 그녀는 자리에 앉아 일상이야기를 이어나갔습니다. 연말이라 기분이 뒤숭숭하다고 하셨어요. 전 머릿속에 어떻게 말하면 좋을까 하는 고민에 기계적인 반응을 이어나갈 수밖에 없었죠. 대화가 잠시 끊기고, 서로 간의 침묵이 고개를 들 무렵 그녀를 보자고 한 이유를 말했습니다. 언젠가부터 그녀를 지인이 아닌 여자로 보기 시작했고, "이 마음을 도저히 숨길 수 없어서 당신께 사랑한다 말하고 싶다."고 했습니다. 그녀는 잠시 생각할 시간을 달라 말했습니다. 천천히 기다리겠다고 답하고 우린 자리를 떴습니다. 이틀 뒤 아침, 그녀에게 장문의 카톡이 1통 왔습니다. '성욱 씨가 좋은 사람인 건 알겠다. 하지만 확신이 안 선다. 성욱씨가 어떤 사람인지 알 수 없어서 지금 내가 연애를 해도 되는지 스스로 확답을 내릴 수가 없다. 미안하다.' 예상했던 답이었습니다. 상처받기 두려워 의심하고, 자신을 보이지 못하는 사람에게 끌릴 수는 없는 법이죠.

11 사랑이 날 변화시키는 게 아닌, 변화할 수 있어야 사랑할 수 있다

내가 솔직해지지 못한 이유는 두려워서입니다. 내 진실한 모습을 좋게 보지 않았던 주변인의 행동이 트라우마로 작용해서죠. 매일 거짓된 가면을 연기하는 나날이었지만 속으론 변화를 원했습니다. 스스로는 절대 불가능하다고 생각해 사랑의 힘이 날 변화시킬 수 있으리라 여겼죠. 하지만 누군가가 나를 바꿔주길 원한다면 결국 객체로서 존재할 수밖에 없습니다. 사랑을 통해 객체가 주체가 될 순 없어요. 주체라고 착각하는 것일 뿐이죠. 흔히 자존감이 낮은 사람이 사랑하면서 잠깐 괜찮아지지만 헤어진 뒤 다시 자존감이 추락하곤 하죠. 이는 누군가의 존재로 내가 지탱되기에 생기는 현상입니다. 내가 우뚝 서 있는 게 아니라, 애인한테 기대어 의존하게 되는 거죠(의존 자체를 나쁜 현상으로 볼 순 없습니다. 우리는 살면서 어느 정도 타인에게 의존하기도 합니다. 다만 자신이 서 있지 않고 타인을 빌려 지탱되어온 '나'란 자아는 취약할 수밖에 없어요).

내가 사랑이라고 생각한 건 사실 타인에 대한 의존이었습니다. 그렇기에 끝없이 남을 의심하고 집착하게 된 거죠. 연락과 만남 횟수에 연연하는 건 내가 연약한 자아를 가지고 있기에 확실한 근거가 필요해서였죠. 관계를 신뢰하기 위한 거였습니다. 이게 문제란 걸 알고는 있지만, 과거에 있었던 일에 거듭 얽매여 생각을 바꾸기가 쉽지 않았죠. 이전부터 쌓인 사건들이 인과관계처럼 지금의 날 만들었다고, 프로이트식으로 믿은 거예요.

'미움받을 용기'에서 나오는 아들러 심리학은 프로이트의 트라우마 이론을 정면으로 반박합니다. 과거의 사건이 날 만드는 게 아니라 단순히 내가 변화하고 싶은 마음이 안 들어서 인과관계를 만들고 합리화하는 거라고 말합니다.[37]

실제로 인간은 전적으로 이성적일 수 없습니다. 대체로 감정이 먼저 끌리고 뒤에 합리화할 수 있는 이유를 만들도록 뇌는 구성되어있습니

---

37) 고가 후미타케, 기시미 이치로 - 미움받을 용기

다.[38] 이런 모순이 작용하는 건 인간의 뇌 구조가 3층 구조로 되어있기 때문입니다. 1, 2층은 감정과 관련된 뇌지만 3층 대뇌피질은 이성적 판단을 하죠. 뇌는 인간으로 진화하는 과정에서 새롭게 재구성을 하기보다는 층층이 쌓는 판단을 택했습니다. 이전에 만들어 놓은 뇌 구조를 변화시키는 건 무척이나 복잡하고 오류 위험성이 높기에 차선을 택한 겁니다. 우리가 술을 마시고 취하면 본능적으로 행동한다고 하는 것도 이 때문입니다. 알코올은 대뇌피질을 마비시켜 파충류, 포유류의 뇌가 하는 행동을 제대로 막지 못하거든요. 인간은 이성적 판단을 대뇌피질 덕분에 할 수 있지만 100% 동물입니다. 동물이 가지고 있는 본능은 생존에 최적화된 기질이고 감정적 끌림 역시 생존하기 위한 자연 선택의 결과물입니다. 전 변화하고 싶은 마음이 없기에 합리적 의심이라는 자기합리화를 거듭 반복했습니다. 변화를 받아들이기 싫어하는 성질을 가지고 있는 뇌를 변화시킬 준비가 안 된 거죠.

동물이 아닌 인간의 사랑을 하고 싶다고 말했지만 그건 모순에 불과했습니다. 인간의 사랑이라 불리는 것 역시 동물의 한 종인 인간이 하는 행동이지요. 중요한 건 있는 그대로의 나를 받아들이는 거였습니다. 자신을 부정하지 않고, 내 본능과 누군가를 사랑한다는 감정을 믿는 거요. 솔직하게 나를 표현해도 누군가는 호감을 느낄 수 있다는 믿음을 가지면 두려운 건 없습니다. 사람은 변화할 수 있습니다. 나를 받아들이고 변화할 환경을 준다면 말이죠. 전 그러고 싶어요.

---

38) 서은국 - 행복의 기원

12 의심 밖에 못하는 짐승이 믿음을 얻기 위해 행한 일

무언가를 믿는다는 행동을 살면서 단 한 번도 제대로 해보지 못했습니다. 저에게 믿음이란 언제나 배신을 몰고 오는 행위였으니까요. 하지만 저 자신이 변화하기 위해 믿음이 필요하다는 걸 깨닫고 무엇을 추구해야 할지 생각해보았습니다. 가장 숭고한 믿음은 무엇일까요? 저희 어머니는 독실한 불교 신자입니다. 시집오고 기독교에서 불교로 개종한 후에는 단 한 번도 믿음을 버리시지 않으셨어요. 어머니는 불교가 자신을 변화시켰다고 말했어요. 교리에 관한 공부, 신앙에 대한 믿음을 통해 '나'란 자아의 고정관념이 부서지고 편안해졌다고요. 종교에 대한 믿음이 날 바꿀 수 있다면 한번 제대로 믿어보고 싶었습니다. 어머니와는 다른 종교지만 마찬가지로 믿음을 강조하는 종교에 스스로 발걸음을 들였습니다. 의심 많은 아이는 독실한 기독교 신자가 되었습니다.

6
종교에 대한 의심

의심해볼 것 : ① 신은 존재 하는가?

②의심 없이 신앙을 가질 수 있을까?

키워드 : 인간의 뇌, 신앙심

1 기독교와의 인연

어릴 때부터 다른 종교보다는 기독교에 관심이 많이 갔습니다. 제가 좋아했던 게임, 애니메이션의 설정에서 성경을 기반으로 하는 게 많았기 때문이죠. 세계 역사상 가장 많이 팔린 책이라는 명성을 가진 성경이지만 우리 집에는 단 한 부도 없었습니다. 부모님과 친가 측은 모두 불교를 믿고 있어서죠. 어릴 때부터 불경 소리를 듣고 자랐고 절에도 자주 가봤지만, 마음 한편에는 늘 불편함이 있었어요. 어린 반항심 때문이죠. 외가는 모두 기독교 집안이었습니다. 외가 친척 집에 가면 밥 먹기 전에 꼭 기도 시간이 있었습니다. 누군가에게 감사하고 밥을 먹는다는 게 어린 저에겐 신기했습니다.

대한민국은 종교의 자유가 있지만 가족들은 무교는 가능해도 불교 외에 다른 종교를 믿는 건 금지했습니다. 당시 아버지는 다른 종교를 믿을 거면 호적에서 빠지라는 말씀을 하시곤 했습니다. 저에게 교회와 성당은 에덴동산의 선악과 같은 금지된 장소였죠. 그렇지만 다들 아시잖아요? 하지 말라고 하면 더 하고 싶다는 걸. 학원 선생님의 꼬드김에 넘어가(교회 가면 문화상품권을 주신다고 하셔서) 부모님 몰래 교회에 가보기도 했고 학교에서 성경책을 빌려보기도 했습니다. 첨 읽어본 성경은 꽤 흥미 있는 스토리였습니다. 에덴동산에서 추방당한 아담과 하와, 그들의 자손이 일으킨 수많은 사건은 소설처럼 흥미진진했죠. 모세가 하나님께 기도해 홍해를 가르거나, 머리카락이 잘린 삼손이 힘을 잃어버리는 일들은 전형적인 판타지 서사였으니까요. 하지만 그 일이 정말로 있었던 일이라면? 마법 같은 일들이 실제로 가능한 거죠. 성경은 어린아이가 빠지기에 정말로 매력적인 스토리였습니다.

학교에서의 인연도 깊었죠. 중학교는 미션스쿨이라서 3년 내내 성경 공부를 했고 아침마다 찬송가를 불렀어요. 고등학교 때는 친한 선생님과 친구 모두 기독교를 믿어서 점심시간에 진행하는 성경 공부 반에 같이 가기도 했죠. 처음에는 기도하고 있는 제가 낯설었지만, 고3 학업 스트레스와 글쓰기의 고통을 동시에 받고 있다 보니 어느새 점심시간만 기다리고 있더라고요. 시작과 끝 기도는 번갈아 가면서 했는데 제 차례가 올 때면 당황스러웠습니다. 하나님에 대한 신앙보다는 사람이 좋아서 온 거라 달리 할 말이 없었어요. 남들은 몇 분씩이나 장황하게 신앙고백을 하는데, 전 30초 말하는 것도 힘들어 죽을 지경이었죠.

군대에서도 기독교와 연이 닿았습니다. 정확히는 천주교에서 세례명을 받게 된 일이었죠. 훈련소에 있을 때 장병들은 주말에 있는 종교 활동을 손꼽아 기다리게 됩니다. 짬밥에 고통 받는 병사에게는 종교 활동을 끝내고 주는 초코파이와 햄버거/피자 등의 음식은 신의 기적만큼이나 값집니다. 특히나 세례를 받는 이는 특별한 간식을 받게 되기에 더 많은 신청자가 몰립니다. 예배 후 신청자들은 남아 성경 공부를 추가로 했습니다. 3주간의 과정을 걸쳐야 비로소 세례식과 맛난 음식을 받게 됩니다. 제가 선택한 세례명은 엘리사였습니다. 다른 사람은 미카엘이나 베드로 등 많이 들어본 이름을 선택했지만 전 '하나님께서 구원하셨다'라는 뜻을 가진 엘리사에 끌렸습니다. 힘든 군 생활을 버티기 위해서 하나님의 은총을 바랐는지도 모르죠. 신부님은 제 이마에 성수와 성유를 바르고 흰 천으로 머리를 감싼 채 새로운 이름을 불렀습니다. "엘리사" 세례식이 끝나고 하나님의 살과 피 같은 햄버거/콜라가 우리 손에 주어졌죠. 군 생활 이후 처음으로 먹는 패스트푸드의 냄새는 숭고할 따름이었어요. 식도를 거쳐 위장으로 내려가는 고깃덩어리는 예수님의 따뜻한 손길 같았으며, 목을 축이는 탄산은 하나님의 향기나 다름없었죠. 그날의 햇볕은 평소보다 포근하게 내리쬐었습니다.

2 교회에 발을 들이다

본격적으로 교회 생활을 시작하게 된 건 대학교 2학년 때부터입니다. 학기 초부터 공모전, 대외활동에 빠져 살다시피 지내 생각할 겨를이 없는 날들 투성이였죠. 2학기가 시작되어서는 벌려놓은 일들이 거의 정리되어 스케줄에 공백이 듬성듬성 생겼습니다. 바쁘게 사는 걸 인생의 default(기본값)로 설정해 놓고 있어서 여유로울 때 어떻게 대처해야 할지 감이 잡히지 않았어요. 시간이 남아 집에 있을 때 마음속 공허함을 지울 수가 없었습니다. 편하게 쉬는데도 몸과 정신이 부패해가는 기분이었죠. 쉬는 이 순간에도 나는 경쟁에서 도태되고 있고 미약한 존재로서 죽어가고 있다는 생각이 들었습니다. 대인기피증은 심해지고 우울증세 때문에 온갖 부정적 생각이 머리를 감싸 안았습니다.

추석 연휴 때 내려온 고향 땅에서 잠시 불안을 던져놓고 쉬려 했지만 맘처럼 잘되지 않았습니다. 가족, 고향 친구, 정든 집에 있는 순간에도 머리는 복잡했습니다. 삶, 인간관계, 사랑 등 불확실성의 미래 속에서 불안하지 않고 사는 게 저에게는 몹시 힘든 일이더군요. 어머니와 이야기를 하던 중 아버지도 저랑 비슷하다고 하셨어요. 예전부터 아버지는 매일 술을 마시지 않으면 잠을 못 잔다고 하셨습니다. 온갖 생각에 빠져 잠을 설쳐서죠. 저도 마찬가지였습니다. 중학교 때부터 생각에 생각이 꼬리를 물어 누운 채 2시간을 뜬눈으로 보내는 일이 일상다반사였습니다. 반면 어머니는 아무리 힘든 일이 있어도 부정적 감정에 오랜 시간 사로잡히는 법이 없었어요. 만사가 제멋대로 흘러갈 수 없다는 불교의 교리를 깊이 공부해서죠. 어머니의 믿음은 확고했습니다. 저에게 종교를 강요하시지는 않았지만, 경전을 공부하고 교리에 맞게 살아가려고 하시는 모습을 보면 '믿음을 가져볼까?'하는 마음이 들 정도였죠.

마음이 불안해질수록 의지하고 싶은 욕망은 커졌습니다. 인간에 대한 불신이 있는 저에게는 믿을 만한 존재는 신이라고 불리는 절대자밖에 생각할 수 없었습니다. 성경에 나오는 아버지 하나님이라는 말처럼 신은 나의 모든 것을 품어줄 테니까요. 뉴스에서 신앙을 통해 삶이 바뀌었다고 하는 사람의 간증도 신에 대한 믿음을 가지기로 한 계기가 되었습니다. 추석 연휴가 끝나자마자 대학교 근처에 있는 교회에 발을 들였습니다. 문 앞에 다다랐는데도 안으로 들어갈 용기가 안 나 30분을 그 자리에서 맴돌았습니다. 20년이 넘는 시간을 종교 없이 살아온 저에게 교회의 문턱은 너무 높았죠. 단두대에 끌려가는 죄인처럼 앞으로 나아가면 전으로 다시는 돌아갈 수 없을 거 같았어요. 에라 모르겠다 하는 심산으로 들어가니 반가운 표정으로 저를 반겨주는 교인 분들이 계셨습니다. 이 교회는 규모가 큰 편이라 청년부와 일반부가 나누어져 있었습니다. 제가 온 시간이 마침 청년부 시작할 때라 저랑 비슷한 또래의 사람이 많았죠. 어색한 표정을 짓는 저에게 20대 청년부 임원이 다가와 처음 오셨으면 이름과 연락처를 적고 5주 동안 성경 공부를 들어보는 게 좋겠다고 권유하셨습니다. 처음 들어오는 사람은 5주의 과정을 거쳐야 청년부에서 활동할 수 있다고 하셨어요. 성경에 대한 지식도 얕고 신앙을 가진 사람과 교류해보고 싶어 패기 있게(?) 신청해보았습니다.

예배실 내부는 대학교 강당처럼 거대했습니다. 부채꼴 모양의 구조로 좌석이 배치되어 있었고 중앙 강단에는 8명 정도의 청년들이 찬송가를 부르고 있었습니다. 앞 좌석에는 대학교 강의실과 마찬가지로 열정적으로 예배에 임하는 분들이 앉아계셨습니다. 차이점이라면 수업에서는 학생들이 철저히 듣기만 하는 경우가 많았죠. 예배실에서는 오히려 앞에 있는 분들이 일어서서 하늘을 향해 손을 뻗고 찬송하는 등 능동적 역할을 자처했습니다. 몸이 본능적으로 이질감을 느끼는지 저는 맨 뒷자리 구석자리에 앉았습니다. 상황을 지켜보는 방관자가 되고자 했어요. 하지만 찬송 중간이나 예배 중에 일어나 달라고 부탁하는 경우가 많아 가만히 있는 게 더 눈에 띌 수밖에 없었습니다. 조용히 일어나 손뼉 치며 찬송해 보았습니다. 그들 틈에 있는 전 이방인이었죠. 동일한 공간에서 같은 행동을 하고 있었지만 그들의 차원으로 가기 위한 준비물이 저에겐 부족했습니다.

목사님 예배가 끝나고 청년부와 집으로 돌아가는 사람은 모두 떠난 뒤 성경 공부를 듣는 사람만 예배당에 남아있었습니다. 시스템 상 1~4주 차 동안은 매주 다른 모임 장한테서 교육받게 되어있었습니다. 첫 주차 모임 장을 만나 기다리던 사람들과 같이 성경 공부를 하러 갔어요. 유인물을 나눠 받고 가벼운 자기소개가 시작됐습니다. 중세시대 신앙고백처럼 경건하면서도 엄숙한 분위기로 진행될 줄 알았지만, 생각보다 편안한 분위기였습니다. 저 말고 다른 분들은 모두 이전에 교회에 다니셨어요. 다들 모태신앙이었죠. 자신의 의지로 종교를 믿어보려 한 건 저뿐이었습니다. 모임 장은 저에게 어떻게 신앙을 가지게 되었는지 물었습니다. 상세한 건 제쳐두고 한 번 신앙을 가져보고 싶어서 왔다고 얼버무렸습니다. 짧게 성경 몇 구절에 관해 공부하고 나서 1주 차 모임은 끝났습니다. 모임 장은 다음 주에 보자고 웃으며 말을 건넸습니다. 전 반쯤 보인 미소로 답했습니다. 그렇게 저의 신앙생활은 시작됐습니다.

3 신앙과 공동체 생활

청년부를 다닌다는 건 교회에서 예배드리는 일보다 밀도 있는 행위였습니다. 매주 예배를 끝나고 모여 2시간 동안 성경 공부를 하며, 추가적인 활동도 병행해야 했죠. 전 5주 차 성경공부반이 끝나고 난 뒤 청년부 소그룹에 배정받았습니다. 첫 소그룹 모임 장은 저랑 같은 문예대학 소속이었습니다. 음악을 전공하고 있어 청년1부(청년부는 두 가지로 나누어져 있는데 1부는 대학생 연령대이며 2부는 직장인 연령대입니다) 찬송 팀의 리더를 맡고 있었습니다. 제가 신앙생활이 처음이란 걸 소그룹 장은 알고 있어서 만날 때마다 살갑게 맞아줬습니다. 교회, 청년부 행사가 있을 때마다 해보는 게 어떻겠냐며 권유해주었죠. 처음으로 하게 된 교회 활동은 추수감사절 기념 청년부 찬송이었습니다. 7시 주일 예배 때 신도들이 팀을 이뤄 찬송하는 행사였어요. 전통적으로 청년부는 1부, 2부가 함께 찬송하게 되어있었습니다. 청년부 활동이 끝나는 4시부터 모두 모여 안무와 노래를 연습했어요. 교회를 어릴 때부터 꾸준히 다닌 분들이 많아 다들 친했고 익숙해 보였습니다. 대학교 1학년 장기자랑 때는 3분 공연을 위해 2주 이상 준비했는데, 여기서는 단 1시간 만에 모든 안무와 노래가 맞춰지는 걸 보고 신기할 따름이었죠. 오랫동안 팀워크를 이룬 팀에 들어온 신입인 마냥 허우적댔습니다. '하나님을 찬양하네!'라는 말이 입 밖으로 쉽게 나오지도 않았고 박자도 안 맞았습니다. 순간순간 '내가 여기서 뭐 하는 짓이지?'라는 생각이 들곤 했어요. 첫 교회 활동은 뒤숭숭한 기분으로 끝맺었습니다.

행사 중에 가장 충격인 건 수련회였습니다. 3박 4일 동안 교회에서 만들어놓은 스케줄대로 행동하는 게 학창 시절 야영을 떠올리게 했습니다. 아침부터 잠들 때까지 성경 공부, 예배, 강사 강의 등 교회와 관련된 활동으로 스케줄이 꽉 찼습니다. 가벼운 놀이에서도 성경 구절을 이야기하는 등 모든 행동이 신앙과 관련되어있었죠. 수련회라는 행사의 본질을 생각해보면 당연한 일이었어요. 그냥 그러려니 했지만, 문제는 대 예배 때였습니다. 주일 예배처럼 2시간 동안 진행되는 예배지만 신앙 활동의 밀도는 비교할 수 없을 정도였습니다. 개신교에서는 통성기도란 게 있습니다. 큰 목소리로 자신의 신앙 고백을 하는 기도인데 빠른 말로 하다 보니 무슨 말인지도 모르는 방언이 간혹 섞여 무섭기도 합니다. 수련회 때는 다수의 사람이 찬송가에 맞춰 통성기도를 하곤 했습니다. 누구는 무릎을 꿇기도 하며 누구는 흐느끼면서 빠른 말로 기도를 이어나가기도 했죠. 신앙 없이 오랜 세월을 보낸 저에게 그 시간은 무척이나 낯설고 무서웠습니다. 그들 틈 사이에서 기도하기 무서워 일부러 사진 촬영을 도맡아 하겠다고 말할 정도였습니다. 이렇게까지 무엇을 믿어본 적이 없는 저로서는 예배의 분위기 자체만으로 겁이 났어요. 나는 그들과 너무 다른 존재라고 생각했죠.

평범한 기도로 대 예배를 끝낸 뒤 신도들의 표정을 유심히 지켜봤습니다. 다들 평소와는 다르게 속이 후련해 보이는 표정이었습니다. 하나님 앞에 마음속 짐을 덜어내서 편해졌다고도 했어요. 혼자서 기도할 때랑은 다른 느낌이라는 말도 들었습니다. 다 같이 모여 한마음 한뜻으로 하나님께 고백하고, 기도하는 건 파편화된 개인이 하나의 개체로 동화되는 것처럼 보였습니다. 마치 용자 형 로봇이 최종 보스와 싸우기 전 하나로 합쳐지는 것처럼요. 신앙은 집단화될 때 파급력이 더욱더 강해 보였어요. 그러면서 서로의 신앙은 더욱 돈독해지기도 하고요.

다음 수련회 때는 그 분위기에 깊게 동화되어보기로 했습니다. 수련회 준비 위원회에 들어가 임원으로서 깊이 관여해보기로 했어요. MT 준비할 때처럼 같이 할 게임을 만들고 스텝 역할도 맡았습니다. 찬송팀에 공백이 생겨 얼떨결에 무대 위에서 찬송가도 부르게 되었죠. 학과나 봉사활동에서 장기자랑으로 무대에 서본 경험은 있지만, 교회 강단에 선 기분은 묘했어요. 주황색 불빛이 얼굴에 내리쬐어 앞은 제대로 보이지 않았어요. 불빛과 찬송 그 외에 다른 건 감각기관에서 인식되지 않았습니다. 따스한 빛이 나를 감싸 안은 게 마치 하나님의 손길 같았고, 저의 찬송은 그분을 축복하는 울부짖음 같았죠. 무대에서의 두려움은 어느새 사라졌습니다. 노래 가사 하나하나가 머릿속에 맴돌고, 뮤즈가 내려온 것처럼 무아지경의 황홀감이 절 덮쳤습니다. 찬송을 끝마치고 내려온 뒤에도 무대에서 느꼈던 황홀감은 가시지 않았습니다. 음악이 잔잔해지고 통성기도의 순간이 시작됐습니다. 저번처럼 많은 사람의 입에서 서로의 죄, 아픔을 고백하는 말들이 튀어나왔습니다. 아웃사이더의 랩보다 더 빠르게, 말인지 무엇인지도 분간이 안 되는 게 휘몰아쳤지만, 전혀 두렵지 않았습니다. 무대에서 찬송가를 부를 때처럼 기묘한 고양감이 절 감싸 안았습니다. 머리를 거치지 않고 말이 튀어나오기 시작했어요. 신이 듣기를 바라며, 생각을 거치지도 않은 감정의 응어리가 제 입 밖에서 하나둘 솟아올랐습니다.

"하나님 듣고 있나요? 당신의 어린양은 지금 여기 있습니다. 당신을 간절히 원합니다."

4 신앙이 무엇을 바꾸었나

종교를 가지고 난 뒤 삶이 180도로 바뀌었다고 말할 순 없습니다. 20년이 넘는 시간 동안 만들어진 한성욱의 가치관이 손쉽게 바뀔 리는 없으니까요. 그런데도 변화는 있었습니다. 힘든 순간이 있을 때마다 기도하는 게 습관이 되었어요. 하나님께 바라진 않았고 제가 알아서 할 테니 열심히 지켜봐달라고 말했습니다. 기도를 마치고 나면 걱정의 응어리가 다소 풀렸습니다. 인간은 혼자 존재할 수밖에 없다는 생각으로 평생 살아왔지만, 절대자가 내 삶에 개입할 수 있다고 말하는 신앙은 외로움을 줄여주었습니다. 일이 제멋대로 풀리지 않을 때는 이게 다 하나님의 뜻이라는 생각이 들었습니다. 좋아하는 사람과 일이 잘 풀리지 않으면 '아! 하나님이 나보고 공부 열심히 하고, 대의에 집중하라는 말이구나!'라는 식으로 생각했죠(이 정도 자기합리화가 가능하면 멘탈이 부서져도 금방 고칠 수 있습니다…).

사람을 대할 때 이해타산적으로 생각하는 것 어느 정도 개선됐습니다.

겉으로는 이전과 비슷했겠지만, 예전에는 '내가 이 정도 베풀면 나중에 애는 얼마만큼의 보상을 줄지도 모르니, 적당히 친밀감을 유지하는 게 장기적으로 볼 때 나에게 이득이다.'라고 생각했죠. 신앙을 믿은 후에는 '하나님 뜻에 맞게 행동하면 언젠가 보답이 올 거야. 그렇지 않아도 결국 하나님 뜻이니, 너무 계산적으로 행동하지 말자.'라고 생각하도록 바뀌었죠. 가장 큰 변화는 제가 종교를 가지고 있다고 자신 있게 말하게 된 점이었습니다. 오랫동안 설문조사에 무교라고 체크했던 게 기독교로 바뀌니 신기할 따름이었죠. 종교에 대한 거부감이 완전히 사라지게 되었어요. 여전히 과학은 좋아했고 관련 책을 즐겨 읽지만 그런데도 종교를 믿고 있는 저 자신이 묘했죠. 진화를 믿지만 동시에 하나님의 존재도 믿는다는 것. 어떻게 이런 모순이 가능하지요? 이게 믿음의 힘일까요.

5 사이비 종교와의 만남

고백하자면 전 소위 사이비 종교라고 불리는 집단이 자주 꼬이는 편입니다. 주일날 예배하러 갔다 오면 꼭 한 번씩 인상이 좋아 보인다고 하는 사람을 만나요. 그런 분들이 하도 많이 꼬이다 보니 이제는 척 봐도 사이비인지 아닌지 판가름 할 수 있는 안목(?)을 가지게 되었습니다. 종교 권유를 하시는 분은 여러 패턴이 있습니다. 대체로 2명이며 동성끼리 다니는 경우가 많아요. 눈이 풀려있는 분이 많고, 길에서 자주 아이컨택을 시도하면 몇 초 뒤 다가와 말을 건넵니다. 여기서도 패턴이 조금 나뉩니다. "저기요"부터 시작해서 인상이 좋아 보인다고 말하는 경우는 99% 사이비 종교 권유입니다. 완전히 모르는 타인에게 다가와 인상이 좋아 보인다고 말하는 건 이상하잖아요? 그리곤 복을 위해 제사상을 차려야 한다고 말하죠. 이 패턴의 사이비종교 말고도 다양한 전도 방식이 있습니다. 길을 물어보기도 하거나 영어를 가르쳐 준다면서 교회를 같이 가자고 말하기도 하죠(이는 두 명의 외국인 남성이 물어보는 패턴으로 거의 정형화 되어있습니다). 위의 방식은 조금만 주의를 기울이면 사이비 종교 권유라는 걸 쉽게 알 수 있습니다. 솔직히 이 정도면 사이비 종교 중에선 양반이에요. 더 무서운 전도방식은 내가 사이비에 발걸음을 들였다는 사실을 인지하지 못하게 유도합니다. 저 역시 사이비 종교에 들어갈 뻔했어요.

앞서 사이비 종교와 이단에 대해 확실히 짚고 넘어가겠습니다. 이단(異端)이라는 표현은 자기가 믿는 종교의 교리에 어긋나는 이론이나 행동. 또는 그런 종교를 일컫는 말입니다.[39] 과거 역사를 떠올려보죠. 로마 가톨릭 입장에서 루터의 종교 개혁으로 생겨난 개신교는 이단입니다. 마찬가지로 영국 청교도 역시 이단으로 취급받았죠(이들은 오랫동안 탄압받았고 종교의 자유를 위해 아메리카로 넘어가게 되었습니다). 사이비는 겉으로는 비슷하나 속은 완전히 다르다는 뜻입니다.[40] 사이비 종교를 분류할 때 많이들 반도덕적 행위의 유무를 고려합니다. 실제로 제사상을 차리기 위해 거액의 돈을 달라고 요구하는 행위는 종교라기보다는 사기에 가깝죠. 제가 들어갈 뻔한 사이비 종교는 위장 전술과 수법이 훨씬 교묘해 감쪽같이 속았습니다.

대외활동을 위해 홍천에서 취재를 마치고 집으로 돌아가는 길이었습

---

39) 표준국어대사전 - 이단(異端)

40) 표준국어대사전 - 사이비(似而非)

니다. 자취방으로 가는 길에 어떤 여성이 다가와 간단한 설문조사를 도와 달라고 했습니다. 요지는 우리 학교 후문을 홍대 느낌이 나는 문화의 관광지로 만드는 중이라고 했죠. 전에 친구한테 그런 프로젝트가 진행되고 있다는 말을 들은 기억이 있어 큰 의심을 가지지 않았습니다. 또 이야기 하다 보니 저랑 같은 단과대였더라고요. 같은 분야 사람이라 정겨움이 컸 습니다. 제 이야기가 많이 도움 되었다면서 나중에 프로젝트를 더 검토해 줄 수 없냐고 부탁했어요. '네 이웃을 네 몸과 같이 사랑하라'는 예수님 말 씀을 본받아 흔쾌히 도와드리겠다고 말했습니다. 한국에서 예술과 관련 된 일로 생존하긴 힘드니까, 서로 도움 주는 게 당연한 거라고 생각했죠.

1주 뒤에 진행 중인 프로젝트를 서류로 뽑아올 테니 검토해달라고 연 락이 왔습니다. 카페에서 보기로 약속했는데 만나기 30분 전 자신의 친 구도 같이 온다는 말을 들었어요. 고등학교 때부터 친한 남사친인데 자기 프로젝트를 많이 도와주고 있고 저랑 성격이 비슷해서 이야기해보면 좋 을 거라고 했습니다. 편의상 여성분을 A, 뒤에 같이 오신 남사친분을 B라 고 부를게요. A는 30여 장의 A4 서류를 들고 카페로 들어왔습니다. 같이 온 B와 전 서로 자기소개를 한 뒤 가져온 서류를 검토해보았습니다. 프로 젝트 내용을 세세히 보면 부족한 점은 적지 않았지만, 열정은 상당해 보 였습니다. 춘천에 있는 KT&G 상상 마당과 홍대를 레퍼런스로 잡았고 몇 월까지 어떤 일이 진행되고 어떤 결과가 도출될 것인지 분석까지 마쳐놓 은 상황이었죠. 프로젝트를 훑어본 후, 일반인이 가질 수 있는 의문점과 고쳐야할 점에 상의 후 사담을 잠깐 나누었습니다. 저와 A, B는 생각보다 공통점이 많았습니다. 일단 세 명 모두 책 읽는 걸 좋아했습니다. 책을 읽 기만 하는 게 아니라 서로 이야기하는 독서 토론을 선호했죠. 또 B와 전

기독교를 믿고 있었습니다. B는 모태신앙이었고 오래전부터 교회 생활을 했지만, 현재는 잠깐 쉬고 있었어요. A는 신앙에 관심은 있지만, 용기를 내지 못하는 상황이었죠. 신기한 인연 같아서 우리 셋은 정기적으로 만나기로 했습니다. 매주 책을 읽고 독서 토론을 하기로 했죠. 선정하는 책은 세 명이 상의 후 결정했습니다.

저와 B는 학교에 다니고 있어 매주 만나는 건 어려웠습니다. B는 막 학기 남은 4학년이라 고민이 상당했죠. 제 삶도 편치 않아 독서 토론 중에 책 이야기보다도 인생에 대한 고민을 털어놓는 경우가 많았습니다. 내밀한 이야기를 깊게 나누다 보니 학교에서 만난 친구들보다도 심리적 거리가 가깝게 느껴졌어요. 한 번은 제가 장염에 걸려 아무것도 못 먹은 채 집 안에 쓰러졌습니다. 20시간을 침대에서 내리 잘 만큼 몸이 펄펄 끓고 고통스러운 상황이라 티모 밥 주는 것도 힘들 지경이었죠. 독서 토론 단톡방에 제가 장염에 걸려 집안에 계속 누워 있는 상황이라고 말하자, A와 B는 저의 집 앞으로 찾아와 쌍화차와 약을 건네주었습니다. 인간관계에 회의적인 저였지만, 그들의 마음은 진심처럼 느껴졌습니다.

여느 때처럼 학교생활을 하던 중 A에게 연락이 왔습니다. 우리 학교 근처에서 아는 언니를 만나고 있는데 저에게 소개하면 좋을 거 같아 괜찮으면 와달라고 했습니다. 마침 동아리를 가기 전 시간이 잠깐 남아 A와 아는 언니 C를 보러 갔어요. C는 프리랜서 PD라고 말했습니다. 저와 같은 영상계열이고 방송국에서 일한 경력이 있어 선배인 셈이었죠. A는 C를 존경하는 언니라고 소개했습니다. C의 강연을 듣고 있던 A가 내용에 감명 깊어 개인적으로 연락해보았고 그때의 친분이 지금까지 이어져 왔데요. C의 말을 듣다 보면 저 자신이 무지하다는 느낌을 받았어요. 상당한 내공과 교양을 가지고 있어 보였고 말하는 투가 소크라테스의 산파법을 떠올리게 했습니다. 끝없이 질문하는 C의 말투에 상당한 호감을 느꼈습니다. 마치 소크라테스를 처음 만난 플라톤의 기분이라고 할까요? 짧은 만남이었지만 멘토로 삼아야겠다는 생각이 들었습니다.

한 달 뒤 C와 다시 만날 때는 저와 A, B도 함께였습니다. 다들 오랜만이라 가볍게 근황을 이야기하다 갑자기 A가 교회를 다니기 시작했다고 말했습니다. C가 다니는 교회에 들어가게 되었다고 말이죠. 그 자리에 모인 모두가 기독교를 믿고 있어 자연스럽게 관련된 이야기를 하기 시작했습니다. C는 성경 구절을 우리에게 보여주면서 어떤 의미일지 각자의 의견을 말해보라고 했습니다. 텍스트에 쓰여 있는 그대로 성경 풀이를 했지만, C는 다짜고짜 저의 뜻풀이가 틀렸다고 말했습니다. C는 성경의 내용은 암호화되어있어 일반인이 쉽게 내용 풀이하기가 어렵다고 했습니다. 이는 사탄한테 성경의 내용을 들키지 않게 하기 위함이라면서요. 하나님과 사탄의 싸움은 현실 세계에서도 벌어지고 있으며, 올바른 성경의 내용을 알기 위해서는 성경 공부를 제대로 해야 한다는 게 C의 주장이었습니다.

곰곰이 말을 듣다 보니 뭔가 이상하다는 느낌을 지울 수가 없었습니다. 논리적이었던 C의 말투는 온데간데없고 선동하는 듯한 억양과 말투로 바뀌어있었죠. C의 주장을 반박해보았지만 그건 네가 성경을 잘 알지 못해서라는 자동 응답기 같은 반박만 듣게 되었어요. 사탄이 현실에 개입한다는 말도 이상했습니다. 세상의 모든 악이 사탄 때문이라면 얼추 이해가 가지만 그럴 경우 하나님이 전지전능한 존재라는 대전제가 깨져버립니다. 하나님과 사탄이 대결 가능하다는 건 결국 둘의 힘이 비슷하다는 뜻이고 유일신이며 전지전능한 존재가 아니라는 의미이죠. 이와 비슷한 논리는 조로아스터교에서도 나타납니다. 조로아스터교의 최고신 아후라 마즈다는 선의 신이며 아후라의 피조물 앙그라 마이뉴는 악의 신입니다. 둘은 서로 대립하면서 그 결과가 현실 세계에 나타난다는 게 조로아스터교의 교리이죠. 선과 악의 대립, 하나님과 사탄의 싸움이라는 스토리로 성경의 내용을 설명하는 걸 보면서 C의 신앙에 의심이 가기 시작했습니다. 그녀를 소크라테스로 칭송했지만, 저의 의심은 플라톤처럼 묵묵히 따라가기를 거부했죠. 오히려 성경에 대해 말하는 것들 하나하나가 소피스트의 궤변을 보는 느낌이었습니다. 광명의 길을 이끄는 자인지, 독배를 우리에게 주는 자인지 판단이 어려운 저는 그 자리를 당장 박차며 나가고 싶었습니다.

회의적 태도를 대놓고 보인 저와는 달리 A와 B는 C의 말에 열광했습니다. 특히나 B는 C가 성경 풀이하는 내용 하나하나에 감탄을 보였어요. C는 여기에 있는 모두가 다 같이 성경 공부를 해보자고 권유했습니다. A는 이미 성경 공부 중이었고 저와 B는 그 자리에서 OK 사인을 내리진 않았습니다. 1주일 뒤 다시 A에게 성경 공부를 같이 하자는 말을 들었습니다. B는 따로 C에게 연락해 성경 공부를 하고 싶다고 말했더라고요. 이상한 말로 변명하기보다는 솔직하게 대답하는 게 낫다는 생각이 들어 느낀바 그대로 전했습니다. C가 말한 성경 풀이를 도저히 믿을 수 없고 나만 그렇게 느낀 지 모르겠지만 사이비 종교 권유 같다고 말했습니다. A는 존경하는 언니인 C를 그렇게 말하는 게 서운하다고 말했습니다. 그러면서도 다시 생각해보는 건 어떠냐고 거듭 권유했죠. 전 한 번 생각해보겠다는 말을 남기고 대화를 끝냈습니다. 그 뒤 A, B와의 인연은 거짓말처럼 완전히 끊겼습니다. 소소하게 근황을 물어가면서 서로 걱정해주던 그 관계가 단순히 성경 공부를 같이 하지 않았다는 이유 하나만으로 감쪽같이 소멸했습니다. 몇 달 뒤 한 사이비 종교의 포교방식이 A가 저에게 말 걸었던 방식과 완전히 동일하다는 걸 교회에서 알게 되었습니다. 그 뒤로, 길거리에서 누군가가 저에게 말 걸으면 무시하는 게 일상이 되었습니다. 좋은 의도로 하는 설문조사라도, 진위 따위 저에게 중요치 않았어요. 모든 행동이 사이비 종교의 포교로 보였고 그때의 배신감은 잊힐 만하면 떠올라 저를 괴롭혔습니다. 종교에 대한 의심이 스멀스멀 올라오게된 것도 그때부터였어요.

6 종교를 믿지 못하다

종교가 이단, 사이비를 비판하는 주요 논지는 정통과 다르며, 의도적으로 교리의 내용을 왜곡한다는 점입니다. 이 논지가 합당하게 여겨지려면 정통 종교의 교리가 진리여야 합니다. 하지만 신앙 기간이 길어질수록 종교가 합당한 근거로 다져졌다기보다는 불확실한 상황에서 믿음을 강조하는 경향을 보인다는 걸 깨닫게 되었습니다. 과학은 유인원과 인간이 진화에서 갈라지는 미싱링크 화석을 어떻게든 찾으려고 합니다. 반면 종교는 미싱링크가 있다는 걸 근거로 인간이 진화했다기보다는 하나님이 창조했다고 주장하죠(사실 화석이 생겨날 확률은 지극히 낮습니다. 일단 부패하지 않아야 하므로 급격하게 퇴적물에 묻혀야 합니다. 유인원과 인류의 조상이 진화 갈래에서 갈라지기 전, 중간 존재가 극악의 확률을 뚫고 화석이 되어야 미싱링크가 밝혀지는 겁니다).

기독교에서 말하는 모든 믿음의 근원지는 성경입니다. 성경은 하나님의 말을 인간이 기록한 것입니다. 즉, 진리의 복사본이라는 거죠. 보르헤스의 책 '픽션들'에 나오는 단편 바벨의 도서관을 보면 진리를 찾으려는 사람은 평생 진리에 도달하지 못합니다. 바벨의 도서관에는 모든 지식이 들어있지만 참된 진리를 알려주는 책이 어디에 있는지는 아무도 알지 못합니다. 원전의 내용을 카피한 책은 수없이 많고 그것을 따라가 보아도 결국, 진리에 도달할 수 없습니다.[41] 하나님의 말을 전달해 성경으로 만든 자들은 인간입니다. 인간은 절대 객관적일 수 없다는 걸 생각해보면 성경은 진리가 아니라 카피본일 뿐입니다. 만약 성경의 내용이 소설이라면 어떨까요? 그리스, 북유럽 신화처럼 허구의 이야기를 역사에 근거해 만든 소설이라면? 우리가 믿고 있는 신앙은 정말 잘 만들어진 픽션을 진실인 양 말하고 있는 것에 불과할지도 모릅니다. 대체 진실은 무엇일까요?

사이비 종교 사건을 겪고 나서 '종교란 무엇인가?'에 대해 많은 고민이 생겼습니다. '신은 과연 존재하는 건가?', '내가 헛된 것을 믿은 게 아닐까?' 의심이 싫어 믿음을 가지고 싶었지만, 그 믿음의 근거는 확실치 못해 또다시 의심이 생길 수밖에 없었습니다. 신앙이 탄탄한 근거로 되어 있지 않다면 모래 위에 성을 세운 거나 마찬가지죠. 종교에 대해 의심이 생기니 예전처럼 주일마다 교회에 가기도 꺼려졌습니다. 바쁘다는 핑계를 들어 2~3주에 한 번씩 교회에 들렀습니다. 4학년 1학기가 끝나고 방학이 되었지만, 교회에 가기는 여전히 두려웠습니다. 전 하나님의 존재에 대해 회의감을 가지고 있었고 저의 불신이 다른 사람에게 전염될까

---

41) 호르헤 루이스 보르헤스 - 픽션들

봐 불안했어요. 당시의 제가 생각하기에 불신은 옳은 행동이 아니라고 생각했었나 봅니다. 시간이 지나면 전처럼 신앙생활을 할 수 있을 거라는 생각이 들기도 했죠. 불신이 잠깐 걸렸다 나아지는 감기 바이러스일 수도 있으니까요.

폭염이 몰아치는 8월이 되어 오랜만에 교회에 들렀습니다. 처음 교회에 왔을 때의 어색함이 예배하는 내내 느껴졌습니다. 거의 2년여 동안 신앙생활 했는데도 말이에요. 소그룹 활동도 바뀐 건 없었지만 소그룹 원들과의 심리적 거리감이 너무 멀게만 느껴졌습니다. 이번 주차 소그룹 주제는 성경 공부를 하다가 신앙생활이 약해질 때 어떻게 해야 하는 지였습니다. 이번 소그룹 장은 저보다 4살 어리지만, 모태신앙이고 해외 선교도 갔다 온 신실한 신자였어요. 그녀는 해외 선교를 가기 전 신앙에 회의를 느껴서 힘들었지만 이번 선교를 통해 하나님의 뜻을 발견했다고 말했습니다. 그러면서 본인이 가졌던 회의와 시련이 모두 하나님이 계획하신 뜻이고 그것을 깨닫는 순간 평안함이 찾아왔다고 했어요. 저의 상황과는 정반대였습니다. 그 이야기를 듣고 조금 용기를 얻어, 신앙생활을 하는 신자들 앞에서 하나님의 존재를 도저히 믿을 수 없다는 끔찍한(?) 발언을 해버렸습니다. 그들에게 성경이 만들어진 허구라는 의심을 지울 수가 없고, 신이 존재한다면 왜 확실한 증거를 보여주지 않는지에 대해서 제 생각을 숨김없이 이야기했어요. 소그룹 장은 저를 빤 지시 쳐다보며 모든 걸 안다는 표정으로 한 마디를 남겼습니다.

"지금 오빠의 마음속에는 사탄의 유혹이 가득해서 그래요. 사탄의 개입이 불신을 일으키는 거예요."

그 뒤로 다시는 교회에 가지 않았습니다.

7 믿음을 강요하는 종교

종교의 핵심은 믿음입니다. 신앙심이 깊다는 건 그만큼 하나님과 성경의 말을 믿으며, 그것에 맞게 행동한다는 뜻입니다. 믿음이란 이성적 요소가 작용하는 확률의 싸움이 아닌 순전한 감정적 영역이기에 동물의 본능에 부합합니다(인간도 동물이기에). 문제는 역사의 순간에서 믿음의 기준은 매번 달라졌다는 거죠. 로마 시대에는 정복이 미덕이었으며, 중세에서는 신에 대한 순종이 모두가 공유하는 믿음이었죠. 르네상스 시대를 거쳐 인간이 다시 중심이 되었고 이는 프랑스 혁명을 통해 보편인권이라는 믿음을 만들어내는 데 기여합니다. 20세기에 들어와서는 여성이 남성과 같은 동일한 인간으로 취급받기 시작했으며, 현대에는 동물 복지에 대해 논의되기 시작할 만큼 믿음의 기준은 시대마다 달라졌습니다. 종교는 시대마다 변한 점은 있으나 기본 바탕이 되는 교리에서 크게 벗어나지 못합니다. 루터의 종교 개혁 이후 칼뱅의 개신교는 가톨릭보다 더한 고문을 서슴지 않게 사용했습니다. 사람들에게 금욕주의를 강요했으며, 이를 지키지 않는 자에 대해서 철저한 처벌이 행해졌죠.[42] 개신교를 믿지 않는 사람은 모두 죄인이라고 생각했습니다(칼뱅의 강압적인 폭력으로 인해 관용-톨레랑스라는 종교의 자유가 중요하게 되었습니다).

기독교 믿음의 기준은 성경입니다. 반만년도 안 된 고서에 세상 만물의 진리가 있다고 받아들인 거죠. 하지만 그 당시는 온갖 해괴망측한 주장이 오갔던 시기입니다. 아리스토텔레스는 지구가 우주의 중심이라고 말했고, 사람들은 몸의 병원균 때문에 병이 걸린 것인데도 신앙으로 문제

---

42) 슈테판 츠바이크 - 다른 의견을 가질 권리

를 해결할 수 있다고 믿었죠. 마녀의 기준도 물에 뜨면 마녀이며, 빠져 죽으면 일반인이었습니다(마녀사냥의 대상이 된 순간 이미 죽을 운명에 처한 겁니다). 성경에서는 하나님이 7일 만에 세상을 만들어냈다고 보았지만, 현대 과학은 우주가 138억 년 전의 빅뱅에서 만들어졌음을 밝혀냈습니다. 우주 물리학까지 가지 않고서라도 기록된 인류의 역사는 BC 11000년 전부터 시작됐습니다.[43] 성경에서 말하는 6천 년 역사와 하나님 창조의 근거는 희박한 거죠.

성경이 그리스, 북유럽 신화 같은 잘 만들어진 이야기로 받아들여진다면 문제는 없습니다. 다만 그 사실을 진실로 믿고 현대의 문제를 성경에 적힌 내용으로 해결하려는 태도는 위험합니다. 앞서 말한 바벨의 도서관처럼 처음 작성된 성경의 내용을 우리는 절대 알 수 없습니다. 어떤 무명의 작가가 만든 멋진 소설작품일 수 있는 걸 후대에 사람이 각색하면서 종교로 탈바꿈시켰을 수도 있죠. 그것을 진리인 양 맹목적으로 믿는 건 인간이 사유할 의무를 지고 있다는 한나 아렌트의 경고를 무시하는 것처럼 보입니다.

신에 대한 믿음으로 사망 후 천국에 갈 수 있다는 사상은 죽음의 두려움을 극복하게 합니다. 하지만 믿는 자만이 구원받는다는 생각을 가진 근본주의자들은 세계 역사상 수많은 악행을 저질렀습니다. 이슬람 근본주의자들은 알라를 믿지 않는 자들을 벌하기 위해 자신의 목숨을 불살라 9.11테러 등의 행위를 저질렀죠. 기독교 또한 신을 믿지 않는 자는 지옥에 간다고 겁을 주면서 신앙을 강요하기도 합니다. 중세 십자군 전쟁 동안 기독교는 점령한 지역에서 신앙을 믿지 않는 자를 거침없이 베어

---

43) 제러드 다이아몬드 - 총균쇠

냈습니다.[44]

　신앙을 가진 자들은 같은 교리를 가진 자들끼리는 뭉치지만 그렇지 못한 자에게는 배타성을 띱니다. 예수님께서 말씀하신 "네 이웃을 네 몸같이 사랑하라."는 말은 유대인들을 대상으로 한 말이었습니다. 기독교가 유대교에서 파생되었다는 사실을 알면 이해하기 쉽습니다. 유대교의 신 야훼-하나님은 유대인들을 선택받은 민족으로 생각했고 그들의 신이었습니다. 기독교가 로마의 국교가 된 뒤 유대인들을 예수를 죽인 자들로 여겨 오랫동안 핍박했지만, 그리스도 역시 유대인입니다. 기독교가 믿는 신 또한, 유대교의 야훼이니 아이러니하죠.[45]

　종교의 배타성은 초기 국가의 역할과도 비슷합니다. 야경국가로 시작한 국가는 외세의 위협을 막기 위해 그들끼리 뭉쳤습니다. 지배자는 내 집단이 말을 잘 듣게 하기 위해 신이 국왕의 지위를 준 것이라 말하곤 했습니다. 역사적으로 초기 국가의 기틀을 띤 곳에서는 제정일치(왕과 제사장이 동일한 사회) 경향을 가지기도 했고요(문명이 발달할수록 국왕과 제사장이 나뉘는 경향을 띠었습니다. 하지만 여전히 종교는 국가에 강한 영향을 끼쳤죠. 중세만 해도 로마 교황은 유럽 국가들의 정세에 개입하는 등 막강한 힘을 가지고 있었습니다). 종교가 복종을 강요하는 것도 군대와 비슷합니다. 국가가 외집단으로부터의 위협을 막기 위해 충성하는 군대가 필요했다면, 내집단의 안정을 위해 종교는 신도들에게 순종을 강요했다고 볼 수 있습니다.

---

44)　원종우 - 조금은 삐딱한 세계사 유럽편

45)　리처드 도킨스 - 만들어진 신

8 종교는 왜 믿음을 필요로 하는가

실존주의 철학자 키르케고르는 신앙을 이성으로 파악할 수 없는 별개의 믿음이라고 보았습니다.[46] 이성적으로 해체해보면 허점이 많지만, 온전히 믿겠다는 감정 하나만으로 진실은 우리 눈에 보이지 않게 됩니다. 인간의 뇌는 허구의 사실이라도 진실로 믿는데 특화되어있습니다. 양치기 우화를 들여 설명해드릴게요. 양치기가 늑대가 나타났다고 말하면 대개 사람들은 진실로 생각하고 경계합니다. 자연 상황에서 허구의 것이라도 진실처럼 생각하면 미리 경계하게 되어 생존에 유리하죠. 진실이라면 이득이고 허구라고 해도 손해 볼 일은 없으니 일단 믿고 보는 게 인간의 뇌입니다.[47] 수학자 블레즈 파스칼도 비슷한 이야기를 했죠. 소위 도박사의 논리라고 부르는 것으로서 신을 믿는 건 논리적으로 손해 볼 게 없다고 주장합니다. 천국이 있다면 종교를 믿는 건 사후 구원받을 수 있기에 이득입니다. 천국이 없더라고 해도 종교를 믿는 행위 자체로 손해 볼 게 없습니다. 하지만 천국이 있는 상황에서 종교를 믿지 않는 건 구원받지 못하고 지옥에 떨어지기에 명백한 손해입니다. 이 원칙을 생각해 보면 일단 믿는 건 절대로 손해 보지 않는 행위입니다. 그렇지만 믿음은 하루아침에 생겨나는 게 아닙니다. 파스칼처럼 일단 믿는 척을 하는 행위는 진정한 신앙이라고 볼 수 없죠. 전지전능한 신이라면 이미 신자들의 마음속 정도는 다 알고 있을 겁니다. 거짓으로 믿는 척하는 것보다 확실한 증거를 찾으려 하는 사람을 더 사랑하지 않을까요? 죽은 뒤 만난 신이 기

---

46) 고든 마리노 - 키르케고르, 나로 존재하는 용기

47) 정재승 - 열두발자국

독교에서 말하는 바알이거나 다른 신이라면 안 믿는 게 차라리 나은 결과를 만들 거고요.[48] 무엇보다 인간의 역사는 의심을 통해 발전했습니다. 문명, 과학 기술, 철학은 모두 과거의 사실이 잘못됐다는 인식에서 발전됐죠. 종교를 참되게 하려면 비판적으로 바라보아야 하며, 확실한 증거를 통해 오류라고 여기는 과거의 잔재를 청산하는 과정이 필요합니다. 그렇지 않고 믿음만을 강조하는 건 신앙이 가지고 있는 오류를 생각지 않으려는 행동이 아닐까요?

9 종교를 버리고 새로운 믿음을 찾아 떠나다

2년간 믿었던 신앙을 버리고 전처럼 삶의 방향을 잃어버려 힘들었습니다. 남들은 쉽게 가지는 믿음이 저에겐 왜 이렇게 어려운 걸까 싶기도 했죠. 남들처럼 평범하게 되는 대로 살고 싶은데, 그게 왜 안 될까요. 여러 책을 읽고 생각을 정리해보고 싶었습니다. 도서관에서 읽은 철학책에서 아리스토텔레스가 한 말이 눈에 들어왔죠. "인간 삶의 궁극적 목표는 행복이다." 행복이요? 전 20년 넘게 살면서 행복했던 일이 별로 없었어요. 기쁨보다는 불행한 기억만 가득했습니다. 심지어 고등학교 3년 내내 쓴 시와 소설은 모두 비극적 결말을 맞이했습니다. 아리스토텔레스의 말이 옳다면 제가 인간으로서 고통받고 있던 건 행복했던 기억이 없어서가 아닐까요? 지금까지 추구했고 의심했던 물질, 가치관이 저에게 만족을 주지 못했다면 모든 걸 포기하고 행복만 추구해보기로 마음먹었습니다. 끝

---

48) 리처드 도킨스 - 만들어진 신

없이 행복하기만 하다면 의심으로 고통받지도 않고 만족스러운 삶을 살수 있을 테니까요. 한 번도 제대로 경험해 보지 못했던 것을 좇기 위해, 내게 행복을 주기 위한 여행이 시작되었습니다.

7
행복에 대한 의심

의심해볼 것 : ① 평생 행복할 수 있을까?

② 왜 행복을 느낄까?

키워드 : 쾌락과 행복, 행복의 크기와 지속성

1 최초로 행복했던 기억

지난 삶에서 행복의 기억을 돌이켜 보면 가장 힘들었던 시기인 중학교 때가 떠오릅니다. 현실에서 가족, 친구와의 엇나간 관계 때문에 스트레스 받았던 절 보듬어 줬던 게 게임 속 세상이기 때문이죠. 당시는 온라인 게임 전성시대라고 할 만큼 다양한 장르의 게임이 한국에서 인기 있었습니다. 제가 빠져 살던 게임은 마비노기였죠. 판타지 라이프를 모토로 내건 게임이라 다양한 활동이 가능한 게 매력이었습니다. 직업 구분 없이 전사를 하다가도 마법사를 할 수 있고 마검사처럼 마법과 검술을 능수능란하게 사용할 수도 있었죠. 사냥하기 싫으면 아르바이트를 전전해 돈을 벌 수도 있고, 생산직 스킬을 올려 물건을 만들어 팔거나 장사를 할 수도 있었어요. 게임 스토리도 매력적이었습니다. 켈트신화를 배경으로 우리에게 생소한 신들과 인간의 이야기가 조화롭게 어우러졌죠. 마비노기는 당시 나온 온라인 게임 중에서 독보적으로 자유도가 높은 게임이었습니다. 현실에서 어떻게 지내던 간에 게임 속에서는 모험가, 전사, 상인, 대장장이, 탐험가, 용사 등 다양한 일을 경험해 볼 수 있었어요. 학교/학원에서 쌓인 스트레스를 푸려고 게임에 접속하는 시간이 많아졌습니다. 주말에는 오전부터 새벽까지 게임을 하는 경우가 잦아서 제일 많이 할 때는 하루 16시간을 인터넷 세상에 처박혀 있기도 했습니다. 게임을 많이 해서 손목터널증후군이 생기기도 했지만, 아픈 건 게임의 행복에 비하면 사소한 거였어요.

마비노기 콘텐츠 중에서 가장 매력적으로 느낀 건 탐험과 커뮤니티 시스템입니다. 말도 안 되는 크기를 가진 이리아대륙을 돌아다니다 보면 인디아나 존스가 된 기분을 느꼈어요. 게임 스토리 속 고대 조상이 남긴 미지의 유물과 경이로운 자연환경은 제 주변 현실에서는 느낄 수 없을 만큼 신비한 체험이었습니다. 커뮤니티 시스템은 마비노기의 알파이자 오메가였습니다. 채팅 게임이라고 불러도 될 만큼 시스템이 잘 되어있고 사람들도 친절했어요. 마을 광장에 모닥불을 켜놓고 모르는 사람과 대화하면서 하루를 보내는 건 마비노기에서밖에 할 수 없는 낭만적 체험이었습니다. 대화하다가 같이 던전을 돌기도 하고 친해져 같이 길드를 만들거나 가족을 형성하기도 했죠. 현실에서 제대로 속해보지 못했던 인간관계망을 게임에서 경험했습니다. 현실에서는 남의 눈치를 보느라 마음의 응어리를 속 시원히 보여주지 못했지만, 게임에서는 그럴 필요가 전혀 없었어요. 현실 고민이 너무 강해져 우울함이 심해질 때는 친한 게임 속 누나와 새벽까지 대화하기도 했습니다. 실제로는 어떤 사람인지 전혀 모르고 있던 둘이라서 더 솔직히 속마음을 이야기 할 수 있었죠. 로그아웃하고 게임만 접으면 평생 못 볼 가벼운 관계였지만 그 순간만큼은 누구보다 소중한 사람으로 느껴졌습니다. 삶과 고민을 공유하면서 서로가 이어짐을 느낀 그때가 세상에서 가장 행복한 시간이었습니다. 저의 행복은 아톰의 세상이 아닌 비트의 세계 속에서만 펼쳐질 수 있었죠.

2 현재 나는 무엇이 가장 행복한가?

성인이 된 후에는 게임을 해도 즐겁지가 않았습니다. 행복은 곧 만족인데도 저에겐 싫증과 불만족만 넘쳐났죠. 뭘 해도 만족하지 못했어요. 쾌락이라고 부를 수 있을 만한 건 느꼈지만 지속성이 오래가지 못했죠. 한 순간 즐겁다가도 허무함이 금방 찾아왔습니다. 맛있는 음식을 먹다가도 배가 불러오면 짜증이 밀려왔죠. 인터넷에서 물건을 주문할 때는 받기 전까지 행복했지만, 택배를 뜯는 순간 싫증이 몰려왔습니다. 사람과 만나는 일도 잠깐 보는 건 괜찮지만 오래 있으면 금세 피곤해졌어요.

쾌락이 있는 뒤에는 끝내 허무함이 밀려왔습니다. 공허함을 채우려 끝없이 욕구가 솟아 올랐고 다시 허무해지는 일의 반복이었습니다. 2017년 12월. 가상화폐와 연애의 실패, 티모와의 헤어짐이 복합적으로 절 괴롭게 했습니다. 감정은 무뎌지고, 이대로 사라지는 게 낫다는 생각이 들 정도였죠. 눈에 보이는 건 언제나 똑같은 집안의 풍경, 먼지, 옷 그리고 책이었습니다.

"책?"

책장에 꽂혀있던 수많은 책 중 하나에 눈길이 끌렸죠. 그 책은 이미 말했던 '살인자의 기억법'입니다. 그 소설을 기점으로 하나둘 책에 손길이 갔습니다. 다음으로 읽은 책 '신경 끄기의 기술'은 제가 세상에 관해 너무 많은 생각을 하고 있다는 걸 알게 해줬습니다. 여러 가지 일들에 대해 아무리 신경을 써도 개인이 가용 가능한 에너지는 고대 호모사피엔스와 달라진 점이 없으니까요. 불필요한 일들에 대해 신경 쓰지 않고 내가 하고 싶은 일이 무엇인지 생각해 보기로 했습니다. 미래에 무엇을 하겠다기보다는 지금 당장 하고 싶은 건 무엇인가? 질문해보았죠.

'음. 솔직히 그냥 다 필요 없어. 책 읽고 싶어. 그래? 그러면 책 읽자! 1년 동안.'

책 대여점에서 쌓아놓고 보던 만화책을 시작으로 제 일생에서 책은 빠진 적이 없어요. 가장 힘든 중학교 시절은 추리, 판타지 소설을 읽으면서 현실에서 도피하려 했고, 문학청년의 허울을 쓰고 있던 고교 시절에는 글 쓰는데 도움 될까 싶어 고전/현대 문학, 라이트노벨, 자기계발서에 빠져 살았죠. 군대에 오면서 제가 상식이 부족하다는 걸 선임, 간부를 통해 깨닫고 비문학 책을 읽기 시작했습니다. 대학 생활에 바쁘다는 핑계로 책을 이전만큼 많이 읽지는 못했지만, 책장에 차곡차곡 쌓아두곤 했어요. 군대에서 책 100권을 읽고 받은 성취감을 한 번 더 느끼고 싶은 맘도 컸습니다. 그래서 이번에는 1년 동안 하루 한 권, 2018년 한 해 동안 총 365권의 책을 읽는 걸 목표로 잡았습니다. 365권이라는 구체적인 틀을 설정하게 된 건 군대에서 읽은 이지성 작가의 '독서 천재가 된 홍대리' 때문입니다. 20억의 빚을 지고 있던 무명작가인 이지성은 생존을 위해 독서를 결심하게 되었고 다독이 성공에 큰 영향을 주었다고 말했어요. 원 없이 책을 읽고 싶기도 했고, 1년 동안 365권 정도 읽으면 과거의 나와는 다른 내가 될지도 모른다는 생각이 들었습니다.

이미 반년을 휴학한 상태에서 추가로 1년을 책 읽기에만 시간 쏟는다는 건 무리수가 컸습니다. 가족을 이해시키는 건 더욱더 어려웠죠. 청년 실업률이 매년 심해지는 현실에서 토익도 제대로 준비 안 되어 있는 제가 책 읽는데 1년을 쏟겠다니! 부모님은 속으로 '이놈이 드디어 미쳤구나.'라고 생각했을 거예요. 가족은 26살이라는 적지 않은 나이에 특히나 기자를 준비한다는 놈이 책 읽는 백수로 1년을 보낸다는 게 납득이 가지 않았죠. 어머니는 긴 통화 끝에 이해시켰지만, 아버지와 큰형은 걱정을 많이 했습니다. 책을 그렇게 많이 읽을 필요 없다고, 취업 준비에 전념하는 게 올바른 생각이라고 틈만 나면 말했어요. 하지만 전 곧이듣지 않았습니다.

당시의 전 독서 말고는 어떤 일도 행복으로 가는 길을 열지 못할 거로 생각했어요. 스펙을 열심히 쌓아 취업한다고 해도 평생을 고통 속에 몸부림칠 거 같았기 때문이죠. 남들은 모든 걸 제쳐두고 여행을 간다면, 전 다 버리고 책 속에 빠져 살기로 했어요. 미친놈의 미친 도전이 시작됐습니다.

3 1일 1권, 가장 행복한 시간

미래에 대한 구체적 계획 없이 무작정 시작한 1일 1권 라이프는 날마다 새로운 기분을 느끼게 해주었습니다. 하루 동안 한 권의 책을 읽는 건 매일 세상이 바뀌는 것과 같았죠. 하루는 진화론이 말해주는 생명의 이야기 안에서 놀기도 하고 다른 날은 자아란 무엇인가 따져보는 철학자의 삶 속에 있기도 했어요. 호기심에 끌려 제가 모르는 분야에 섣불리 도전해 좌절한 적도 많았지만, 지식이 쌓여가는 기분은 저를 행복하게 했습니다. 읽었던 책은 데일리북이란 독서기록 앱에 저장해 놓았어요. 매일 1권의 책이 기록되는 걸 지켜보면서 뿌듯함을 느꼈죠. 한 달 달력이 빈칸 없이 책으로 채워진 걸 볼 때의 고양감은 술 마신 것보다 더했어요. 두꺼운 책을 읽을 때는 밥 먹는 시간을 빼고 온종일 책에 투자했습니다. 하루의 기본값이 1권의 책을 읽는 행위였으니, 그 외에 일은 좀 소홀히 하게 되었습니다. 지인들과의 약속은 독서에 지장이 갈까 봐 두려워 계속 미루다 보니 1년이 넘기도 했습니다. 뺄 수 없는 약속이다 싶으면 며칠 동안 빡세게 독서해서 세이브 책을 만들어 놓았죠. 가족 여행 갈 때도 책을 못 읽는 게 싫어 안 간다고 말한 게 여러 번입니다(2018년 10월 제 첫 조카가 태어났지만, 글을 쓰고 있는 2019년 7월까지 실제로 본 적은 한 번도 없습니다). 아프면 책 읽는 데 방해되니, 건강관리에도 유념을 기울였습니다. 매일 30분 동안 운동해서 체력을 유지하고 술도 거의 마시지 않았죠. 누구는 도 닦는 시간이라고 생각할 수도 있는 나날이었지만, 책 읽는 게 너무 행복해서 스트레스는 전혀 없었어요. 오히려 이 시간이 영원하길 바랐죠.

읽는 행위 자체도 행복했지만, 누군가에게 제 생각을 말하고 듣는 과정도 즐거웠습니다. 서울로 올라와서 1일 1권과 독서 토론을 동시에 하게 되었죠. 제일 많이 할 때는 1주에 3개씩이었어요. 다른 사람의 이야기를 통해 제 관점이 깨지면, 그와 관련된 책을 찾으러 도서관, 서점으로 향했습니다. 읽을거리를 주변에서 자꾸 알려주는 셈이니 핸드폰 메모장에는 책 목록이 산더미였죠. 독서를 아무리 해도 까먹는 건 어쩔 수 없는 일이지만, 독서 토론을 통해 말로 정리한 지식은 오래 기억됐어요(기억이 장기 기억에 저장되기 위해서는 인풋을 아웃풋으로 정리하는 과정을 거쳐야 합니다. 여기서 말하는 아웃풋이란 말, 글, 생각을 통해 인풋 된 정보를 나의 것으로 만드는 과정입니다. 책의 내용을 오랫동안 기억하려면 누군가한테 요약해서 말하거나, 독후감을 쓰거나, 요약정리해서 어딘가에 기록하는 게 가장 도움이 됩니다[49]). 독서 토론하면서 책에 대해 깊이 들어가고 사회에 대한 고찰을 서로 나누는 과정은 저에게 지적 카타르시스를 느끼게 했어요. 그들과의 이야기를 통해 저도 더 나은 사람이 되고자 했고, 현재에 충실하면 미래의 결과도 좋으리라 생각했죠. 책을 읽으면서 매일의 행복을 느꼈고, 일상이 다르게 보였습니다. 집으로 돌아가는 길가에서도 사유하면서 걸으니 행복감을 느꼈고 살맛 났어요. 잠자는 순간

---

49) 가바사와 시온 - 외우지 않는 기억술

마다 지금 죽어도 만족하겠다는 말이 저절로 나왔습니다. 행복이 넘쳐흘렀고, 그때가 저에게는 최고의 유토피아였습니다.

4 행복한 죽음을 위한 현재

가장 행복할 때, 두려움은 서서히 싹틉니다. 죽음이 다가와 우리의 의식이 사라진다면, '나'의 마지막 순간에 다가올 감정에 집중할 수밖에 없습니다. 찰나의 순간 내가 행복하다면 죽음을 마음 편히 받아들일 수 있고 주변인한테도 걱정을 덜 끼치겠죠. 인생의 엔딩을 잘 맞이하기 위해서는 행복하게 살 필요가 있습니다.

행복에 기점을 둔 저의 죽음관은 하루하루가 행복해야만 죽기 직전도 행복할 수 있다고 말합니다. 모두는 태어나자마자 강제로 100m 달리기 경주에 출전합니다. 골인 지점은 아무도 모릅니다. 선수는 뒤로 갈 수도 없이 계속해서 앞으로만 향하게 됩니다. 이윽고 죽음의 순간이 찾아올 때야 비로소 선수 눈에 골인 지점이 보입니다. 골인 지점을 통과한 뒤에 선수는 사라지고 인생의 결과물이라는 트로피는 관중들에게 넘어갑니다. 현재가 행복하다면 달리기 경주를 하는 선수는 내내 행복한 마음으로 달려갈 겁니다. 골인 지점이 갑자기 찾아오더라도 선수는 행복한 마음이겠죠. 하지만 선수는 들어가기 직전 과거를 생각해볼 수 있습니다. 행복한 시간으로 충만한 삶을 보냈다면 과거의 기억이 현재의 나에게 들어와 죽기 직전 아주 큰 행복으로 찾아옵니다. 골인하기 전 0.000000000001초의 시간 동안 느꼈던 기분이 '나'란 의식의 마지막 감정이며 삶을 만족하게 만드는 결정적 계기가 됩니다. 반대로 매일 불행한 기억만 가지고 있다면 죽는 순간에 행복한 맘을 가질 수가 없겠죠. 과거의 일이 근거로 작용해 내 삶은 불행의 연속이라 생각하고 자책하며 고통받으면서 생을 마감하기가 쉽습니다('나'의 의식이 소멸하고 사후세계가 없다면 적어도 내가 마지막으로 느낄 감정이 행복해야만 삶이 괜찮다고 여길 수 있지 않을까요).

매일의 행복을 느끼기 위해서는 현재에 충실히 사는 게 중요합니다. 영화 '죽은 시인의 사회'에서 나오는 carpe diem(카르페 디엠 - 지금 사는 현재에 충실 하라는 라틴어 단어)은 많이 들어보셨을 거예요. 현재에 충실 하라는 말이 행복에서 가장 중요한 건 인간은 평생 현재에 존재하기 때문입니다. 인간은 3차원 + 1차원에 존재하는 개체입니다. 3차원은 X, Y, Z축(가로, 세로, 높이)으로 되어있는 공간이며 4차원은 여기서 시간이 추가된 겁니다. 하지만 인간은 4차원에 완전히 존재하는 게 아니라 뇌를 통한 기억으로 시간을 인지할 뿐입니다. 이해를 돕게 가벼운 예를 들어 설명할게요. 물에 떠 있는 2차원 생명체가 있다고 칩시다. 2차원 생명체는 물 위에서 가로 세로로밖에 움직일 수 없어요. 물 안으로 들어가지도 물 위로 뜰 수도 없습니다. 만약 인간이 이 생명체를 손으로 들어 올린다면 2차원 생명체는 3차원을 간접적으로 체험하는 거지만 엄밀히 지각할 수는 없는 겁니다. 마찬가지로 인간은 3차원 생명체라서 가로, 세로, 높이 속에서 마음껏 움직이며 살아갑니다. 뇌라는 기관은 기억을 통해 4차원의 시간을 인지합니다. 하지만 완전히 4차원 생명체는 아니기 때문에 과거, 현재, 미래를 마음껏 이동할 수는 없죠(시간을 마음껏 이동한다는 게 이해가 안 가실 수 있을 겁니다. SF 소설 '제5도살장'의 주인공은 외계인의 힘을 통해 4차원에서 살 게 됩니다. 비행기를 통해 이동하는 것처럼 과거, 현재, 미래를 왔다 갔다 할 수 있는 거죠[50]). 물리학이 가르쳐주는 현실은 지각과 상반된 결과를 보여주는 경우가 많습니다. 보이는 것이 실재가 아닌 셈이죠.

3차원의 인간은 유전자적으로 현재에 친숙하게 되어있습니다. 과거의 일이나 미래를 계속 생각하면서 살다 보면 현재를 지각하는 데 방해가 됩니다. 미래의 성공을 목적으로 산다면 현재는 불확실한 미래에 희생당하게 되죠. 모든 의식은 미래에 꽂혀있기 때문에 현재에 느끼는 감정, 인간관계를 제대로 인지하기 힘듭니다. 또한, 미래에 무슨 일을 이루겠다고 계속 생각하면서 살면 미래는 인지상에서 과거의 일이 되어버립니다(다들 미래에 대한 구체적 계획을 세워본 일이 있을 겁니다. 미래는 불확실하고 여러 가능성이 열려있어서 미래인 겁니다. 미래의 일을 이미 정해진 것처럼 생각하고 목표로 한다면 그건 과거를 상기하는 일과 마찬가지죠. 내일을 생각하며 산다고 말하면서 사실은 과거에 사는 거예요). 우리는 여러 이유로 현재를 희생하지만, 사실 1초 전의 현재가 과거이며, 1초 후가 미래인 겁니다. 현재를 충실히 사는 게 결국, 미래를 좋게 하는 길이며 행복할 수 있는 최선의 길로 보여요.

5 행복하지 못하는 이유

헬 조선이라는 말이 일상화될 만큼 대한민국은 살기 힘든 나라라는 관

---

50) 커트 보니것 - 제 5도살장

념이 자국민들 뇌리에 널리 퍼져있습니다. 세계를 기준으로 대한민국의 행복도를 측정해보았을 때 결괏값은 5.8 정도입니다(최상위권인 핀란드 국가가 7.6입니다[51]). 반면 세계 국가 156개를 대상으로 한 수치는 57위이며 OECD 34개국 중 32등의 위치를 차지합니다. 삶의 만족을 기준으로 한 절댓값으로 판단해 본다면 한국의 행복도는 전혀 낮은 게 아닙니다. 하지만 기준을 정서로 바꿨을 경우에는 조사에 참여한 89개국 중 83위라는 현저히 낮은 등수를 얻었습니다. 감정적으로 본인이 불행하다고 느끼는 경우가 많은 겁니다. 오랫동안 대한민국에 만연했던 집단 문화의 기질이 아직 우리 사회를 지배하기 때문입니다. 개인들은 서로 비교하고 직원을 부품처럼 사용하는 회사의 갑질은 대한민국 사회에 만연한 현실이죠. 오늘이 내일보다 더 나을 거란 희망이 없는 사회로 접어든 지 오래라 나이가 들수록 행복의 기준도 점점 세속적으로 바뀝니다. 안정적인 직장, 연봉, 멋진 차, 아름다운 애인, 해외여행 등 이들 중 하나라도 부족하면 내가 잘못된 삶을 살고 있나 하는 자괴감이 들 정도죠.

2년 전 SNS를 중심으로 광범위하게 퍼진 욜로(YOLO-You Only Live Once)열풍은 행복한 삶을 살아보자는 청춘들의 외침이었습니다. 회사에서 고된 스트레스에 고생할 바엔 퇴사하고, 돈 아끼면서 스크루지 영감처럼 살기 보다는 내가 하고 싶은 일에 투자하자는 사람이 늘어났죠. 비싼 음식, 멋진 여행, 이색 체험 등 다양한 활동이 SNS상에서 퍼졌고 일부는 과감한 소비를 하기도 했습니다. 탕진잼, 시발비용을 통해서 행복을 느끼려고 한 거죠. 물론 그런 행동이 행복을 증가시키기는 합니다. 다만 쾌락에는 역치가 있어 어떤 것에 익숙해지면 전보다 더한 쾌감을 주어야

---

51) 차이나는 클라스 79강 - 행복한가요 그대(최인철 교수편)

만족도가 올라갑니다. 예를 들어 매주 10만 원씩 시발비용을 쓴다고 치면 첫 주의 행복도는 7이지만 시간이 지날수록 6, 5로 감소합니다. 또한, 아무리 큰 쾌락을 준다고 할지라도 시간이 지나면 만족도가 감소합니다. 제가 20만 원짜리 코스 요리를 먹어서 하루 동안 8의 만족도를 얻었다고 칩시다. 첫날에는 8인 만족도가 둘째 날에는 5, 셋째 날에는 3으로 점점 떨어지면서 결국 0에 수렴하게 됩니다. 중요한 건 얼마나 행복한 날이 지속되는지입니다. 소확행 같은 트렌드는 작지만, 일상에서 행복함이 계속되길 바라는 현상입니다. 행복의 기준은 사람마다 다르고 절대적인 기준이 없기에 작은 일이라도 반복되면 날마다 행복하다 느낄 수 있습니다. 저의 일상도 소확행에 가까웠습니다. 새로운 책을 읽으면서 얻는 쾌감의 지속성은 매일매일 갱신되어 오래갔습니다. 하지만 오래오래 행복하게 지냈다고 끝맺음 됐다면, 지금 이 글은 못 쓰고 있겠죠. 책 읽는 행복도 한계가 찾아오기 시작했습니다.

6 매너리즘에 빠진 행복

책은 읽다 보면 비슷한 내용이 겹치게 됩니다. 초기에는 모르는 내용이 많아서 신대륙을 개척하는 기분으로 책을 읽었다면, 지식이 쌓일수록 새로움의 기쁨을 잊게 됩니다. '전공 서적을 읽거나 두꺼운 책을 보면서 새로움을 느껴볼까?'하는 생각이 들기도 했습니다. 하지만 1일 1권이라는 목표가 발을 잡았죠. 온종일 책을 읽는다고 할지라도, 모르는 분야의 전공 서적을 하루 만에 읽기란 불가능에 가까운 일이었어요(가장 많은 시간 동안 읽은 책은 리영희 선생님의 '대화'입니다. 700p가 넘는 아주 두꺼운 책이었기에 밥 먹고 잠깐 쉬는 시간을 제외하면 14시간 동안 책만 읽었어요). 매너리즘에 빠져 행복감이 줄어들다 보니 책 읽는 행위 자체가 지치기 시작했습니다. 힘들다는 핑계를 대며 가벼운 책을 찾게 되는 일이 잦아졌죠. 민음사 세계문학 전집에서 얇은 책을 찾아보고, 평소에 안 읽던 시를 읽기도 했죠. 책을 60페이지 이상 읽기 전까지는 핸드폰을 보지 않겠다는 약속도 자주 어기게 되고 끊었던 SNS를 다시 하게 됐어요. 여행도 가고 싶었고, 이성과 데이트 하고 싶은 욕구도 스멀스멀 올라왔습니다. 책 읽는 행위에 집중하기 위해 언론사 공채도 준비 안 하고 다른 스펙 쌓는 것도 미뤄뒀지만, 매너리즘이 강해질수록 저의 지난 일을 후회하는 날이 많아졌어요.

잠자리에 들 때 '오늘 죽으면 괜찮을까?'라는 질문에 '괜찮을 거야.'라는 말이 나오는 날이 눈에 띄게 줄어들었습니다. 사라졌던 우울증 증세가 다시 저를 침식하기 시작했어요. 1일 1권이라는 목표를 그만둔다면 일러 나오는 욕구대로 사람도 만나고 잠시 쉬면서 지낼 수 있었겠죠. 하지만 매번 목표를 잡고 힘들면 중간에 때려치우는 저의 모습이 싫어 이를 갈고 책 읽기를 계속했어요. 처음 책 읽기 시작한 반년 동안은 무척이나 행복하고 살맛이 났었는데요. 지금 그렇지 못하다는 건 저의 많은 욕구 때문이라는 생각이 들었죠. 독서 외에 모든 욕구를 없앨 수 있는 약만 있다면 당장 복용하고 싶었습니다.

2018년 12월 31일. 365권 째 책을 읽고 난 뒤, 해방감으로 행복하기도 전 독감이라는 새로운 복병이 절 덮쳤습니다. 1일 1권을 끝낸 마지막 날, 몸과 마음은 고통과 우울로 가득 차 버렸죠. 책 읽는 게 이렇게 힘들 줄이야!

7 행복한 한 해가 지난 후

연말엔 좀 힘들었지만, 2018년은 저의 기억에서 가장 돌아가고 싶은 순간입니다. 방송인 서유리 씨가 해외여행을 한 번 다녀와야 그때의 기억으로 직장생활을 버틸 수 있다고 말한 게 있죠. 그 말처럼 작년에 마음껏 책을 읽은 기억으로 현실의 고통을 감내 할 수 있게 되었습니다. 잠시 미뤄뒀던 현실의 고통은 2019년부터 저를 괴롭혔습니다. 토익 성적을 올리고 스펙을 쌓아 취직해야 한다는 압박감에 눌리기 시작했어요. 1년 전과 눈에 띄게 달라진 현실은 절 예민케 했어요. 휴학을 마치고 졸업을 눈앞에 둔 백수 지망생의 불안 등. 생존과 관련된 문제는 불면의 밤을 깊게 해주었죠. 행복한 순간은 과거의 기억으로만 남았습니다. 곰돌이 푸는 행복한 일이 매일 있다고 말했지만, 글쎄요 적어도 매일 고민이 있으면 행복은 멀어져 가는 거 같아요. 행복이 최고의 가치라는 믿음은 현재의 불안에 묻혀 갔습니다. 이렇게 자기 멋대로 되지 않는 감정이 인생의 목적이라고 말한 아리스토텔레스는 대체 어떤 삶을 살았던 걸까요? 그는 자기 생각대로 감정을 조절할 수 있었던 걸까요? 행복한 쾌감을 느끼고자 하면 느낄 수 있는 전지전능한 신과 같은 존재였던 건가요? 전 머리로는 무엇이 문제이며 해결책도 알고 있지만, 감정적으로 어찌할 수 없는 이 상황이 무척 의아했습니다. 컴퓨터 알고리즘은 문제 원인을 안다면 고칠 수 있지만, 인간이란 유기체 시스템은 어떻게 건드려야 할지 쉽게 답이 나오지 않아요. 행복해지는 방법은 알겠는데 왜 계속할 수 없는 걸까요?

8 행복의 시스템

쾌감이 주는 긍정적 느낌은 세로토닌과 엔돌핀의 화학적 작용입니다. 행복과 관련된 화학물질을 계속 분비해주면 평생 행복한 삶을 살 수 있죠. 쾌감의 역치 때문에 평생 행복한 게 어렵다면 전기, 화학적 방법을 사용하면 됩니다. 뇌에 전극을 꽂거나 약물을 복용하면 되죠. 상상해보세요. 의자에 앉은 채로 전기신호와 약물을 평생 주입 당하는 모습을요. 인생의 목적이 행복이라면 가장 효율적인 방법은 뇌를 조작하는 방법입니다(네이버 웹툰 '금요일'의 퍼팩트 월드(3)에서는 주인공이 평생 행복하기 위해 미쳐버립니다).

행복은 절대적 개념이 아니라 상대적 개념이기에 필연적으로 고통을 수반합니다. 만족을 얻으려면 기준이 되는 불만족이 있어야 합니다. 우리는 불만족을 고통이라 부릅니다. 삶이 행복하다는 건 고통을 잠재울만한 만족의 느낌을 받을 수 있다는 말이죠. 저의 책 읽는 행위를 예로 들어보자면 새로운 지식이라는 만족감을 얻기 위해서 오랜 시간 앉아 활자를 쳐다보아야 합니다. 허리의 찌뿌둥함, 눈의 피로, 에너지의 소모라는 고통을 견뎌내야만, 새로운 지식을 얻을 수 있으며 다 읽고 나서 행복하다는 감정을 느끼게 됩니다. 만족이 주는 효용이 고통보다 줄어든다면 불행한 삶이라 느끼게 됩니다. 인생은 고통과 행복의 줄다리기입니다. 인간의 뇌는 부정적 기억에 더 강하게 반응하기 때문에 대다수는 고통의 감정에 오래 사로잡히죠. 쇼펜하우어가 인생은 고통이라고 말한 게 이해 갑니다.

아리스토텔레스 철학이 말하는 인간 삶의 의미가 정말로 행복일지 의문이 생깁니다. 현대 뇌과학이 밝힌 바로는 감정은 뇌의 부산물일 가능성이 높습니다. 행복 역시 비슷하지 않을까요. 우리가 행복함을 느끼는 건 본질적인 어떤 행동을 잘하기 위해 만들어진 결과가 아닐까요? 서은국 교수는 저서 '행복의 기원'에서 인간의 행복은 자연 선택에 의한 결과물이라고 말합니다.

다윈 자연선택의 핵심은 생존입니다. 모든 종의 형질은 자연환경에 맞춰지게 되고 가장 잘 적응한 개체가 가진 특징이 널리 퍼지게 됩니다. 서은국 교수가 말하길 인간이 행복감을 느끼는 경우는 모두 생존에 도움이 되는 행동을 할 때라고 합니다. 새로운 사람을 만나고(사회성), 이성과 데이트하고(번식), 음식을 먹는 경우(개체 생존) 우리는 행복을 느낍니다. 그러면서 메슬로우의 욕구 피라미드는 잘못되었다고 합니다. 욕구 피라미드의 최상층은 자아실현이고 하층으로 갈수록 동물적 본능인 생존과 연결되어있습니다.

하지만 실제로 우리가 생각하는 자아실현을 실천한 위인(마틴 루서킹, 간디)들은 강한 여성편력증을 가지고 있다고 합니다.[52] 창의성 같은 지적 자극들이 이성의 영향을 받는다고도 말하죠. 위대한 예술가인 피카소, 살바도르 달리, 단테, 구스타프 클림프 등이 아름다운 예술작품을 남길 시기에는 주위에 꼭 이성이 있었습니다. 지적 욕구, 돈에 대한 갈망, 외모를 꾸미는 행위 등 인간 행동의 모든 것에 기원을 찾아가면 자연 선택이 나온다는 게 찰스 다윈이 말하고자 하는 바였습니다.

행복이 자연 선택의 결과물이라면 쾌감을 느낄 때 발생하는 고양감도 설명이 됩니다. 생존에 도움 되는 행동을 할 때 행복감을 보상으로 주게 된다면, 개체는 그 일에 중독되게 됩니다. 그 일이 에너지 소비가 크며, 고

---

52) 서은국 - 행복의 기원

통스럽더라도 쾌감이 주는 기쁨이 더 크다면 기꺼이 그 일을 하게 하는 거죠. 행복감을 느끼게 된 개체들은 더 생존에 도움 되는 행동을 하게 되며 이는 곧 종 전체로 퍼지게 됩니다. 자연 선택과 과학은 행복을 수단으로 전락시킵니다. 2000년이 넘는 시간 동안 숭고한 가치로 숭배되었던 행복이 사실 생존을 위한 간단한 장치임에 불과할 수 있는 거죠.

9 책을 보며 행복을 느낀 이유

책을 보며 행복했던 이유를 자연 선택의 관점에서 설명해볼까요. 새로운 지식을 얻는 건 앞으로의 생존에 도움 되는 행위일 겁니다. 21세기는 정보화 시대이며 지식은 돈을 얻는 데 긍정적인 영향을 끼칠 가능성이 높습니다. 무의식의 세계에서는 책을 읽는 게 생존에 도움 되는 행동이라 판단합니다(인간의 의식은 사실 빙산의 일각에 불과합니다. 프로이트는 정신을 의식, 전의식, 무의식으로 나눴습니다. 무의식에 잠재되어있는 욕구는 때론 잠이나 행동으로 나타납니다. 프로이트는 '꿈의 해석'에서 꿈이란 억압되어있는 무의식적 욕구가 발현된 것이라 말합니다[53]). 저자의 생각을 읽으면서 공감하는 건 사회성에 도움 되는 행동이기도 합니다. 책은 한 사람의 생각이 압축되어 표현된 매체입니다. 능동적으로 텍스트를 읽으면서 우리는 저자와 대화하게 됩니다. 필자의 생각에 공감하고 때론 비판하는 건 현실에서 사람과 만나 대화하는 일보다 밀도 있는 행위입니다.

---

53) 지그문트 프로이트 - 꿈의 해석

독서 중에 만족감을 느끼지 못했던 순간은 공교롭게도 생존과 관련된 문제 때문이었습니다. 취업 준비하는 친구들을 보며 1년 동안 책 읽는 게 생존에 별로 도움 되는 행동이 아니라는 의심이 들었죠. 주변에서 연애하는 사람을 보면 더더욱 그런 생각이 들었고요. 행복의 만족감은 절반 이하로 떨어졌습니다. 한번 생겨난 의심은 멈출 수 없어, 독서의 능률은 점점 떨어져만 갔습니다. 행복이 목적이라는 방정식을 구상했지만, 전제 이론이 틀렸으니 해가 나올 리가 있나요.

10 근원으로 돌아가다

삶의 수단이 된 행복이라도 믿고 산다면 답은 쉽습니다. 인간의 생존에 도움 되는 행동을 하면 되죠. 제가 의심했던 인간관계, 사랑, 생, 돈을 추구하며 살면 됩니다. 행복을 위해서 의심은 필요 없습니다. 생각하지 않고 욕구에 충실하면 됩니다. 그냥 하루하루 살아가는 유기체로 말이죠.

그래도 될까요? 본질적인 인간 삶의 의미는 없는 걸까요? 생존의 기계로서 살아가는 동물이 아닌 오로지 인간으로서 생의 의미란 존재하지 않는 건가요? 내가 믿을 만큼 합리적인 가치를 찾고 싶었어요. 그에 맞는 근거도요. 합리적으로 설명할 수 있는 증거만 있다면 전 의심 않고 그것을 위해 살아갈 겁니다. 그러기 위해 다시 돌아가야 했습니다. 삶의 근원으로요. 인간은 태어난 뒤에 수많은 풍파를 겪고 살아갑니다. 그게 인생이죠. 같이 시작한 출발점에서 모든 인간은 종착점에 도달합니다. 어느 순간 다다를지 모르지만, 모두에게 평등한, 끝이 되는 순간은 결국 찾아옵니다. 자, 인간은 모두 죽어요. 그럼 죽음 앞에 삶은 무슨 의미를 가질까요?

8
죽음에 대한 의심

의심해볼 것 : ① 소멸을 인지할 때 인간 삶의 의미란?

키워드 : 허무

1 타인의 죽음

전 애완동물의 죽음 외에도 다양한 죽음의 편린을 경험해 보았습니다. 애니메이션이나 영화에서 보이는 죽음은 극적으로 치닫는 경우가 많죠. 뉴스 보도를 통해 보이는 죽음도 살인, 테러, 교통사고 등 드라마틱하게 끝을 맞이하는 경우가 많아요. 하지만 제가 처음으로 겪어본 죽음은 극적이지도 않았고 흘러가듯 찾아왔습니다. 초등학교 2학년이 된 지 얼마 안 된 3월. 그날은 평소와 똑같은 하루였습니다. 학교를 마치고 가게에서 놀다가 저녁을 가족끼리 같이 먹었죠. 제가 싫어하는 된장국이 나와서 맛있게 먹지는 못했습니다. 그럴 때는 늘 물에다 밥을 말아 먹었어요. 무슨 맛으로 먹었는지는 기억 안 나지만, 어떻게든 에너지를 채우려고 발버둥 치는 모습이었죠. 우리 가족은 늘 다 같이 모여 밥을 먹었습니다. 할아버지, 할머니, 아버지, 어머니 그리고 저가 한데 모여 식사를 했죠. 저녁을 마치고 난 뒤 할아버지의 표정이 좋지 않았습니다. 체하신 지 가슴 쪽이 답답하다는 말씀을 하셨어요. 전 근처 약국에서 소화제를 사 와 할아버지께 갖다 드렸습니다. 소화제를 한숨에 들이키시고도 표정은 좋지 않으셨어요. 계속 답답하시다는 말만 하신 채 침대에 누워 편치 않은 표정을 짓고 계셨죠. 가족들은 할아버지가 제대로 체하신 거 같아 할머니 친구 분을 불러 손을 따기로 했어요. 친구분은 손을 따기 위해 할아버지 맥박을 짚어보셨습니다. 그러더니 불안한 표정으로 박동 소리가 희미하다고 말했습니다. 불안한 마음에 거듭 엄지손가락을 바늘로 땄지만, 할아버지는 별다른 변화 없이 누워 계셨습니다. 이상한 낌새를 느껴, 할아버지 친구분이 나서서 맥과 호흡을 다시 짚어보셨습니다. 그분은 침통한 표정으로 우리를 바라보고 말씀하셨습니다. "이미 가셨어요."

현대에 접어들면서 대다수 사람은 병원에서 생을 마칩니다. 입원한 뒤 연명치료로 버티다 떠나시거나, 응급실로 실려 들어온 뒤 세상을 저버리는 분도 많죠. 반면 할아버지의 끝은 본인이 오랜 시간 살던 삶의 터전에서 찾아왔습니다. 특별한 징조 없이 갑작스레 다가온 죽음은 서서히 저물어가는 촛불과도 같았죠. 지금 생각해보면 할아버지께서 자기 죽음을 짐작하고 서서히 생명의 불을 꺼버리신 거 같습니다. 가족 모두가 걱정하지 않도록 말이에요. 이제는 싸늘한 주검이 된 할아버지의 신체를 닦고 치워둔 뒤 집안에서 5일장을 치르기 시작했습니다. 전 할아버지의 죽음 자체가 이해 가지 않았어요. 어머니와 할머니는 슬픔의 눈물을 흘리고 계셨지만, 전 한 방울도 흘리지 못했습니다. 어린이의 눈에 비친 죽음은 기나긴 잠이었습니다. 할아버지는 잠시 깊은 잠에 빠진 거라 생각되었죠. 존재의 소멸을 받아들이기에 전 생각이 너무 얕았어요.

주검은 4층 거실 복도에 옮겨졌습니다. 상복으로 갈아입힌 뒤 텐트 같은 천에 뒤집어 씌워진 채로 있었고 이틀째부터 증조할아버지가 지내시던 방으로 옮겨졌습니다. 5일장 마지막 날이 되어 산소에 묻히기 전까지 주검은 그 자리에 계속 남아있었습니다. 산 자와 죽은 자가 함께 있는 시공간에서 할아버지가 당장이라도 벌떡 일어나 밥 먹자고 나지막하게 말할 것 같았죠. 그럴 일은 없었고 조부 곁에 남은 거라곤 노잣돈으로 쥐여준 동전 몇 푼뿐이었어요. 5일장 동안 할아버지는 가족의 기억 속에서 서서히 죽어갔습니다.

2 최초로 죽을 뻔한 순간

아직 살날이 많은 20대지만, 죽을 뻔했던 경험이라고 치면 두 손가락으로 세어야 할 만큼 삶을 거둘 뻔한 일이 많았습니다. 철없던 6살의 어린아이는 언제 터질지 모르는 시한폭탄과도 같습니다. 뒷생각 않고 충동에 따라 행동하기에 아이 부모로서는 온갖 위험요소를 처리해야 한다는 압박감 때문에 골머리가 아픕니다. 어머니 친구 집에 따라 놀러 갈 때, 동네 아이들과 자주 뛰놀곤 했습니다. 거기 동네는 사람이 많지 않은 곳이라서 제가 놀던 밤늦은 시간에는 도로에 차 1개도 보이지 않았습니다. 주변에 사람이라곤 어린아이들밖에 없으니 세상을 다 가진 것처럼 놀고 다녔죠. 도로 한복판을 마구잡이로 뛰어다니는 건 기본이었어요. 도로 중앙에서 드러눕기도 했어요. 대낮이라면 완전히 미친 짓이죠. 멀리서 차가 올 거 같다 싶으면 잠시 피하다가 다시 뛰놀기를 반복했습니다. 일탈에 대한 본능적 욕구는 무섭습니다.

술래잡기하면서 놀다가 아이들 몇 명이 멀리서 다가오는 오토바이를 발견했습니다. 피하라는 소리에 하나둘 도로 밖으로 도망갔어요. 전 아직 괜찮으니 걱정하지 말라고 했죠. 고작 오토바이 하나가 저 멀리서 천천히 오는 것처럼 보이는데 겁낼 이유는 없었죠. 하지만 우리들이 있는 장소는 언덕꼭대기였습니다. 오토바이는 저 멀리서 서서히 오르막길을 오가고 있었고 시간이 지나니 언덕에 가려져 오토바이가 어디까지 다가왔는지 가늠하기 어려웠어요. 나의 심적 시간과 오토바이의 속력은 측정기준이 달랐으며, 다가온 오토바이에 피할 새도 없이 몸이 치이고 말았습니다. 정면에서 처박힌 뒤 몸이 하늘로 붕 떴습니다. 바람 소리, 비명, 경악한 목소리 등 여러 소리가 한데 어울려 암호화된 코드처럼 귓가에 들렸어요. 멀리서 어머니의 발이 가까워지는 게 보이며 세상이 흐려져 갔습니다. 희미한 의식 속에 뜨거운 온기와 숨소리만이 어렴풋이 느껴졌죠.

눈을 뜬 곳은 자동차 뒷좌석이었습니다. 비탄에 빠진 여자의 목소리가 차 안에 울려 퍼졌어요. 몸 전체를 얼어러진 격통이 신체 전반에 흘렀습니다. 입안에는 약간의 핏물이 흘러나와 제 혓바닥을 적셨습니다. 병원으로 가는 차 안에서 자초지종을 들었습니다. 전 오토바이에 처박힌 뒤 5m를 날아가 땅바닥에 고꾸라졌습니다. 그걸 발견한 어머니는 친구분의 차를 얻어 타 급히 응급실로 달려가기 시작했어요. 겉으로 보기에 외상이 심하진 않았지만, 아이가 정신을 잃었고 눈에 띄지 않는 문제가 발생한 건가 싶어 어머니는 패닉에 빠지셨죠. 차 안에서 병원으로 가는 길이 참 더디게 느껴졌습니다. 1초가 빛에 근접할 때처럼 더디게 가고 있었고, 제 존재는 원자로 찢기는 기분이었어요.

병원에 도착한 뒤 어머니는 저를 안고 응급실로 달려가셨습니다. 생전 처음으로 가본 응급실은 기괴했어요. 백색으로 도배된 공간에서 온갖 종류의 소리와 물체가 겹겹이 쌓여있었죠. 공간은 생의 공포로 가득 찼습니다. 길게 늘어진 호스와 통곡 소리는 우리가 결국 이 세상을 떠날 수밖에 없는 존재임을 상기시켜주었어요. 다행스럽게도 의사 선생님의 진찰 결과 가벼운 타박상이 몸 전체에 생기고 이빨 한 개가 나간 것 빼고는 다른 문제가 없었습니다. 치과 가서 이빨 1개만 빼면 될 정도로 상처가 경미해서 따로 입원 절차를 밟지는 않았죠. 어머니는 안도의 한숨을 내뱉었어요. 하지만 그 사건은 저에게 죽음의 공포를 남겨주었죠. 공포는 정신 언저리에 남아서 이따금 소멸의 두려움을 의식 위로 떠올리게 했어요.

3 삶과 함께한 죽음의 그림자

교통사고 이후 환각이 자주 찾아왔습니다. 열이 심하게 나면 끝없이 이어지는 도로를 나아가는 환각을 봤어요. 가게에서 집으로 가는 길이 차타고 10분 거리라면 적어도 몇 시간은 차에 탄 기분이었죠. 환각을 본 날에는 화장실 가기가 두려웠어요. 욕실에 들어설 때마다 끝없는 계단을 내려가는 기분이 들어서였죠. 비슷하지만 전혀 다른 환각도 있었습니다. 소위 죽기 직전에 본다는 주마등이지요. 11살 때 아버지와 같이 목욕을 하고 밖으로 나가는 길에 제 발바닥에 묻은 샴푸를 봤습니다. 예전부터 깔끔하지 못한 걸 가장 싫어했던 저는 수건으로 닦으면 되는 일임에도 불구하고 물로 씻어내기 위해 욕탕 쪽으로 돌아갔습니다. 대리석 바닥은 물이 묻어 미끄러웠습니다. 넘어지기 쉬워서 평소 같으면 조심히 걸어가겠지만, 그때는 발에 묻은 샴푸 자국 없애는 데 온 정신이 꽂혀있었어요. 아버지가 기다리고 있어서 욕탕 안을 뛰어갔죠. 바가지로 뜬 물에 발바닥을 충분히 적신 뒤 만족스러운 기분으로 입구로 향했습니다. 그러다 샤워 부스 주변에 있는 고인 물웅덩이에 발이 맞닿아버렸습니다. 몸은 중심을 잃고 미끄러져 버렸죠. 시계방향으로 90도 꺾인 몸은 잠깐 공기를 제외한 모든 마찰을 벗어나다가 금세 중력의 힘에 굴복했습니다. 머리 뒤쪽에 격한 두통이 몰려왔습니다. 평소에도 자주 넘어지고 머리를 부딪힌 적도 많지만, 이번은 다른 격통이 일었습니다. 두개골 전체가 흔들린 기분이었어요. 어지러움이 심해 세상이 겹쳐 보일 지경이었죠. 몸을 일으켜 보니 주변 사람 모두가 절 보고 있었습니다. 표정은 다들 당혹스러움을 감추지 못했어요. '뭐지? 다들 넘어지는 거 처음 보는가?' 하는 기분으로 얼얼함이 남아있는 뒷머리를 잡던 차, 손에 피가 흥건히 묻어나왔습니다. 방바닥에는 핏빛 액체가 사방에 흩어져있었어요. 머리에서 튀어나온 붉은 물줄기가 제 온몸과 주변을 새빨갛게 물들였습니다.

피에 온몸을 타투 새겨진 신체는 욕탕 안 모든 거울에 비쳐 저를 바라보고 있었습니다. 거울 속의 나와 눈이 마주친 순간 뇌는 생각을 정지했고, 남은 건 순수한 두려움뿐이었습니다. 패닉에 빠진 절 본 목욕탕 관리인께서는 수건을 챙겨와 피 묻은 머리를 지혈했어요. 아버지와 관리인은 저를 차에 태우고 급히 응급실로 향하셨죠. 차 안에서 두 분은 생각보다 괜찮다고 걱정 마라고 말씀하셨지만 제 안의 두려움은 사라지지 않았습니다. 이대로 죽겠다는 불안만 가득했고, 과거의 제 삶이 주마등처럼 스쳐 흘러갔습니다. 친구와 싸울 때, 어머니에게 장난감 사달라고 떼를 쓸 때, 오토바이에 부딪힐 때 등 짧은 10년의 기억이 눈앞에 잠깐 스치다 사라졌습니다.

'삶이 짧아서 주마등도 짧네.'

그 뒤로도 죽을 뻔한 순간은 늘 저와 함께했습니다. 특히 차와 관련된 위협은 일상이었습니다. 횡단보도를 건너다가 차가 제 바로 옆 30cm 정도에서 멈춘 적도 있었죠. 한번은 친구랑 같이 신호를 기다리다가 차가 제 옆으로 다가왔습니다. 친구는 급히 저의 어깨를 잡아 뒤로 뺐고 차는 제 원래 자리를 빠르게 치고 갔습니다. 물과의 악연은 더했죠. 우리 가족은 모두 맥주병입니다. 간혹 물놀이를 갈 때면 튜브를 꼭 착용했어요. 고등학생 시절 부모님, 큰형과 같이 동해안에 놀러 갔을 때 물이 깊으니 바닷가 주변에서만 놀라는 주의를 들었습니다. 파도에 몸을 맡기고 놀던 중 정신 차리니 발이 닿지 않는 구간으로 떠밀려오게 됐죠. 밀려오는 파도는 절 동쪽 끝으로 잡아 끄려고 했습니다. 형이 절 구해주러 왔지만, 파도가 심해 가까이 오지 못했어요. 해안가를 향해 헤엄쳐보기도 했지만, 그럴수록 반대 방향으로 몸이 밀려갔습니다. 주변에는 저 빼곤 단 한 명의 사람도 보이지 않았어요. 제 생명은 튜브 하나에 지탱되어 있었고 바람이 빠져버리면 영락없이 죽음의 문턱에 들어설 수밖에 없었죠. 옆을 돌아보니 해파리들이 주위에 가득했습니다. 동해안 물 온도가 높아져 해안가에 해파리가 출몰하기 시작한다는 뉴스를 본 적이 있었는데, 제 옆에 있는 게 그놈들이었어요. 물에 빠지든, 해파리에 쏘이든 간에 뭐가 되었든 끔찍한 상황인 건 변함없었죠. 해파리와의 거리는 점점 줄어들고 손바닥 너비만큼 가까이 다가온 놈들이 두려워 목놓아 소리 질렀습니다. 그러다 문득 저 멀리서 보트를 타고 놀고 있는 사람들이 보였어요. 그들을 향해 온 힘을 다해 소리 질렀고 다행히 절 눈치채서 구조하러 달려왔습니다(제가 보트 노를 잡고 해안가로 가는 사이 해파리 한 마리도 따라왔습니다. 왜 저를 따라 온지는 모르겠지만, 그 녀석은 결국 사람 손에 잡혀 뜨거운 바위 아래서 녹아내렸죠).

군대에 있을 때는 걸어가던 저 바로 앞에 사람이 추락해 피 웅덩이를 눈앞에서 보기도 했습니다. 다행히 그분은 무사히 구조되어 목숨을 건지셨지만, 한동안 비슷한 악몽이 반복됐습니다. 어릴 때부터 벌어진 일련의 사건 때문에 제 뇌리에 죽음은 언제 찾아올지 모르는 손님과 같았습니다. 어머니랑 이야기할 때도 제가 부모님보다 먼저 갈 수 있으니 앞일은 모른다는 말을 심심찮게 했습니다. 어머니는 독실한 불교 신자라서 제가 죽음에 대해 이야기를 할 때마다 전생을 언급하셨죠. 인간은 모두 죽은 뒤 윤회의 수레바퀴에서 다음 생을 이어나간다고 하셨어요. 현생에서 우리가 만난 건 전생에 인연 때문이라고도 하셨죠. 전 불교 신자도 아니었고 한때는 기독교를 믿고 있어서 윤회의 이야기는 흘려들었지만, 죽음의 순간 우리의 의식이 정말로 소멸할까? 라는 생각은 늘 의심의 대상이었습니다. 의식이 없는 순간을 경험할 수 없기에 정말로 그럴 수 있는지 의문이 들었던 거죠. 과연 육체가 소멸할 때 우리는 어떻게 되는 걸까요?

4 의식이 사라진 경험

인간의 감각에서 지각되는 정보를 처리하는 건 의식이며, 생각할 수 있는 기능을 가지고 있습니다. 의식의 기능이 영구히 정지되지 않은 상태를 살았다고 볼 수 있죠(뇌사는 뇌 기능이 정지된 상태니, 육체는 살아있어도, 인간 기능은 상실해 전 죽었다고 봅니다). 내가 죽는다는 건 결국 육체에서 의식을 담당하는 뇌가 제 기능을 온전히 잃어버림을 뜻합니다. 우리는 모두 의식이 제 작동을 하지 않는 경험을 자주 합니다. 꿈 없는 잠을 생각해보세요. 피곤해서 눈을 감고 일어날 때까지의 수면시간을 우리는 인지하지 못합니다. 깊게 빠진 잠속에서 '나'의 의식은 지각되지 않고 잠깐 소멸합니다. 하지만 엄연히 말해 이때는 뇌가 정상적으로 기능을 하는 상황입니다. 누군가가 깨우면 바로 의식을 찾을 수 있고 수면과 관련된 뇌파가 감지된다는 점에서 죽음의 느낌이라 말하긴 애매한 점이 많습니다.

제가 경험해본 죽음의 체험은 고1 때 일입니다. 당시 E와 싸운 이후 부러진 코뼈를 제대로 접합하기 위해 수술을 하게 되었습니다. 수술 당일이 되어 이동식 침대에 몸을 드러누운 채 수술실로 향했죠. 어떤 방식으로 수술하는지는 부모님과 의사 선생님만 알고 전 아무것도 모르는 상태였어요. 전신마취를 한다니 두려움이 적지 않았죠. 저에게 있어 전신마취란 큰 수술에만 사용하는 마취법이라고 인지되어있었거든요. 국소부위가 아니라 온몸을 마취시키다 보니 위험성도 상당하다고 들었습니다. 가끔가다가 마취에서 안 깨는 일도 있다고 하니, 겁이 안 날 수가 있나요.

수술실 내부는 드라마에서 보던 것처럼 차가운 디자인이었습니다. 흰색의 벽면에 자리 잡은 수술 도구와 침대 위에서 저를 환히 비추는 조명. 마스크를 낀 채 환자를 바라보는 간호사와 의사 선생님을 보면 제 생명이 이들 손에 맡겨졌다는 생각을 지울 수가 없었죠. 의사 선생님은 전신마취를 하기 위해 마스크를 쓴 채 가스를 들이마셔야 한다고 하셨습니다. 그러면 모든 수술이 끝나 있을 거라고 덧붙였죠. 마스크에서 뿜어져 나오는 가스는 무색무취였습니다. 무언가를 들이마시고 있다는 느낌조차 안 들었습니다. 입을 뻐끔뻐끔하면서 언제 이 수술이 끝날까 하는 생각을 계속 떠올리다가, 어느새 수술이 끝나있었습니다.

눈을 잠깐 감았다가 뜨니 수술은 끝나있었고 그 상황이 너무 아리송했어요. 의식이 끊기기 직전까지 잠에 빠진다는 느낌을 받지는 못했어요. 마치 영상 편집할 때 클립 중간을 자르고 앞뒤를 이어 붙인 것처럼 두 기억 간에 튀는 부분이 많았어요. 잘린 부분이 의식이 사라질 때라고 생각한다면, 마취에서 깨어나지 않는다는 건 뒤에 이어질 내용이 영원히 붙여지지 않는 거겠죠. 그것을 죽음을 맞이했다고 볼 수 있을 겁니다. 우리의 의식이 기억에 상당수 의존한다는 사실과 제 경험을 토대로 볼 때 죽음은 완전한 무입니다. 모든 감각이 사라지고, 생각과 기억이 존재하지 않는 상태라 말할 수 있죠. 사람이 태어나지 않는다는 사실과 완전히 똑

같습니다. 결국, 죽음은 개인에게 있어 내가 태어날 기회가 영원히 박탈됐다는 말과 동일합니다. 우리는 모두 소멸하고, 현실에서 어떤 것을 이루더라도 죽음 앞에서는 아무 소용이 없습니다. 인간은 결국 필멸의 운명을 타고났으니까요. 그러면 이런 의문이 생깁니다. 죽음이 완전한 소멸이고, 그것이 어떤 의미도 낳지 않는다면, 내가 살 필요가 있을까?

5 죽음 앞에 의미 없는 가치

앞장에서 말한 모든 가치는 죽음 앞에서 의미를 잃어버립니다. 현대 과학기술로 영생은 불가능합니다. 삶에 아무리 집착하고 오래 살려고 노력해도 우리는 결국 소멸합니다. '특이점이 온다'처럼 과학기술이 급격히 발전하길 바라더라도 인간은 언제 죽을지 알 수 없습니다. 갑자기 교통사고를 당할 수도, 불치병에 걸려 1년 안에 사망할 수도 있는 노릇이죠. 컴퓨터 안에 나의 뇌를 넣는다고 해도 그것이 온전한 나라고 할 수 있을까요? 우리가 바라는 건 지금의 '나'란 자아가 먼 미래에도 동일하게 살아남길 바라는 겁니다. 유기체로 존재하는 '나'의 성질을 저버리고 전기 신호로만 존재하는 '나'가 동일인이라고 하기는 힘듭니다. 그건 '나'랑 비슷한 존재이지 엄밀히 말해 '나'는 아니니까요. 그렇다면 결국 영생은 불가능하며 우리는 모두 소멸합니다. 생에 집착하는 건 의미가 없습니다.

역사에 오랫동안 기록되는 작품을 만들려는 행동이 필멸의 운명을 피하기 위한 방안으로 생각할 수도 있습니다. 셸리 케이건은 '죽음이란 무엇인가'에서 이를 '유사 영생'이라 불렀습니다.[54] 역사에 오래 남는 위인

---

54) 셸리 케이건 - 죽음이란 무엇인가

들은 '유사 영생'을 실제로 한 자들입니다. 예수 그리스도, 소크라테스, 레오나르도 다빈치, 에디슨, 세종대왕 등 그들은 물리적으로 소멸한 게 맞지만, 사람의 기억 속에선 생존해 있습니다. 하지만 엄밀히 말해 '유사 영생'은 내 이름과 작품이 남는 것이지 '나'가 영생하는 건 아닙니다. 업적을 남긴 위인이 삶이 끝나기 전에 영생의 믿음을 품고 만족하며 죽게 해주는 도구일 뿐입니다. 불멸의 작품을 남겼다고 해도 인류의 역사가 사라지는 한 작품도 마찬가지로 소멸합니다. 지구는 50억 년 뒤에 소멸합니다. 가늠이 안 되는 수치지만 유한한 삶이죠. 인간의 역사는 더 짧을 겁니다. 제대로 된 역사 사료는 1만 1천 년 정도밖에 안됩니다.[55] 지구 나이가 46억인 것을 고려해볼 때 호모 사피엔스의 시대는 덧없죠. 갑작스럽게 사료가 사라질 가능성도 있습니다. 운석 충돌, 기후 변화, 외계인의 침공 등 가능한 시나리오는 얼마든지 있죠. 미래에 새로 만들어진 정보에 묻혀버리는 경우도 생각해 볼 수 있습니다. 지금 유명한 유튜버라고 해도 100년 뒤에도 누가 기억할까요? 정보의 양은 끝없이 늘어납니다. 2025년 정보의 총량은 163ZB에 달한다고 합니다.[56] 1ZB는 1TB의 10억 배입니다. 1GB 동영상이 1조 1,000억 개 있을 정도입니다. 영생이라 치면 적어도 최소 몇 천억 년 뒤에도 남을 업적을 남겨야 하니, 정보 과잉의 시대에서 그 정도 성공하는 건 불가능에 가깝다고 보입니다.

돈에 대한 집착은 더 할 말이 없습니다. 현재 어마어마한 갑부라고 해도 소멸은 피할 수 없습니다. 지금 가지고 있는 부를 죽은 뒤에 가져갈 순 없죠(엄밀히 말해 죽음 뒤라는 말 자체도 잘못된 겁니다. 뒤라는 말의 기

---

55) 제레드 다이아몬드 – 총균쇠

56) 키뉴스 – 씨게이트 "2025년 전세계 데이터 163ZB"··· AI와 IoT가 데이터 생산 주도

준이 되는 죽음은 소멸입니다. 소멸한 이후를 어떻게 생각할 수 있을까요?). 돈이 많다고 인간이 영생할 수는 없습니다(현대 과학기술로는 그렇지만, 향후 100년 뒤의 미래라면 다른 의미가 될 수 있습니다. 논의를 편하게 하기 위해 현재를 기준으로 말하겠습니다). 물론 돈이 많으면 죽음을 늦출 수 있습니다. 비용이 많이 드는 신약을 먼저 테스트해 볼 수 있으며, 최신 의료기술로 생명 연장도 가능하죠. 하지만 인간의 죽음은 텔로미어가 줄어들면서 생기는 현상입니다. 나이가 들수록 염색체 끝에 있는 텔로미어는 닳아 없어지며 노화가 진행됩니다. 현재 텔로미어를 늘리는 연구가 진행되기는 합니다. 텔로머레이스라는 물질은 텔로미어가 다시 자라나게 합니다, 실제로 늙은 쥐에게 텔로머레이스를 투약한 결과 젊음을 되찾았습니다. 다만 텔로머레이스는 암세포를 증진하는 역할도 하기에, 결국 모든 인간은 암으로 죽게 됩니다. 불로와 불사가 같이 간다는 건 현재의 기술로는 불가능에 가까운 일입니다. 그리스 신화에서도 비슷한 이야기를 볼 수 있습니다. 새벽의 여신 에오스가 인간 티토누스와 사랑에 빠져 그를 영생하게 만듭니다. 불사는 되었지만 불로가 되지 않아 티토누스는 늙어 힘이 빠져도 죽지 못합니다. 불로든 불사든 둘이 같이 가는 건 자연의 법칙과 맞지 않습니다. 이를 어길 수도 없습니다. 인간은 신이 아니니까요.

인간관계와 행복은 살아있는 삶을 윤택하게 하지만 죽음 앞에서는 아무런 도움도 되지 않습니다. 죽기 직전까지 편안한 마음이 될 수는 있지만 '나'가 소멸한다는 사실을 바꿀 순 없습니다. 현재 아무리 행복하든 좋은 사람이 주위에 있든 말든 간에 그것들을 소멸 후의 '나'가 인지할 수 있는 건 아닙니다. 오로지 죽음만을 생각해볼 때 위의 두 기준 역시 가치가 없습니다.

사랑은 현재의 삶을 윤택하게 함과 동시에 '유사 영생'에 영향을 주는 가치이긴 합니다. 나의 자식은 내 유전자의 절반을 가지고 있습니다. 모든 생명체는 필멸하기에 생존을 유지하고자 번식합니다. 후손들이 내 유전자를 가지고 있으니 '나'의 존재 일부가 계속해서 남고 이들이 영생하는 거죠. 하지만 내 유전자의 절반을 가지고 있다고 해서 '나'라고 할 수는 없습니다. 그건 엄연히 다른 개체이며 유전자 단위에서 영생이라고는 할 수 있어도 '나'는 그렇지 못합니다. 후손들은 다른 개체랑 유성생식을 통해 자식을 낳을 테고 그럴수록 '나'를 구성하는 유전자 비율은 줄어들 겁니다. 아메바의 이분법과는 다르죠. 유기체는 변화에 적응하기 위해 유성생식을 택했지만, 그 대가로 개체는 영원히 소멸할 운명에 처했습니다.

위에서 말한 가치 중에서 유일하게 영생이 가능하다고 생각해볼 수 있는 건 종교뿐입니다. 영혼의 존재를 인정하면 모든 문제가 해결되는 거죠. 다만 영혼이 존재함을 증명하는 건 어렵습니다. 영혼이 신체 어디에 자리 잡은 지에 대한 명확한 증거도 없습니다. 임사체험으로 영혼의 존재를 증명하려는 시도가 있긴 했습니다. 그렇지만 죽음을 경험해본 사람은 엄밀히 말하면 죽기 직전까지 간 거지 죽은 건 아닙니다. 완전히 심장이 정지되고 뇌 기능이 사라진 시체가 살아나는 건 불가능합니다. 임사체험을 겪은 분들이 공통으로 말하는 하얀색 통로를 지나간다거나, 위에서 자신의 신체를 보는 체험도 과학으로 설명할 수 있습니다. 죽기 직전의 상황이 되면 극도의 스트레스를 받게 되고 이 때문에 환각을 보게 되는 거죠. 신이 우리를 만들었고 사후 천국으로 간다는 논리도 의심해볼 만 합니다. 일단 신의 존재를 어떻게 증명하죠? 인간의 역사 사료만 봐도

11,000년 전에 문명이 있었음을 밝힐 수 있습니다. 방사성탄소연대측정법과 화석을 통해서도 먼 미래에 인간의 조상과 생명체가 존재함을 알 수가 있죠. 창조과학이 말하는 6,000년 지구의 역사는 불가능합니다(이 생각이 주류 기독교의 주장은 아닐지라도). 종교의 기본이 되는 경전 내용이 허구라면 기본적인 틀이 흔들립니다. 기독교의 성경 내용 중에서 필요한 정보를 취사선택한다면 신의 말씀이 담긴 책이라는 지위가 흔들리죠(실제로 그러고 있습니다. 성경을 자세히 읽다 보면 윤리적으로 받아들이기 힘든 말이 많습니다. 구약일수록 그런 경향은 더 심해집니다). 종교도 각기 다른 입장과 견해를 가지고 있습니다. 명확하게 제가 영생할 수 있는 증거를 제시하는 종교는 어디에도 없습니다.

6 사라진 가치 끝에 생겨난 허무

전에 했던 모든 논의를 다시 생각해보면서, 우리가 믿고 있는 가치는 죽음 앞에 의미 없다는 생각이 들었습니다. 소멸할 수밖에 없는 필멸의 운명은 우리가 객체로만 존재할 수 있다고 말합니다. 객체로 태어나 존재하며 자연환경에 맞춰 소멸할 수밖에 없는 운명. 그것이 인간 존재의 말로입니다. 모든 인간은 자신의 의지로 태어나지 않습니다. 부모의 필요에 의해 태어나고 외부환경에 노출되면서 자아를 형성합니다. 내 생각, 가치관 역시 온전한 나의 것이 아닙니다. 리처드 도킨스는 저서 '이기적 유전자'에서 모든 생물의 형질은 유전자의 발현 때문에 만들어진 것이라고 합니다. 수컷 공작은 화려한 날개를 가짐으로써 포식자에게 쉽게 들키게 됩니다. 무거워진 날개 때문에 도망가기도 쉽지 않죠. 화려한 날개를 가지는 건 오로지 번식에 유리하기 때문입니다. 날개의 무늬가 화려할수록 수컷의 유전자가 우수함을 증명합니다. 번식하는 데 성공함으로써 유전자는 널리 퍼지게 되고 그 형질이 수컷 공작 전체에 나타나게 됩니다. 여기서 우린 유전자를 위해 생존하는 객체라는 사실을 알 수 있습니다.

인간사회에서도 비슷한 일을 볼 수 있습니다. 태양왕 루이 14세의 초상화를 보면 옷이 하나같이 화려합니다. 움직이기도 버거울 만한 의상은 수렵사회 호모사피엔스 기준으로 보면 비실용적입니다. 루이 14세 시기 농민들의 옷을 보면 하나같이 움직이기 편한 옷을 착용하고 있죠. 화려한 옷은 수컷 공작의 날개랑 비슷한 의미입니다. 움직이기 불편한 옷을 매일 입고 다녀도 충분히 먹고 살 수 있음을 과시하는 거죠. 현대에서 옷 잘 입는 사람을 좋아하는 것도 비슷한 의미를 내포하고 있습니다.

물론 리처드 도킨스는 인간의 행동이 밈(문화, 규범)의 영향을 통해 변화한다고 보았습니다.[57] 진화적으로 급변할 수 없는 사피엔스는 후천적 진화 형질(밈)을 통해 급격한 변화를 이뤄냈어요. 하지만 나란 인간은 결국 유전자와 환경의 집합체입니다. 제 생각에 인간은 플랫폼과 같아요. 예를 들어 스마트폰이란 플랫폼을 주면 그 한계선에서 다양한 앱을 만들 수 있죠. 인간의 본질적 요소가 스마트폰이고 개체의 특징은 앱입니다. 어떤 교육을 받느냐에 따라 다양한 앱으로 변화할 수 있지만, 본질적인 한계를 가집니다. 안드로이드 스마트폰에서 컴퓨터로 할 수 있는 일을 온전히 다 못 처리하는 것처럼요. 어떤 유전자와 환경에 처해있는지 파악함으로써 인간의 행동을 예측할 수 있을지도 모릅니다. 영화 '마이너리티

---

57) 리처드 도킨스 - 이기적 유전자

리포트'처럼 빅 데이터와 인공지능으로 인간의 미래를 예측하는 게 완전 꿈같은 일은 아닙니다. 근대 철학이 말하는 인간의 자유의지는 없다고 봅니다. 자유의지가 있다고 본다면 AI가 감정 표현을 하게 되는 것 역시 자유의지라 말할 수 있을 겁니다. 인간은 아주 잘 짜인 알고리즘이니까요.

죽음 앞에서 다시 한번 느낀 인간의 객체적 속성은 저를 허무하게 만들었습니다. 내가 무엇을 하더라도 전 이 운명에서 벗어날 수 없겠죠. 죽음을 원치 않더라도 어쩔 수 없이 찾아오는 소멸, 그 앞에서 모든 가치가 의미 없음을 깨닫는 순간 절망이 절 집어삼켰습니다.

7 삶이 의미가 없다. 허무주의와 절망

주체적으로 살아야 한다는 말은 책이랑 강의 등에서 쉽게 들을 수 있습니다. 하지만 회의적으로 바라볼 때 인간은 절대 주체적일 수 없죠. 이 모순적 상황은 사람을 절망케 합니다. 키르케고르는 '죽음에 이르는 병'에서 자기 자신이 바라는 '이상적인 나'가 되지 못할 때 절망한다고 했습니다.[58] 쉽게 말해 내가 배우가 되고 싶다고 칩시다. 어릴 때부터 꿈은 배우였지만 현실의 벽은 상당히 높아요. 결국 내가 노력해도 배우가 되지 못할 때, 내가 바라는 이상과 현실의 괴리는 너무 크고 인간은 절망합니다. 이상과 현실의 인지 부조화로 인한 고통이 인간을 절망하게 하는 거죠.

절망의 늪에 빠진 전 끝을 알 수 없는 우울함 속에서 헤어 나오기 힘들었어요. 감정의 우울함이 아니라, 이성적 판단으로 오는 절망은 더 깊은

---

58) 쇠렌 오뷔에 키르케고르 - 죽음에 이르는 병

고통을 주었죠. 한때 저는 절망을 이겨내기 위해 신앙을 믿었지만, 그 가치가 의미 없음을 깨닫고, 전보다 더한 절망이 절 괴롭혔습니다. 절망에 침전해 들어간 전 어느새 허무주의자가 되어버렸습니다.

허무의 감정은 모든 것을 공허하게 합니다. 맛있는 음식을 먹어도, 사랑하는 사람과 같이 있어도, 재밌는 일을 시도해보아도 순수하게 즐길 수가 없죠. 감정이 로봇으로 바뀌는 기분입니다. 몸은 물질계에 있어도 정신과 감정은 다른 차원에서 지켜보는 느낌이죠. 삶의 의미를 못 찾고 사는 사람은 많습니다. 현실에 안주하면서 하루하루 살아가는 사람은 주변에서 쉽게 찾아볼 수 있어요. 저 역시 그렇게 살아갈 수 있었을 겁니다. 하지만 전 그렇지 못했어요. 허무란 대체 뭐기에, 사람을 이렇게 고통스럽게 만드는 걸까요?

8 외로움, 허무의 본질

허무에 대해 말하기 전에 많은 사람들이 비슷한 감정이라고 생각하는 외로움에 대해 말해볼게요. 외로움은 내가 누군가를 필요로 하지만 그렇지 못하는 현실에 절망해 느끼는 감정입니다. 한번 연애를 하고 헤어지면 연애를 한 번도 하기 전보다 외로움을 더 느끼는 경우가 많습니다. 누군가를 사랑해봤고 그 사람으로 얻는 행복감을 경험하고 나서는 그것을 다시 바랄 수밖에 없습니다. 한 번도 먹지 않았던 음식을 먹어보고 나서 갈망하게 되는 심리와 같아요. 가족, 친구를 잃어버릴 때도 마찬가지죠. 누군가한테 나를 온전히 보여주고 내 한 짝이 되어버린 것을 찾으려는 욕망. 이것이 외로움이라는 감정입니다.

제가 생각한 허무는 의미를 갈구하는 사람이 의미를 찾을 수 없는 현실에 절망하는 일입니다. 저는 세상에 의미가 있을 거라는 생각을 버리지 못한 채 계속 찾아내고자 했습니다. 하지만 이성적으로 삶의 의미라고 할 만한 건 죽음 앞에 아무런 가치가 없었죠. 우주의 크기와 시간으로 볼 때도 인간은 한없이 미약한 존재였죠. 이 사실을 머리로 깨달으면서도 부정하고 싶을 때 인지 부조화 작용이 일어나 절망하고 허무에 빠졌습니다.

허무에 빠져버린 전 객체적 존재로 태어난 인간이 주체성을 얻는 유일한 방법은 자살이라고 생각했습니다. 세상에 강제로 놓이고 살아가기를 강요받는 이 세상의 법칙을 끊을 수 있는 게 자살이라고 본 거죠. 죽는다면 내 주관으로 판단하기에는 내가 없던 존재가 되는 거랑 같기 때문이죠. 죽음 이후에 생각도, 판단도 할 수 없는 '나'란 존재는 주체도 객체도 아닌 존재가 되는 겁니다.

9 허무 끝에 고독을 찾다

통념을 의심하고, 믿을만한 증거를 찾던 제 삶의 끝은 허무였습니다. 확실한 외부적 증거가 있어야만 믿을 수 있다고 생각 한 건 제가 스스로 존재하는 걸 두려워하기 때문이었습니다. 사는 현실이 실재가 아니고, 누군가의 컴퓨터 시뮬레이션 속에 존재하는 정도에 불과한 건 아닐까 하는 두려움이 늘 제 곁에 있었으니까요. 내가 스스로 존재한다는 걸 믿을 수 없었고, 증거를 계속해서 찾으려 함으로서 지식과 타인에 의존하는 삶을 살았습니다.

극단적 회의의 끝에는 허무밖에 남지 않아 이대로 죽는 것만이 답이라는 결론을 내렸었죠. 이성적 회의의 끝이 허무이고 죽음이라면, 한성욱은 죽어야만 할까요? '나'는 죽고 싶은 걸까요? 아뇨 전혀 그렇지 않습니다. 전 살고 싶습니다. 삶의 의미를 가지고 살고 싶고, 더 나은 내가 되고 싶습니다. 세상에 도움도 되고 싶고, 아름다운 사랑도 하고 싶습니다. 그것들이 이성적 회의에서는 의미가 없는 행동일지라도, 끝에는 죽고 허무할 지라도요. 여기서 대부분의 사람이 하는 선택은 두 가지입니다. 첫째는 이성적 판단 끝에 내린 허무함을 가지고 사는 겁니다. 자살을 택하거나, 아니면 자연의 흐름에 따라 허무하더라도 기계처럼 살아감을 택하는 거죠. 두 번째는 허무함을 부정하고 어떻게든 삶의 의미를 찾으려고 사는 겁니다. 삶을 가치 있게 만들 수 있다는 희망을 품고 허무함이 주는 파괴적 속성을 저버리려고 하는 겁니다. 전 두 개의 방법 모두 만족스럽지 않았습니다. 첫째는 이성적 판단이 극으로 치닫는 일이며, 두 번째는 감정 쪽으로 치우친 상황입니다. 이들의 장점을 하나로 합친다면 어떨까요? 이성과 감성, 미시와 거시, 동물과 신처럼 반대되는 것들을 융합시킬 수도 있지 않을까요? 우리는 가능합니다. 인간의 뇌 안에 동물의 뇌와 이성의 뇌가 같이 존재하는 것처럼요. 우리는 모순적 존재이기에, 허무함을 느끼면서도 이상적인 삶의 믿음을 가질 수 있을지도 모릅니다.

논의를 새롭게 하기 위해 저는 세상과 잠시 거리를 두고 제 안에 집중하고자 했습니다. '나'의 이성과 감성의 이야기를 듣기 위해 천천히 시간을 내어 집중했습니다. 내가 무엇을 하고자 하며, 어떤 삶이 바람직한가에 대한 답을 찾기 위해, 고독이란 깊은 굴속에 들어갔습니다.

9
의심 끝에 얻은 믿음

키워드 : 허무에서 실존으로, 무의미에서 의미로

1 고독의 시간에서 얻은 것

고독을 흔히 외로움과 비슷한 감정이라 생각하시는 분이 많습니다. 자세히 살펴보면 전혀 다른 감정이란 걸 알 수 있습니다. 고독은 외로움처럼 누군가를 바라는 감정이 아닙니다. 허무처럼 고통스럽지도 않습니다. 끝없이 나의 존재에 집중하고 외부의 것을 차단하는 과정이 고독입니다. 고독은 나에게 묻습니다. 내가 누구인지, 무엇을 바라는지, 그리고 어떻게 살기를 원하는지요. 인터넷, 지인, SNS에서 느낀 욕구로 흔들리게 하지 않고, 나 자신에게 온전히 들어갑니다.

내면에 집중해 들어가서 생각해본 결과 객체로서 태어났고 정보의 집합체인 '나'도 주체적 성질을 띨 수가 있었습니다. 한쪽 관점에 빠지지 않고 더 넓은 관점을 고려한다면 충분히 가능한 일이죠. 논리적으로 볼 때 모든 관점을 고려한다는 건 모든 관점을 고려하지 않는다는 것과 같은 말이니까요(고려한다는 건 무슨 행동을 할 때, 그 점에 대해서 생각한다는 뜻입니다. 모든 관점을 고려하면, 다른 점과의 특이성이 상실되고 모든 가치가 존중되죠. 가치란 비교를 통해 생성되기 때문에, 모든 것을 고려하면 모든 것의 가치가 상실되는 상황이 옵니다. 즉, 모든 것을 고려하지 않는다는 것과 논리적으로 같은 뜻입니다). 모든 관점에 대해 생각해본 뒤 만들어진 나의 의식은 각 관점의 영향력이 어느 정도 섞여 있기는 하지만 객체라고 할 수는 없었습니다. 객체가 되기 위해서는 작용을 일으키는 주체가 있고 그 대상이 되는 존재가 있어야 합니다. 예를 들어 제가 경제학에만 심취해있다고 가정합시다. 이 상황에서 경제학적 관점은 주체로 작용하고 그 대상이 된 객체는 제가 되는 겁니다. 제가 배운 지식은 경제학과 관련된 내용뿐 이기에 어떤 행동을 하건 간에 거기에 얽매이게 됩니다. 모든 관점을 고려하는 건 제 생각의 기준이 경제학, 물리학, 생물학, 문학, 역사학 등 다양한 방면에 접해있다는 겁니다. 세세한 관점들이 모두 나에게 영향을 준다면 개별적인 부분이 차지하는 영향력도 작아집니다. 전자의 경우 경제학적 관점이 나에게 100% 영향을 줘 객체로 만들었다면 후자는 개별적 영향력이 1% 미만으로 낮아지는 거죠. 이런 상황에서 나는 무언가의 객체라고 할 수 없습니다. 객체라고 하기에는 명확한 대상과 영향력의 정도를 분간할 수 없습니다. 총체적 관점의 융합 체인 '나'는 충분히 자기의식을 가진다고 볼 수 있습니다.

2 고독하기 위한 방법들

깊은 사유에 빠져 고독함을 느끼기 위해서는 시간이 필요합니다. 삶이 힘들면 생존 문제 때문에, 깊은 굴에 들어가 생각할 여유가 없어지죠. 물론 생존하려고 하루하루 열심히 살아가는 것 자체가 나쁜 건 아닙니다. 우리의 인생 대부분은 그런 식으로 흘러갈 수밖에 없는 게 현실이에요. 하지만 본질적인 문제를 해결하지 않고 눈앞의 일만 해치우다 보면 똑같은 현상이 되풀이될 수밖에 없습니다. 잇몸에 문제가 있어서 치료해야 하는데 계속 진통제만 먹는다고 병이 나아지진 않잖아요.

저에겐 2018년 휴학의 시기가 가장 깊은 고독에 빠질 수 있게 해주었어요. 도서관에 들렀다가 집으로 돌아가는 길은 혼자만의 생각에 온전히 빠질 수 있는 시간이었죠. 책에서 얻은 지식, 독서 토론에서 오갔던 고민과 제 개인의 문제점 등 다양한 주제들이 산책로에서 논의되었습니다. 마치 퍼즐 맞추기 같았죠. 전혀 상관없어 보이는 주제들이 하나로 합쳐지고 새로운 의미를 띄어갔습니다. 고독을 느끼기 전, 내가 사유할 수 있는 생각의 파이는 95년도 컴퓨터 수준 정도 밖에 안 되었어요. 윈도 95수준의 하드웨어와 소프트웨어로 아무리 노력해 봐도 배틀 그라운드 풀옵은 불가능합니다. 고독의 시간 이후 제 생각의 파이는 한층 더 커져서 2019년도 컴퓨터 수준으로 업그레이드되었습니다. 과거에 미해결된 고민거리가 현재에는 문제라고 볼 수 없게 되었죠.

소프트웨어의 업그레이드 과정에 고독이 필요하다면 하드웨어를 키우기 위해서 다양한 생각들을 접하곤 했습니다. 생각의 파이를 넓혀 주는 데 가장 큰 도움을 준 건 책이었습니다. 제가 고민했던 문제는 이미 역사 속에서 많은 사람이 겪었던 일입니다. 그 생각의 집합체가 바로 책입니다. 인터넷에서 얻은 정보는 경이로울 정도로 방대하지만, 휘발성 있는 지식이에요. 쉽게 접근할 수 있기에 가볍습니다. 반면 책은 압축성 있고 무거운 지식입니다. 블로그에서 글 한 편 쓰는 것에 비하면 책 한 권 쓰는 건 많은 시간이 필요합니다. 쓰는 과정에서 지식이 맞는지 검토하고 수정하며 완성하는 게 책이죠. 책을 통해 저랑 비슷하거나 다른 생각을 하는 사람, 전혀 접해보지 않았던 정보에 접근하게 되어 제 생각의 파이를 키우는 데 도움이 되었습니다.

여러 사람과의 토론도 많은 도움이 됐죠. 과거의 독서 토론은 남 눈치를 봐 제 생각을 있는 그대로 보여주지 않았습니다. 하지만 고독을 느끼고 난 후부터는 제 의견을 가리기보다는 솔직하게 보여주려 했습니다. 토론 중에 서로 의견이 맞아 공감하기도 하고 때론 대립각을 세워 쉴 새 없이 논쟁하기도 했어요. 날 선 논쟁 과정은 서로 다른 생각을 부딪치게 하며 제 관점의 편협함을 깨닫게 해줬습니다. 논리적으로 말하다 보면 생각이 정리되기도 합니다. 머릿속에서 단편적으로 파편화된 지식이 서로 결합하면서 새로운 관점을 만들었죠.

이성으로 해결할 수 없는 감정적 고양의 순간에는 명상했습니다. 마음이라는 카오스에서 길을 잃고 헤맬 때, 명상은 집중해야 할 것이 무엇인지 알려주었습니다. 떠오르는 감정에 집착하지 않고 흘려보내다 보면 마음이 편안했죠(실제로 명상을 오래 하면 전두엽-주의력, 집중력과 관련된 뇌 부위-이 발달한다고 합니다).[59]

마지막 행위인 산책은 개인을 고독의 순간으로 깊게 빠져들게 합니다. 뇌는 전체 산소 소비량의 25%를 차지합니다. 산책은 뇌에 신선한 산소를 공급함으로써 머리를 맑게 합니다. 또한 핸드폰과 음악을 듣지 않고 걷는 산책은 내면에 더욱 집중하게 합니다. 책과 토론으로 얻은 정보를 제 것으로 만들기 위해서 산책하는 동안 생각했습니다. 삶의 의미가 없는 생이 가치가 있을지, 나는 그럼 어떻게 살아야 할지에 대한 고민이 대부분이었죠. 걸으면서 생각하고, 나에 대해 집중하면서 주변의 것들이 다르게 보이기 시작했습니다. '나'의 관점이 달라짐에 따라 평범한 것도 가치 있어 보였습니다. 그때 깨달은 건 모든 일은 '나'의 주관으로 만들어진다는 사실이었습니다. 인간이 보는 사과의 색과 모양이 절대적인 게 아니듯이(강아지랑 고양이가 보는 사과는 다른 색이고 인간보다 높은 차원에 있는 존재에게는 사과가 다르게 보이겠죠) 인간이 합리적 이성이라고 받아들이는 것 역시 객관적 진실이라 할 수 없습니다. 어디까지나 인간이 볼 수 있는 선에서는 파악하는 거죠.

---

59) KBS 파노라마 〈신의 뇌〉 제작진 - 뇌, 신을 훔치다

미셸 푸코와 포스트모더니즘 학파가 말했듯이 합리적 이성이란 판단을 사용하는 주체는 주관적인 인간입니다. 전 '나'의 주관에 집중해 삶의 의미를 생각해보기로 했습니다.

3 허무에서 실존으로, 무의미에서 의미로

'나'의 허무함은 인간은 객체로만 존재하며, 죽음 앞에서는 모든 것이 의미 없다고 말합니다. 오히려 주체적인 행동을 하는 방법은 자살이라고 말했죠. 그럼 나에게 물었습니다. 주체적인 존재가 되기 위해 자살하고자 하는가? 아니라는 대답이 나왔습니다. 살고자 하는 의지 그것이 '나'의 외침이었습니다. 제 감정은 죽음을 두려워합니다. 유전자에 기록된 본능일까요? 사회적 영향 때문일까요? 그건 중요치 않아요. 내가 소멸을 두려워한다는 게 주목해야 할 점입니다.

사람은 두려움을 느낄 때 두 가지 방법을 택합니다. 공포에 순응하거나 반대로 반항하는 거죠. 실존주의 사상가 알베르 카뮈는 저서 '시지프 신화'에서 자살에 대해 탐구했습니다. 책에서 카뮈는 인간의 삶이 부조리하다고 말합니다. 태어나자마자 죽음으로 가는 릴레이에 놓인 게 부조리한 삶이라 본 거죠. 카뮈는 자살이 부조리의 수용이며 해소과정이라 보았습니다. 부조리한 삶에 처한 인간이 선택할 방안이 자살이라고 생각한 겁니다. 카뮈는 죽을 수밖에 없지만 소멸하기를 원치 않는 부조리한 인간의 삶에서 반항, 자유, 열정이라는 가치를 생각해 냅니다.[60] 부조리한 삶

---

60) 알베르 카뮈 – 시지프 신화

에 반항하기 위해 이 세 가지의 감정을 받아들여야 한다고 합니다. 그는 세 가지 키워드를 통해 자살하지 않을 이유를 만들어냅니다. 돌이 계속 밑으로 떨어져도 쉬지 않고 위로 굴리는 시지프의 삶처럼, 필멸하는 운명에 처했음에도 살려고 세상에 반항하는 게 카뮈가 생각해낸 자살하지 않을 이유이며 실존주의의 핵심입니다.

세 가지 키워드는 실존하는 개인이 죽음 앞에서 생각해낸 감정입니다. 죽기 싫어하기에 반항하며 자유를 원하고 열정을 가지는 거죠. 이성적으로 보면 세 개의 감정은 죽음 앞에서 덧없습니다. 하지만 삶의 의지를 가진 인간은 감정을 끌어내고 의식을 바꿀 수 있습니다. 허구의 사실을 믿는 거죠. 유발 하라리가 말한 '인지 혁명'과 같습니다. 허구를 믿을 수 있는 능력이 인간 뇌에 존재하며 그것이 내 삶을 변화하게 합니다.

인간의 생은 무의미합니다. 하지만 인간은 무의미한 삶에서 유일한 가치를 만들어 낼 수 있습니다. 타인의 관점에서는 의미가 없어도 각자의 주관은 다르고 개체마다 상이한 세계를 가진 셈입니다. 개인의 세계에서 의미를 만들어내는 작용은 창조주의 행위와 같습니다. 태초에 혼돈이 있고 말씀으로 세상을 만들어낸 하나님처럼요. 무의미한 삶에서 스스로 생의 의미를 만들어냄으로써, 인간은 자기 삶의 창조주가 됩니다.

삶의 의미 즉, 믿음을 만들어내는 과정은 종교의 접근법과는 다릅니다. 종교는 근거 있는 믿음이 아닌 맹목적인 믿음입니다. 믿음은 의심에 기반을 두어야 해요. 내가 살아가기 위해 이 믿음이 필요하다는 걸 인지하고, 의미를 창조해야 합니다. 만약 객관적 증거를 통해 믿음을 유지하지 못할 가능성이 보인다면, 그것을 부수고 새로 만들어 낼 수 있어야 합니다. 완전한 100%가 아닌 99.99999%의 믿음을 만들어 내는 거죠.

의미를 가진 삶은 인간을 살아가게 합니다. 로고 테라피의 창시자이자 아우슈비츠 수용소에 갇혔던 빅터 프랭클의 이야기를 들어보죠. 그의 저서 '죽음의 수용소에서'는 수용소에서 생존한 사람은 모두 삶의 의미를 생각해낸 사람이라고 합니다.[61] 수용소에 갇힌 사람은 짐승보다 못한 대우를 받고 지냈습니다. 비좁은 우리 같은 장소에서 잠을 자고 현저히 낮은 열량을 섭취하게 되었죠. 정신적으로 피폐해질 수밖에 없습니다. 날이 갈수록 구조될 수 없다고 느끼고 절망한 사람이 늘었습니다. 몇몇은 삶의 의미를 잊고 죽음에 이르게 되었죠. 하지만 생존자들은 극단적 상황에서도 하나같이 삶의 의미를 만들어냈습니다. 누군가를 위해서든 내 자아를 위해서든 상관없었어요. 자기 삶의 의미를 만들어낼 때 비로소 인간은 살아갈 원동력을 얻습니다.

4 믿음이 존재해야 하는 이유

믿음이 살아가기 위해서 필요하다는 건 위에서 논의를 끝마쳤습니다. 하지만 살다 보면 의미 없이 하루하루 살아가는 분이 많다는 반론이 나올 수도 있습니다. 그건 아닙니다. 거창한 믿음을 가지고 사는 사람은 소수지만, 저마다 각자의 믿음을 가지고 있습니다. 이를 다른 의미로 표현하자면 가치관 또는 정체성이라 부를 수 있습니다.

어릴 때부터 형성된 정체성은 좀처럼 쉽게 바뀌지 않습니다. '나'란 자아의 정체성이 시간이 지나면서 점점 굳어져 내 성격과 행동을 형성합니

---

61) 빅터 프랭클 - 죽음의 수용소에서

다. 예를 들어 어릴 때부터 누군가에게 자주 인정받아온 아이가 있다고 칩시다. 그 아이는 자신이 한 행동을 인정받고 사는 게 일상입니다. 인간의 뇌는 익숙한 것을 좋아하며, 점점 그쪽과 관련된 뇌가 발달합니다. 아이의 정체성도 '인정받아야만 가치가 있는 존재'라는 식으로 굳어져 갈 수밖에 없죠. 성인이 된 아이는 살면서 인정받는 게 쉽지 않은 일이란 걸 깨닫게 됩니다. 부모님은 자기 자식을 사랑하기에 뭐든지 인정해주었지만 다른 사람은 그렇지 않거든요. 회사 상사, 친구, 애인은 각자 생각하는 게 달라 아이 입장에서 충분히 인정받을만한 일도 대단치 않다는 평가만 듣습니다. 아이는 점점 인정받는 일이 줄어들고 결국 '인정받아야만 가치가 있는 존재'라는 정체성에 맞춰 생각해 볼 때 자기는 가치 없는 존재라는 결론이 나옵니다. 하지만 주위 사람은 그렇게 생각하지 않는다고 말합니다. 아이에게 원래 인정받는 삶이란 건 소수의 사람에게만 가능한 거고 네 삶이 특이한 케이스라 말합니다. 인정받지 못하더라도 가치 있는 삶이 있다고 다른 사람은 말하죠. 자신의 정체성이 잘못되었다고 말하는 주위 사람을 보고 아이는 머리가 아픕니다. 내 삶이 부정당하는 느낌을 받게 되죠. 오랜 시간 삶=정체성이라는 공식이 머릿속에 자리 잡았기 때문이에요.

정체성이 파괴될 때 사람은 극심한 정신적 고통을 받습니다. 제가 예전에 겪었던 것처럼요. 정도가 심할 때는 자살에 이르기도 합니다. 내가 어떻게 살아야 할지에 대한 정체성은 '나' 자신과 마찬가지입니다.

5 불확실성의 시대에서 믿는 법

믿음을 만들라고는 하지만 불확실성이 과거보다 상당히 증가한 현대에는 무척이나 어려운 일입니다. 알파고, 무인포스기, 왓슨(암 진단 인공지능), 자율 주행 자동차 등이 나타나면서 점점 인간이 가질 수 있는 일자리는 없어져만 갑니다. 대게 창의적인 일은 로봇이 대처할 수 없다고들 하지만 꼭 그런 건 아닙니다. 지금 기술력으로도 AI는 소설과 그림, 음악을 만들어낼 수 있습니다.[62] 사람이 만든 예술작품이랑 차이를 분간할 수 없을 정도죠. 지금 태어나는 아이들이 성인이 되는 20년 뒤에는 상당히 많은 부분이 바뀌어 있을 겁니다. 20년 전과 현대의 차이보다 더할 거예요.

가치관의 변화도 빠릅니다. 20년 전 대한민국은 공동체주의가 많이 남아있는 시대였습니다. 개인주의는 이기주의라는 말로 통용되는 경우가 잦았고, 개성 있는 사람은 튀는 사람으로 분류해 안 좋게 보는 시선이 강했죠. 물론 현대 역시 과거의 인식에서 완전히 벗어났다고 말할 수는 없지만, 20년 전과는 몰라보게 바뀌었습니다. SNS를 통해 자신의 개성을 마음껏 드러내는 사람들이 있고, 유튜브를 통해 소통하는 사람이 많아졌습니다(2019년 교육부가 실시한 '초·중등 진로교육 현황 조사'에서 유튜버는 3위라고 합니다.[63] 또한, 현재 청소년들은 페이스북 메시지, 인스타DM, 카카오톡을 통해 대화하는 게 아니라 유튜브 메시지를 자주 사용한다고 합니다). 20년 전부터 현재까지 정체성/믿음을 그대로 간직하고 있

---

62) EBS 과학다큐 바운드 - 인공지능 편

63) 한국 경제 - 초등생들 "의사보다 유튜버가 되고 싶어요."

는 분도 있고 그렇지 못한 사람도 많겠죠. 중요한 건 미래는 과거보다 변화의 흐름이 더 급격하다는 겁니다. 인권을 넘어 동물의 권리, 더 나아가서는 인공지능 로봇도 권리를 존중받아야 한다고 미래에서 논의될 수 있겠죠. 이런 시대에서 믿음은 어떻게 가질 수 있을까요?

전 과학적 접근법과 유사한 믿음 체계를 가지는 게 답이라 생각합니다. 과거 제가 생각한 믿음은 칼 포퍼의 반증 이론과 같았습니다. 반증 이론이란 반대증거가 있다고 여겨질 때까지만 그 이론을 참이라 여깁니다. 과학은 100%가 아니라고 믿는 셈이죠. 기존 이론에 반증 증거가 많아지면 폐기되고 새로운 이론이 만들어집니다. 제가 더 나은 믿음을 찾아 의심한 건 반증 이론과 비슷합니다. 가지고 있던 믿음은 새로운 증거 앞에서 참이라 여겨지지 않아 깨지고 새로운 믿음을 찾아갔습니다. 하지만 우리가 평생 진리를 볼 수 없듯이 완전한 믿음은 존재하지 않습니다. 믿음을 부술 근거는 많았고 죽음 앞에서 굴복한 반증 이론은 저에게 적합하지 않았습니다.

반증 이론 보다는 토머스 쿤이 '과학혁명의 구조'에서 설명한 패러다임 이론이 현대 사회에서 믿음을 만들어나가기에 적합해 보입니다. 쿤이 말한 패러다임 이론은 과학이 점점 진보해 나간다는 통념과는 궤를 달리합니다. 기존 이론으로 설명되지 않는 점이 있을 때 과학자들은 새로운 이론을 만들어내고 믿는다는 게 패러다임 이론입니다. 일례로 상대성 이론과 전혀 다른 방식으로 작동하는 양자역학이 있습니다.

현대의 믿음을 패러다임으로 본다면 모든 문제가 해결됩니다. 시대 변화에 따라 과학이론이 바뀌듯이 우리들 개개인도 변화한 자신, 환경에 맞춰 믿음을 창조해 나가면 됩니다. 기존의 믿음이 어느 정도 유효하다면 전량 폐기할 필요는 없습니다. 합리적으로 타당하지 못하고 존폐가능성이 없다고 여길 때 믿음을 없애면 되는 겁니다.

6 내가 추구하고자 하는 가치

내 삶의 믿음을 만들기 위해 과거를 돌아보다 다다른 곳은 초등학교 시절이었습니다. 거기서 잊고 있었던 순수한 가치를 떠올렸죠. 세상에 이름을 남기자는 욕망 말입니다. 생각해볼 만한 다른 가치들보다 거기에 더 꽂혔던 건 죽음 때문이었습니다. 죽음에 대한 생각이 만들어낸 허무주의는 다시 그 끝에서 생의 증거를 남기고 싶다는 욕망으로 돌아가게 했습니다. 세상에 이름을 남기는 건 쉽지 않은 일입니다. 많은 사람이 그 일을 목적으로 살았지만, 뜻을 이루지 못하고 허다하게 저물어 가는 경우가 더 많지요. 오죽하면 유취만년(遺臭萬年 더러운 이름을 후세에 남기다)해서라도 이름을 남기고 싶은 사람이 있을 정도니까요. 제가 이름을 남기고 싶은 목적은 '한성욱'이란 사람이 널리 기억됐으면 바란다는 욕망도 있겠지만 그게 전부는 아닙니다. 세상이 좀 더 나아지고, 그 일에 앞장서는 사람으로서 '나'가 존재했음을 알리고 싶은 마음이 더 큽니다.

과거에는 성공한 사람만이 세상을 바꿀 수 있다고 생각했습니다. 상위 0.1%의 영웅만이 흐름을 이끌어나간다고 봤어요. 도스토예프스키의 소설 '죄와 벌'에 라스꼴리니꼬프처럼 초인을 동경했고 영웅이 되고 싶었습니다. 제가 더 넓은 곳으로 가고 싶은 욕망도 그 때문이었습니다. 고향인 안동을 벗어나 서울, 그리고 세계로 가고 싶다고 바란 건 변화의 중심지에 서고 싶은 욕망 때문이죠. 그 안을 벗어나면 성공의 가능성은 줄어들고, 심지어 도태되지 않을까 봐 두려웠습니다.

세상을 변화시키고자 하는 욕망은 그대로 남아있습니다. 다만 성공한 존재만이 세상을 바꿀 수 있다는 과거의 제 생각과는 관점이 다릅니다. 위인전이나 영웅에 대한 신화는 언제나 소수의 행동에 집중합니다. 더 극적인 스토리를 연출하기 위해서는 대상을 좁히는 게 효율적이기 때문이죠. 현실은 다릅니다. 대통령, 기업 CEO가 의사 결정을 이끌어간다고 생각하지만, 그들 밑에 있는 수많은 사람의 영향력을 무시할 수 없습니다. 뉴턴은 혼자서 고전역학을 만들어낸 게 아닙니다. "나는 거인의 어깨에 올라탔을 뿐."이라고 말한 것처럼 과거 과학자들의 이론이 없었다면 고전역학은 탄생하지 않았을 겁니다. DNA 구조를 밝혀낸 제임스 왓슨과 프랜시스 크릭도 로잘린드 프랭클린의 DNA X선 회절 사진을 보지 못했다면 이중나선이란 형태를 생각지 못했을 겁니다.

관점을 더 넓혀보죠. 평범한 개인도 세상에 영향을 미칠 수 있을까요? 영웅과 초인은 상대적으로 큰 영향력을 가지긴 합니다. 트럼프 미 대통령과 일반인이 주장하는 바가 같은 영향력을 가질 리는 없죠. 하지만 개인의 행동도 유의미한 영향력을 끼칩니다. 확률로는 0.1%라도 여러 번 쌓이다 보면 변화를 일으킬 원동력이 됩니다. 그렇다면 제가 세상이 좋게 되길 바라고 그에 따른 노력을 한다면, 눈에 띄지는 않더라도 영향력은 주고 있다는 말이 됩니다. 이런 믿음이라면 가져 볼 만하지 않을까요?

7 삶의 의미를 만들어내다

제 삶의 의미는 복잡계 과학(complex systems science)입니다. 복잡계란 자연계를 구성하고 있는 많은 구성성분 간의 다양하고 유기적 협동현상에서 비롯되는 복잡한 현상들의 집합체를 뜻합니다.[64] 쉽게 말하면 나비효과죠. 예를 들어 트럼프 대통령이 당선되고 시작된 미·중 무역 전쟁이 대한민국 경제에 악영향을 주는 것처럼요. 세상의 모든 건 연결되어 있습니다. 제 몸을 형성했던 원자가 몸 밖으로 빠져나가 다른 물질로 변하듯이, 자그마한 행동 하나도 어느 순간 큰 변화를 만들어내는 원동력이 될 수 있습니다. 긍정적 피드백이 제 생에서 뚜렷이 나타날 가능성은 현저히 낮더라도 영향은 주고 있다는 믿음만 있으면 충분합니다.

다른 하나는 내가 원자로 되어있다는 믿음입니다. 세상의 모든 만물은 원자로 되어있습니다(원자가 쪼갤 수 있는 최소한의 단위는 아니지만, 지구 자연계에 존재하는 대부분의 물질은 원자로 되어있습니다). 우리 몸을 구성하는 원자는 모두 빅뱅 후 생성된 물질입니다. 인간은 우주의 일원이며 또한 소멸하면서 다시 우주의 구성 물질로 돌아갑니다. 세상의 모든 만물은 하나(빅뱅)에서 시작했으며 같은 물질(원자)로 돌아갑니다. 사피엔스, 유기체, 무기체, 행성을 막론하고 우리는 모두 같은 존재입니다. 결국 죽음은 우리가 시작한 원자로 돌아가는 것이며 어느 순간 다른 곳에서 내 원자는 물질로 그리고 생명으로 만들어질 겁니다. 제가 생각해낸 이 믿음을 명명 붙이자면 '원자론적 연기설(原子論的 緣起說)'이라 부를 수 있겠죠. '나'의 의식이라는 것은 확실히 사라지겠지만, 소멸 자

---

64) 네이버 두산백과 - 복잡계

체를 부정적으로 생각할 필요는 없습니다. 셸리 케이건 교수가 말한 것처럼 영생은 축복이라 할 수 없습니다. 영원히 같은 일만 하면 행복할까요? 영원히 같은 일만 하고 산다면 아무리 재미난 일이라도 지옥같이 느껴질 겁니다. 저라도 1만 년 동안 글만 쓰라고 하면 못 버티고 쓰러질 거예요. 물론 100년 또는 1000년마다 하는 일을 바꾸면 어떨까요? 100년은 글을 쓰고 다른 100년은 그림을 그리는 겁니다. 주기적으로 일을 바꾼다면 지루함은 덜할 겁니다. 그래도 영원이란 시간이 주는 무한함은 견디기 어려울 겁니다. 영생을 사는 존재에게 소멸은 축복일 수 있습니다. 물론 우리는 영생을 살 수도 없고 소멸하는 시간은 너무 빨리 찾아와 두려움에 떨 수밖에 없습니다. 그래도 엄밀히 말해 우리는 소멸하는 게 아니며 원자로 돌아갈 뿐입니다. 우주의 수많은 물질 중에서 희박한 확률을 뚫고 생각할 수 있는 존재인 인간으로 태어난 겁니다. 우주의 대다수 물질은 생각할 수 없는 원자 덩어리입니다. 생명체로 태어난 우리는 로또와도 비교할 수 없을 만한 극악의 확률을 뚫은 거죠. 그렇다면 죽음은 우연히 찾아온 삶이 원래의 법칙대로 돌아가는 작용일 뿐입니다. 죽음은 소멸이 아니라 돌아가는 겁니다. '나'의 근원으로 떠나는 여행인 거죠.

원자가 속해있는 미시세계는 아직도 밝혀지지 않은 게 많습니다. 양자역학에서 양자는 인간 관측 여부에 따라 파동과 입자의 성질을 번갈아 띕니다. 거시세계 고전역학에서는 모든 물질은 입자나 파동 중 하나의 성질을 띠죠. 반면 미시세계에서는 두 가지 성질이 공존하는 기이한 일이 벌어집니다. 양자가 인간처럼 생각할 수 있어서 관측 여부에 따라 모습을 바꾸는 걸까요? 아니면 이렇게 생각해보면 어떨까요? 인간을 원자로 생각하고 우주를 인간으로 생각해봅시다. 우주가 태어나는 빅뱅은 인간이 탄생하는 일로 볼 수 있습니다. 우주가 만들어낸 원소는 인간으로 치면 외부에서 얻어낸 에너지원이고, 우주의 종말을 인간의 죽음으로 볼 수도 있죠.

우주를 인간과 같은 의지를 가진 존재로 생각하는 게 이해가 안 갈 수도 있을 겁니다. 우리는 직접 눈으로 본 거만 이해할 수 있으니까요. 크기는 상대적인 기준입니다. 우주의 크기에서 보면 인간은 원자보다도 작은 존재죠. 그런 존재가 생각할 수 있고 사고할 수 있다면 그보다 더 큰 존재가 생각할 수 없다고 단언할 수 있을까요(물리학자들이 밝혀낸 바로는 우리 우주는 세상에 존재하는 여러 우주중 하나일 뿐입니다[65]). 반대로 원자의 결합으로 만들어진 고체, 액체를 사회단위로 생각해보세요. 인간 개개인의 행동은 불확실성을 가지지만 집단이 커질수록 엄밀한 규칙을 보입니다. 미시세계는 확률로 존재하는 불확실성이지만 거시세계는 엄밀한 법칙대로 흘러가는 것처럼요.

물론 현대과학이 밝혀낸 바로 원자는 원자핵 하나와 전자로 구성되어 있습니다. 하지만 전자는 모든 장소에서 동시에 존재합니다.[66] 동일한 시간대에 서울과 부산처럼 멀리 떨어진 장소에 존재할 수 있다는 겁니다. 말이 안 된다고 생각하시나요? 그게 양자역학이 발견한 사실입니다. 전자가 이리저리 멋대로 움직이는 걸 인간으로 생각할 수 있다면, 그보다 작은 존재가 인간처럼 의지를 갖추고 있을지도 모르는 일이죠. 어디까지나 저의 생각이지만 생각해볼 만한 가설입니다. '나'의 죽음은 결합의 해체이며, 해체된 존재들은 그들 나름대로 존재할 겁니다.

---

65) 미치오 카쿠 - 인류의 미래
66) 김상욱 - 떨림과 울림

의미를 만들어내는 과정을 자기합리화라고 생각하실 수도 있을 겁니다. 하지만 제가 생각해낸 삶의 의미를 만드는 과정은 맹목적으로 믿는 게 아닙니다. 온갖 것들에 대해 의심하고 또, 그에 대한 충분한 검토 끝에 내가 원하는 삶을 만들어내는 과정이죠. 자기합리화는 현실의 순응입니다. 의미를 만들어내는 과정은 순응이 아니며 현재에 집중하는 겁니다. 과거에 사로잡히거나, 미래를 보며 사는 건 현재를 수단으로 취급합니다. 인간은 주체적으로 살기 위해 현재를 목적으로, 그리고 내 삶의 의미를 만들어나가야만 하죠.

8 믿음을 위한 의심으로

의심에서 시작한 제 생각의 여행은 끝내 믿음이란 가치로 종지부를 찍었습니다. 그럼 끝일까요? 이 여행은 1막에 불과합니다. 첫 여행이 본질적 문제와 무차별적인 의심에 초점을 맞추었다면, 두 번째 여행은 믿음을 위한 의심의 여정입니다. 내가 만들어낸 믿음이 타당한지 끝없이 생각하며, 수정하고 고치는 과정이죠. 이 여정은 전보다 더 험난합니다. 첫 여행은 살기에 적합한 장소를 찾기 위해 불모지를 헤쳐나가는 길이었죠. 두 번째는 길 앞에 거센 폭풍이 몰아치는 걸 알면서도 떠날 수밖에 없어 더 고통스럽습니다.

인간은 시간이 지날수록 변화를 싫어할 수밖에 없습니다. 안정 지향적으로 사는 건 인간의 기본적 본능이기 때문이죠. 젊을 때는 가진 게 별로 없고, 생각이 굳어지기에 시간이 충분치 않아 변화를 지향하기 쉬울 뿐이에요. 10~20년이 지난 후에도 변화 지향적 가치관을 가지고 사는 사람은 드뭅니다. 아인슈타인도 자신의 수학적 측정 결과 우주가 커지고 있다는 사실을 믿지 못해서 우주상수를 집어넣었죠(후에 자신이 한 최대의 실수가 우주상수를 도입한 거라 말했습니다). 자신이 가진 믿음이 틀릴 수 있다고 생각하고 사는 건 높은 에너지를 소모하는 일입니다. 두 번째 여행은 의지만 있다고 할 수 있는 일이 아니죠.

　프리드리히 니체는 '차라투스트라는 이렇게 말했다'에서 어린아이가 되라고 말합니다. 그는 인간 삶의 모습을 3단계로 나눠 구분합니다. 처음은 낙타입니다. 낙타는 생각, 취미 등을 주체적으로 선택할 수 없습니다. 복종하고 남의 말에 따라 짐을 지며, 사막을 오가면서 그에 따른 보상을 받은 채 안정적으로 살기를 원합니다. 두 번째 단계는 사자입니다. 사자는 복종을 거부하고, 다른 사자와 싸워가며 자신의 가치를 지켜나갑니다. 하지만 사자는 시간이 지나도 자신이 지니고 있는 가치를 버리지 못해 끝없이 고수하기만 합니다. 세 번째 단계는 어린아이입니다. 어린아이는 가치를 망각하고 새롭게 창조합니다. 순수한 즐거움을 위해 모래성을 쌓으며 부수고 다시 시작하죠. 어린아이는 멈춤이 없습니다. 자신이 원하는 가치를 만들어내고 그 순간을 즐기는 게 어린아이의 정신입니다.[67] 첫 번째 여행은 낙타에서 사자로 나아가는 단계였다면 두 번째 여행은 어린아이의 마음가짐으로 전진해야 합니다. 여행 중에 믿음이 틀렸다고 여겨질지라도 어린이의 정신으로 즐겁게 부수고 새로 만들면 그만입니다. 그 상황을 즐길 수 있는 존재, 그것이 호모 루덴스(놀이하는 인간) 아니겠습니까.

---

67)　프리드리히 니체 - 차라투스트라는 이렇게 말했다

9 존재의 가벼움을 넘어

'인생의 첫 번째 리허설이 인생 그 자체라면 인생이란 과연 무슨 의미가 있을까? 그렇기에 삶은 항상 초벌 그림 같은 것이다.'[68] 삶이란 게 단한 번뿐이고 비교도 할 수가 없다면 존재란 얼마나 가벼울까요. 밀란 쿤데라의 책 '참을 수 없는 존재의 가벼움'에서는 단 한 번뿐인 삶의 가벼움과 대비된 니체의 영겁회귀를 말합니다. 영겁회귀란 인간의 생과 죽음이 무한히 반복된다는 뜻입니다. 내가 죽으면 다시 태어나 이전과 똑같은 삶을 무한히 반복하는 거죠. 인류의 역사도 마찬가집니다. 히틀러의 홀로코스트는 반복되고 과거와 미래는 변함없이 되풀이됩니다. 내 생의 고통, 슬픔, 행복도 단 하나 예외 없이 반복된다면, 삶이란 얼마나 무거울까요. 영겁회귀란 철학이 허무맹랑한 소리도 아닙니다. 우주는 계속 커지지만, 한계점에 도달하면 다시 빅뱅의 순간으로 되돌아갈지도 모릅니다. 비디오테이프를 되감는 것처럼 말이에요. 시공간 개념이 빅뱅 이후에 생겨났음을 생각해본다면 우주가 다시 수축함과 동시에 시간이 거꾸로 갈 가능성도 있죠. 공간과 시간이 되돌아간다면 우리는 죽음에서 생으로 돌아가고 태어나지 않게 되며 똑같은 삶을 우주와 같이 반복하게 되는 겁니다.

영겁회귀의 무거움이냐, 단 한 번뿐인 비교할 수 없는 삶의 가벼움이냐. 우리의 선택에 정답은 없습니다. 삶이 한 번뿐이라도 진실은 알 수 없고, 영원히 반복되어도 마찬가지입니다. 우린 하나를 선택할 따름입니다. 삶을 가볍게 생각한다면, 소설 속 사비나처럼 쾌락만 추구하며 살 수도 있습니다. 공기보다도 가벼운 존재의 가벼움으로 삶을 유영하고, 선

---

68) 밀란 쿤데라 - 참을 수 없는 존재의 가벼움

택 기준을 즐거움으로 정해놓고 살 수 있죠. 삶이 무겁다면 하루하루 판단을 잘해야 할 따름입니다. 별것 아닌 내 선택이 무한히 반복된다면, 가벼운 행동 하나에도 무거운 책임이 따를 수밖에 없습니다.

사자는 존재의 무거움을 안고 지내다가는 얼마 못 가 짓눌려 쓰러집니다. 짓뭉개진 정신은 낙타로 회귀해 가벼운 짐을 달고 살아가길 원하죠. 어린아이의 정신은 무거움을 신경 쓰지 않습니다. 아이는 존재의 무거움을 받아들이더라도 긍정하며 즐긴 채 살아갈 수 있죠. 엎어져도 망각하고 다시 일어나 앞으로 나가는 존재가 아이니까요. 니체가 영겁회귀의 사상을 받아들이면서도 긍정하며 살아가는 존재로 본 초인이 바로 어린아이입니다. 니체는 "신은 죽었다."라고 말하면서 인간이 신이 되길 바랐습니다. '자기 자신으로 살아갈 수 있는 자' 무거움을 즐길 수 있고 믿음을 창조하며 살아갈 수 있는, 우리가 모두 신이 되는 세상을 바란 겁니다.

10 신들의 이상향을 향해

믿음을 창조해내고 신이 된 우리가 살아가는 미래는 조금 더 나은 사회이길 바랍니다. 유토피아의 어원은 '이 세상에 없는 곳, 그러나 좋은 곳'이지만 이상향을 좇는다면 그와 유사한 세상을 만들 수 있습니다. 완벽하지는 않지만, 충분히 좋은 사회를 말이죠. 자신만의 고유한 믿음을 가진 우리들이 모인 사회는 그리스 신화의 신들처럼 각자를 대체 불가능한 존재로 받아들이겠죠. 서로가 옳고 그름을 가리는 전장이 아닌 각자의 생각과 믿음을 이야기하며 다름을 받아들이는 세상이 올 겁니다. 다름이 서로 얽히고설켜 선순환구조가 되는 세상이요.

인간은 모두 어린아이에서 시작했습니다. 모두는 가능성의 씨앗을 품고 태어났지만 잊고 지냈을 뿐이지요. 삶의 고난에 치여 의식 깊은 곳에 숨겨 두었던 씨는 싹을 틔우길 기다리고 있습니다. 사회의 폭풍우에 치여 멀어져 버린 씨앗을 움켜잡으러 가는 길은 힘들 겁니다. 신의 권능을 품고 있는 보물은 어느새 너무 멀리 가버렸죠. 보물 상자를 여는 건 각자의 몫이며, 지도를 만드는 자도 본인입니다. 세상을 헤쳐가기 위해 의심하고, 그 끝에 있는 씨앗을 찾아낸다면 이상향도 멀지 않았습니다. 모두는 평등하게 신이 될 권능을 가지고 있으며, 힘을 되찾는 순간 자유를 얻어낼 겁니다.

잘 갈 수 있습니다. 그 길은 자신만의 길이니까요. 남의 길을 무조건 따라갈 필요 없습니다. 각자는 자신만의 세계를 가지고 있으니까요. 그 세계의 신인 당신이 가는 길은 자신이 만드는 겁니다. 그리고 언젠가 우리의 세계는 서로 얽혀 새로운 빛을 뿜어낼지도 몰라요. 나의 세계와 당신이란 75억 명의 신이 모두 조화롭게 공존하는 이상향. 그 세계를 한번 믿어 봅니다.

그럼에도 의심하는 바보

전 여전히 의심해요. 전날 밤은 '자기 전에 오늘 죽어도 괜찮겠다.' 생각하면서 오늘은 또 죽음이 무섭기도 하거든요. 누군가를 만나도 영원히 관계가 지속할 거란 믿음은 가지지 않아요. 세상에 불변하는 건 없거든요. 돈이 마냥 행복을 주지는 않을 거로 생각하지만, 가성비 식품을 소셜커머스에서 뒤지기도 하고요. 사랑하면서 또 의심하기도 하는 여전한 바보입니다.

이 책은 지구별에 있는 한 의심 많은 바보의 이야기입니다. 믿음을 만들어냈다고 하면서 여전히 의심을 지울 수 없는 모순적인 아이죠. 그러면서 느껴요. 인간의 자아가 하나가 아니듯이, 각자 크고 작은 모순을 가지고 산다는 걸요. 남에게는 엄격하고 자신에게는 관대한 건, 그만큼 우리가 자신을 소중히 한다는 증거 아닐까요. 가끔 과하게 자기주장을 말하기도 하고 믿음을 강요하기도 하죠. 그래요. 우리는 모두 나약한 인간이에요. 하지만 나약하면 뭐 어떤가요. 강하고 큰 것들은 쉽게 무너져요. 큰 나무는 바람에 쉽게 뽑히지만 유연하고 작은 나무는 강풍에 무너질 것 같지만 잘 버티잖아요. 인간은 우주의 크기로 보면 한없이 미약해요. 하지만 작은 것들은 강해요. 양자역학이라는 미시세계의 학문을 통해 우리는 현대 디지털 문명을 만들어냈어요. 전자기기, 컴퓨터, 스마트폰, 반도체는 모두 미시세계의 힘 덕분이에요.

우리는 짧은 생을 살고, 생의 순간에 매번 수없이 고뇌하고 좌절할 거예요. 믿으면서 의심하고 또 실수를 반복하겠죠. 하지만 다시 돌아올 거예요. 각자의 믿음대로 다시 삶의 희망을 품을 거예요. 사피엔스 모두가 현재의 삶을 생각할 때 세계는 조금 더 괜찮아질 거예요.

그렇게 한 바보는 믿고 있습니다.

의심하지 않으면
살 수 없어

초판1쇄 2020년 2월 25일
지 은 이 한성욱
펴 낸 곳 하모니북

출판등록 2018년 5월 2일 제 2018-0000-68호
이 메 일 harmony.book1@gmail.com
전화번호 02-2671-5663
팩   스 02-2671-5662

979-11-89930-22-6 03810
ⓒ 한성욱, 2020, Printed in Korea

값 15,000원

이 도서의 국립중앙도서관 출판예정도서목록(CIP)은 서지정보유통지원시스템 홈페이지(http://seoji.
nl.go.kr)와 국가자료공동목록시스템(http://www.nl.go.kr/kolisnet)에서 이용하실 수 있습니다.
CIP제어번호 : CIP2020004102